ラーシュ・ケプレル著
品川 亮/訳

鏡の男(上)
Spegelmannen

扶桑社ミステリー
1633

鏡の男（上）

登場人物

ヨーナ・リンナ――――スウェーデン国家警察国家犯罪捜査部捜査官
ヴァレリア・デ・カストロ――――ヨーナが心を寄せる女性
ルーミ――――ヨーナの娘
マルゴット・シルヴェルマン――――ヨーナの上司
パメラ・ノルドストレーム――――建築家、五年前に事故で娘を亡くす
マルティン――――パメラの夫、五年前の事故以降、精神を病んでいる
アリス――――パメラの娘
デニス――――パメラの長年の友人
ヤンヌ・リンド――――五年前に行方不明になった高校生
ミア・アンデション――――パメラが里親になろうとしている十七歳の少女
トレイシー・アクセルソン――――ヤンヌ・リンド殺人事件の第一発見者
プリムス――――サンクト・ヨーラン病院の精神科病棟の入院患者
エリック・マリア・バルク――――精神科医、催眠療法の第一人者
グスタフ・フィエル――――シエサルを治療した精神科医
アニータ――――グスタフ・フィエルの娘
サーガ・バウエル――――公安警察の捜査官
ユレック・ヴァルテル――――シリアル・キラー

鏡の男

一

激しい風に木々がたわみ、路上の砂埃《すなぼこり》は一方向に吹き寄せられていく。エレオノールはそのようすを、教室の汚れた窓を通して眺めていた。まるで、濁《にご》った川が学校の外を静かに流れているような風景だった。

ベルが鳴り、生徒たちは教科書やノートをまとめる。エレオノールは立ち上がり、ほかのクラスメートたちに続いて教室をあとにした。

エレオノールは、ロッカーの前でジャケットのボタンを留めているヤンヌ・リンドの姿を見つめる。傷だらけの金属板には、彼女の顔と金髪が映っていた。

ヤンヌは魅力的で、変わっている。その強い視線を向けられると落ち着かない気分になり、エレオノールの頬《ほお》は紅く染まる。

ヤンヌは芸術家肌だ。写真を撮るのが好きだし、この学校で唯一、ほんとうに読書を楽しんでいる生徒でもある。先週、十六歳の誕生日を迎えた彼女に、エレオノールは「お誕生日おめでとう」と声をかけた。

だがエレオノールのことを気にかける者は一人もいない。自分でも、魅力が足りないという自覚がある。たとえ一度、「あなたのポートレートでシリーズを撮りたい」とヤンヌに言われたことがあったとしても。

それは体育の授業のあと、並んでシャワーを浴びていたときのことだった。

エレオノールは自分の荷物をつかむと、ヤンヌに続いて学校の正面エントランスに向かう。

風に巻き上げられた砂と枯葉《かれは》は、校舎の白い壁に沿って移動したあと、校庭の彼方へと飛び散っていく。

ロープが旗竿《はたざお》に打ちつけられて音をたてる。

ヤンヌは自転車置き場にたどり着くと足を止め、なにごとか叫ぶ。全身で怒りを表し、自転車を残して歩きはじめる。

今朝、エレオノールは彼女の自転車のタイヤをパンクさせた。そうすれば、家までいっしょに歩いて帰れるのではないかと希望を抱いたのだった。

そうして、写真についてのおしゃべりをもう一度はじめる。モノクロ写真は光の彫刻に近い。そんな話を語り合うのだ。

エレオノールは、自分の想像を抑え込む。ヤンヌとキスしている姿まで、思い浮かべそうになったのだ。

ヤンヌのあとを追い、バッカヴァレン・スポーツ・センターの脇を通り過ぎる。

屋外にあるレストランのテラス席は無人で、白いパラソルがいくつもはためいていた。

エレオノールはヤンヌに追いつきたいが、どうしてもできない。

二人はエリクスベリ通り沿いの歩道を歩いていて、彼女とのあいだには二百メートルほどの隔たりがある。

トウヒの木立の上を、雲が高速でかすめていく。

グリーン・ラインのバスが傍《かたわ》らを走り抜け、ヤンヌの柔らかい髪をかき乱した。髪の毛はいっせいに空中に広がったあと、彼女の顔面に打ち付けられる。

車体の重みに地面が揺れた。

二人は市街区を抜け、レンジャーの詰め所を通り過ぎる。ヤンヌは道路を渡り、反対側の歩道を進む。

太陽が顔を覗《のぞ》かせると雲の影がいくつも落ちて、野原を疾走していく。

ヤンヌは、フォーシュユシェー湖畔に立つ素敵な家に住んでいる。

エレオノールは一度、ヤンヌがなくした教科書を家まで届けたことがあり、それで知っている――エレオノール自身が教科書を隠したのだ。そのときは、呼び鈴を鳴らす勇気が最後まで出なかった。それで、外で一時間ぐずぐずした挙げ句、郵便受けに入れるだけにしたのだった。

ヤンヌは送電線の下で立ち止まり、煙草《たばこ》に火を点けてから再び歩き出した。上着の袖《そで》口のボタンが、キラリと光った。

エレオノールは、後ろから近づいてくる大型トラックのエンジン音を耳にする。轟音《ごうおん》とともに高速で走り過ぎたのは、ポーランド・ナンバーのトレーラーだった。

ブレーキが甲高い悲鳴を上げ、荷台車が片側に傾く。そして鋭角にハンドルを切ると、草の生えた路肩にまっすぐ突っ込んだ。ヤンヌの背後の歩道に乗り上げてから、ようやく重い車体が静止する。

「なんなの！」ヤンヌが叫ぶ。

トレーラーのルーフから雨水が流れ落ち、荷台に張られた青く埃まみれのシートに、滑らかな筋を描く。エンジンはまだ動いていて、クロムメッキの排気筒からは、細い排気ガスが立ち昇っている。

運転席のドアが開き、男が降り立った。大柄な体格が、黒いレザージャケットにぴたりと包み込まれている。背中には奇妙な灰色のワッペンが貼られ、細かい縮《ちぢ》れ毛が肩に触れんばかりの長さまで垂れていた。

男は、大股《おおまた》でヤンヌに歩み寄る。

不意に立ち止まったエレオノールの目には、ヤンヌが運転手に顔を殴《なぐ》られる場面が飛び込む。

荷台のシートが、風にあおられて部分的にはためく。ストラップが何本かゆるんでいるのだ。それが視界を遮《さえぎ》り、ヤンヌの姿が見えなくなる。

「ちょっと!」エレオノールは再び歩き出しながら叫ぶ。「なにしてるの⁉」

厚いシートが垂れ下がると、ヤンヌは地面に倒れていた。仰向けに横たわっている。ヤンヌは顔を起こし、困惑したような笑みを浮かべる。歯には血の筋が付いていた。

ゆるんだシートが、再びバタバタとはためきはじめる。

濡《ぬ》れた側溝に足を踏み入れると、エレオノールの膝《ひざ》は震えている。警察に電話をしなければと気づいて携帯電話をまさぐるが、両手もまた激しく震えていて、指のあいだから滑り落ちてしまう。

電話が地面に転がる。

身をかがめてそれを拾ってから視線を上げると、運転手に抱え上げられたヤンヌが両足をじたばたさせている。

エレオノールが車道に出てトレーラーのほうへと駆け出すと、車のクラクションが鳴り響いた。

運転手は血塗《まみ》れの手をジーンズで拭《ぬぐ》い、サングラスが太陽の光を反射してキラリと輝く。男はステップを上り、運転席に収まる。ドアを閉めてギアをバックに入れると、片輪を歩道に載《の》せたまま発車し、たちまち加速していく。

エレオノールは立ち止まり、苦しげに息をする。ヤンヌ・リンドは行ってしまった。地面に残っているのは、踏み潰された煙草の吸い殻と、教科書を入れたバッグだけだった。

無人の道路にさっと舞い上がった砂埃は、連なる野原や畑の彼方へと渡っていく。こうして風は、永遠に地上をかき乱し続けるのだ。

二

ヤンヌ・リンドは、船底に横たわっている。タールを塗ったその小型ボートは、暗い湖に浮かんでいた。波に揺られ、背中の下にある木材がギシギシと音をたてる。

突如、吐き気に襲われて目覚めた。床が揺れ動いている。

両肩が痛み、両手の拳《こぶし》は燃えるようだ。トレーラーの中にいるのだと気づく。ヤンヌの口にはテープが貼られている。両手を頭の上で縛られたまま、脇を下にして横たわっていた。

目がよく見えない。まるで、両目がまだ眠りから目覚めていないようだった。防水シートの隙間から、陽光の筋が何本も射し込んでいる。

まばたきをすると、視界がぼやけた。

信じられないくらい気分が悪い。頭ががんがんする。

巨大なタイヤがアスファルトの上でたてるうなりが、身体の下から聞こえくる。

ヤンヌの両手は、防水シートの支柱に縛りつけられていた。

なにが起こったのだろうと考える。殴り倒されたのはおぼえている。それから、だれかが口と鼻に冷たいぼろ切れを押し当てた。

不安が全身を駆け巡る。

自分の身体を見下ろすと、スカートは腰の上までめくれ上がっていたが、黒いタイツは穿《は》いたままだ。

トレーラーは、安定したエンジン音を響かせながら直線道路を疾走している。

ヤンヌは、納得のいく説明を求めて必死に考えた。だが腹の底では、わが身に起こりつつあることを正確に理解していた。だれもが最もおそれている状況に置かれている。ホラー映画の中でしか起こり得ないような目に遭いつつあるのだ。

自転車を学校に残し、家まで歩いて帰る途中だった。ついてきているエレオノールには気づかないふりをしていた。そこへいきなり、トレーラーが背後の歩道に乗り上げた。

運転手に殴られたのはあまりに予期せぬことで、身構える余裕もなかった。そして立ち上がりかけたところで、濡れたぼろ切れを顔に押し当てられたのだ。

どれほどの時間、意識を失っていたのかわからない。血流が悪く、両手は麻痺《まひ》したように感じる。

めまいに襲われ、少しのあいだなにも見えなくなる。ヤンヌは頬を床に押しつけた。どうにか呼吸を落ち着かせようとする。口にテープを貼られた状態で吐くわけにはいかない。

テールゲートの横に、乾燥させた魚の頭が押し込まれている。荷室の中は、どろりとまとわりつくように甘い臭《にお》いがしていた。

ヤンヌはもう一度頭を起こす。まばたきをしながら、荷室の最前部には、南京錠《なんきん》のかかっている金属製のキャビネットと、プラスティックの飼い葉桶《おけ》が二つあるのに気づいた。飼い葉桶は太いストラップで固定されていて、その周囲の床が濡れている。

シリアル・キラーの手から逃れた女性たちが話していたことを、思い出そうとする。反撃をしたとか、蘭の花かなにかについておしゃべりをして、犯人と心の交流を試みたとかなんとか。

テープを貼られたまま叫んでも意味はない。声はだれにも届かないだろう。どちらにせよ、静かにしていなければ。目を覚ましたと気づかれないほうがいい。背筋を伸ばし、全身を緊張させる。そして、手のほうへと頭を持ち上げていく。

トレーラーが突然揺れて、ヤンヌの胃袋がひっくり返る。口の中に嘔吐《おうと》物があふれた。

全身の筋肉が震えはじめる。

手首の結束バンドが、皮膚に食い込んでいる。

感覚のない指先でどうにかテープの端をつかみ、口から剝《は》がす。口の中のものを吐き出すと、できるかぎり静かに咳《せ》き込みながら、横向きにぐったりと寝転がった。

あのぼろ切れに浸み込んでいたものが、目に影響を及ぼしているのだ。

防水シートを支えている金属フレームを見上げると、粗い麻布で目の前を覆われたかのように視界がぼやけた。

支柱は天井に達したところで九十度折れて水平になり、そのまま進んで反対側の側面に達すると、再び荷台まで下りてきていた。

垂直の支柱は、側面を水平に走るフレームで互いに接合されている。小屋組（屋根を支える骨組み。）とおなじ構造だ。

ヤンヌはまばたきを繰り返し、懸命に焦点を合わせる。すると荷台の反対側に、垂直の支柱が何本か欠けている箇所があった。その部分のシートには、五本の支柱を縫《ぬ》い込んで補強してある。

これは、側面のシートをまくり上げて荷物の積み卸しができるようにするためのつくりだと気づく。縛りつけられている両手をフレームに沿って滑らせていけば、荷台の反対側まで移動できるかもしれない。そうしたら、シートを開いて大声で助けを求められる。

結束バンドを支柱に沿って上へと滑らせてみると、たちまちなにかに引っかかった。バンドの鋭いプラスティックが皮膚に深々と食い込む。

運転手が車線を変更し、バランスを崩したヤンヌはこめかみを支柱に打ち付ける。再び力なく床に横たわる。繰り返し唾を呑《の》み込みながら、今朝のことを思い起こす。

朝食のテーブル、トーストとマーマレードの載《の》った皿。母親が叔母のことを話していた。前の日に、叔母は心臓の血管に四つもステントを入れたのだそうだ。

ヤンヌの携帯電話は、自分のマグカップの傍らに置いてある。サイレント・モードにはなっているが、スクリーンに現れる通知の数々は見える。それが父親をいらだたせた。娘の振る舞いは無礼だと考えているのだ。そして娘のほうは、父親のそういう考え方がいかに一方的なものかと不満を溜《た》めている。

「ああもう！　どうしていつもガミガミ言うの？　自分の人生がみじめだからって、

いいかげんにしてよ！」ヤンヌはそう叫ぶと、キッチンから飛び出た。

床が傾く。トレーラーの速度が落ちているのだ。上り坂に差しかかり、ギアを下げている。時折シートの隙間から陽が射し込み、不潔な床を輝かせた。

乾いた泥の塊や黒ずんだ枯葉の中に横たわったまま、前歯が一本床に落ちていることに気づく。一瞬にしてアドレナリンが全身に広がった。

荷台の中を見渡す。

一メートルも離れていないところに、折れた爪が二本転がっている。赤いマニキュアの光沢は、そのままだ。支柱には一滴の血が付着し、テールゲートのくぼみには、一房の髪の毛がちぎれてへばりついている。

「神様、神様、神様」ヤンヌは口の中で呟《つぶや》いた。

膝をつき、身体を静止させる。手首の結束バンドにかかっていた力を緩めると血液が戻り、指先を無数の小さなピンで刺されているような感覚が起こる。

全身が震えていた。もう一度立ち上がろうとするが、結束バンドがなにかに引っかかる。

「大丈夫、やれる」と彼女は囁《ささや》く。

平静を保つのだ。パニックに陥《おちい》るわけにはいかない。

両手を小刻みに動かしていくと、最も低いところに付いている横棒に沿って移動できることがわかった。

　前へと進みながら、ヤンヌの呼吸は異常なまでに速まっていく。支柱についている凹凸を通り過ぎ、荷台の前部にたどり着いた。横棒を両手でつかんで外そうと試みるが、曲げることもできない。最前部にある縦の支柱に溶接されているのだ。

　ヤンヌは金属のキャビネットを見つめる。南京錠が開いたままぶら下がっていた。

　身体の中を再び吐き気がせり上がってくる。だが、それが退くのを待っている時間はない。トレーラーは、いつ目的地に着くかわからないのだ。

　キャビネットのほうへと、可能なかぎり身体を傾けた。両腕を最大限に伸ばし、南京錠を歯で捉える。そうして慎重に取り外すと、元いた場所まで嚙《か》んだまま運んでしゃがみ込み、両膝のあいだに落とす。足をゆっくり開くと、南京錠は音をたてることなく床に落下した。

　トレーラーがカーブを曲がり、キャビネットの扉が開く。

　内部の棚には、ブラシや植木鉢、ペンチ、糸ノコ、ナイフ、ハサミ、清掃用具、そしてぼろ切れがぎっしりと詰まっている。

　ヤンヌの鼓動が速まる。脈拍とともに、耳の中で轟音が鳴る。

　エンジン音が変化し、トレーラーは減速しはじめたようだ。

　ヤンヌは再び立ち上がり、身体を片方に傾ける。開いているキャビネットの扉を頭で押さえる。ペンキ缶のあいだに、プラスティック製の不潔な柄《つか》の付いたナイフを見つける。

「神様お願い、どうかお助けください、神様」ヤンヌは囁く。

トラックの揺れによって金属の扉が勢いよく閉まり、ヤンヌの頭を強打する。その衝撃で数秒間気を失い、くずおれて膝《ひざ》をつく。ヤンヌは嘔吐した。

再び立ち上がると、手首から出た血が、汚れた床に滴りはじめていることに気づく。

ヤンヌは前かがみになると口をナイフの柄に寄せ、プラスティックの部分を強く嚙みしめた。その瞬間、トレーラーがシュウと音をたてて停まる。

棚からナイフを持ち上げると、金属を擦《さ》る音がかすかにした。

頭を両手のほうへと慎重に下ろし、錆びた刃を結束バンドに力一杯押し当てる。

三

ヤンヌは錆びたナイフを咥《くわ》えて、手首の結束バンドを切ろうとする。だが白いプラスティックの表面にはかすかな傷しかついていないことに気づき、さらに力を入れて嚙みしめる。

父親のことが頭をよぎった。今朝、ヤンヌが声を荒らげたときの、あの悲しげな顔。

ガラス面に引っ掻《か》き傷のある腕時計。キッチンから飛び出ていくときに見えた、あのあきらめに満ちた仕草。

口の痛みが増しているが、ナイフを前後に動かし続ける。唾液が柄に垂れた。

突如めまいの波に襲われてあきらめかけた瞬間、バンドが弾ける。断《た》ち切れたのだ。震えながら、横ざまに倒れ込む。ナイフが床に転がり音をたてる。すぐに身体を起こすとそれを手に取り、荷台の右側へと移動する。そして耳を澄ました。なにも聞こえない。

すばやい行動が必要なことはわかっていたが、両手の震えが激しすぎる。最初は防水シートに刃を押し込むのも一苦労だった。

ブーンという音が聞こえ、それがほんの数秒間続いた。

ナイフを持ち直し、最上部の横棒までシートを縦に切っていく。少しだけ隙間を開け、外を覗く。

そこは無人のサービスエリアだった。ピザの箱や油じみたぼろ切れ、コンドームなどが地面に散乱している。

心臓の鼓動が激しく、息が苦しい。付近に人影はなかった。ほかの車も見えない。紙コップが、風で舗道を転がっていく。

ヤンヌの胃はひきつけを起こす。だがどうにか吐き気を抑え込み、ごくりと唾を呑む。

汗の粒が背中を流れ落ちる。

震える両手でナイフを握りしめ、低い位置にある横棒の真上でシートを水平に切り開く。

荷台から抜け出し、森の中に駆け込んで姿を隠そうと考えている。

重い足音が聞こえた。金属を引っ掻くような音もする。ヤンヌの視界は再びぼやけた。

荷台を降りようとサイドゲートに足をかけたところで、顔面に風を受けてよろめく。シートにしがみつき、ナイフを取り落とす。めまいがさざ波のように襲って来た。地面を見下ろすと、トレーラー全体が横転しそうに感じる。

着地したとたんに、足首に強烈な痛みが走る。だがヤンヌは一歩踏み出してどうにかバランスを保った。

めまいがひどすぎて、まっすぐに歩けない。

一歩進むごとに、頭になにかを打ち付けられるような痛みが激しさを増していった。

ディーゼルの吸油ポンプが、やかましく音をたてている。

ヤンヌは、目をしばたたかせてから歩きはじめる。そのとき、巨大な人影がトレーラーの影から現れ、彼女を見つける。ヤンヌはハッと立ち止まり、よろよろと後ずさる。また吐きそうだ。

身をかがめ、トレーラーヘッドと荷台をつなぐ泥だらけの連結部の下にもぐり込む。車体の下を這《は》いながら、人影が別の方向へと足早に向かうのを見つめる。隠れるところを見つけなければ。動揺したまま、ヤンヌは考える。ガクガクと震える足で立ち上がり、これでは追いつかれる前に森の中に駆け込むのは無理だと悟る。

運転手の居場所もわからなくなっていた。耳の中でドクドクと鼓動が聞こえる。高速道路の本線に戻って、車を止めなければ。

地面がぐらりと揺れ、傾く。強い風に吹き付けられた周囲の木々は渦巻き、沿道の黄色い牧草地が激しく波を打った。

運転手は消えた。トラックの後ろに回り込んだか、立ち並ぶ巨木の背後に隠れたのだろうとヤンヌは考える。

胃袋がまたしてもひきつける。

テールゲートにしがみついたままあたりを見渡す。さかんにまばたきをしながら、高速道路本線へのランプを懸命に探す。

足を引きずるような音が聞こえた。どこかに逃げて身を隠さなければ。

トレーラーに沿って後ずさりする。今にも足から力が抜けてしまいそうだ。ゴミ箱がいくつかと情報掲示板、そして森の中へと続く歩道が目に入る。

どこか近くで車のエンジンが音をたてている。

舗道に視線を下ろし、心を鎮めようとする。助けを求めて声を出そうとした瞬間、片方の足に影のようなものが迫る。

巨大な手がヤンヌの足首をつかみ、引きずり倒す。尻餅《しりもち》をつき、肩が地面を打った瞬間、首の中でなにかが砕ける。トレーラーの下にいる運転手が、ヤンヌを自分のほうへと引き寄せようとしていた。ヤンヌは仰向けになりながら、必死でタイヤにしがみつく。自由なほうの足を蹴り出すと、サスペンションに当たった踝《くるぶし》が擦り剝けた。だが、つかまれていた足はかろうじて引き抜くことができ、トレーラーの下から這い出す。

どうにか立ち上がりはしたものの、風景全体が片方に大きく傾《かし》いでいく。喉《のど》にこみ上げる胆汁を呑み込むと、ドスドスと地面を踏みしめる音が聞こえてくる。運転手は、トレーラーを回り込むために駆け出したのだろうと考える。

ふらつきながら足を前に踏み出し、ディーゼルの給油ポンプから伸びているホースの下をくぐる。そして可能なかぎりの速度で森のきわを目指す。肩越しに後ろを見やった瞬間、別の人間と鉢合わせしそうになる。

「こんにちは、どうかしましたか？」

それは警察官の声だった。高く伸びた草むらに向かって放尿《ほうにょう》している。転倒しかけたヤンヌはその上着をつかみ、警察官もろとも倒れ込みそうになる。

「助けて……」

上着から手を放したとたんによろめき、横方向にたたらを踏む。

「一歩さがりなさい」と警察官が言う。

ヤンヌは唾を呑み込み、もう一度彼の上着に手を伸ばす。だが警察官に払いのけられた彼女は草むらに両膝をつきながら、両手を伸ばして転倒の衝撃をやわらげる。

「お願い」そう言うと息を吸い込み、嘔吐する。

地面が傾き、ヤンヌは横ざまに倒れた。見上げると、草のあいだに警察官のバイクが見える。磨き上げられたその排気筒の表面に、なにか動くものが映り込む。

トレーラーの運転手だ。大股でこちらに近づいてくる。そちらに向きなおると、運運転手の不潔なジーンズとレザージャケットが見えた。視界がまだ濁っている。まるで傷だらけのガラス越しに世界を見ているようだ。

「助けて」と繰り返し、どうにか刺し込みに耐えようとする。

立ち上がりかけたヤンヌは再び吐く。草むらに唾を吐き出していると、会話が聞こえてくる。

「娘なんです」とだれかが話していた。「家出して酒を飲みまくったのは、これがはじめてじゃないんですよ」

ヤンヌの胃袋がひっくり返る。咳払いをして声を出そうとするが、またしても吐いてしまう。

「どうしようもないんです、わかるでしょ？　脅《おど》しつけてスマホを取り上げたらそれで解決しますか？　っていう話で」

「よく聞く話ですね」と警察官は笑いながら応じる。

「よしよし」運転手がヤンヌの背中をさすりながら話しかける。「ぜんぶ吐いてしまいなさい。すぐに気分よくなるから」

「お子さんは何歳ですか？」警察官が尋ねる。

「十七です。あと一年もしたら、自分のことはぜんぶ自分で決められるようになる……でもね、私の言うことを聞いてくれたら、学校に残って勉強を続けられる。トラック運転手なんかにならないで済むんです」

「お願い」口元のぬめりを拭《ぬぐ》い取りながら、ヤンヌが囁く。

「一晩だけ泥酔者用の留置場に入れてもらうなんてこと、できないんでしょうね？」運転手が訊《き》く。

「十七じゃ無理ですね」と答えてから、警察官は緊急無線に応答する。

「行かないで」と言い、ヤンヌは咳き込む。

警察官はゆっくりとバイクに戻っていき、そこで通信を終えた。近くでカラスが啼《な》く。

風が吹き、背の高い草むらがたわみ、震える。警察官がヘルメットをかぶり、手袋をするのが見えた。身体を起こし、地面に両手をつかなければ。めまいが再び戻ってきて、またしても横倒しにされそうになる。だがかろうじてそれに抗《あらが》い、膝をついたまま身体を起こす。

警察官はバイクにまたがり、エンジンをかけたところだった。ヤンヌは声を上げて呼びかけるが、彼には聞こえない。

警察官がギアを入れて走り去ると、カラスが羽ばたき、飛び立っていく。

ヤンヌは草むらに力なく身体を横たえる。バイクのタイヤが砂利を踏みしめる音が聞こえ、やがて遠くに離れていき聞こえなくなった。

四

パメラは、雪が溶けかけたときに特有のゆるい氷の結晶を楽しんでいた。こういうときには、スキー板がおそろしいほど鋭く雪面を噛む。

娘のアリスと彼女は日焼け止めを塗っているが、二人とも頬の色が少し変わってきている。マルティンのほうは、鼻と両目の下が焼けていた。

昼食は屋外で取った。晴れていてあたたかく、パメラもアリスも上着を脱いでアンダーシャツだけの姿になって座った。

三人とも足が痛んだ。そこで、明日は滑らないで休もうと決めた。アリスとマルティンはイワナ釣りに行く予定だ。そのあいだ、パメラはホテルのスパを訪れることになっている。

パメラは十九歳のときに、友だちのデニスといっしょにオーストラリア旅行に出かけた。そしてある晩、ポート・ダグラスのバーでグレッグという男に出会い、バンガローで一夜をともにした。スウェーデンに戻ったところで、妊娠に気づいた。パメラは、グレッグと出会ったバーを気付にして手紙を出した。グレッグは、海のように青い目をしていた。ひと月後に返事があり、自分には恋人がいるとそこには書かれていた。ただし、堕胎の費用は払わせてもらいたい、と。

難産で、最終的には緊急帝王切開が必要となった。母も子も生き延びたが、もう子どもは作らないほうがいいと医師に言われた。それでパメラは、避妊リングを入れることにした。妊娠から出産にいたるまでの期間中、デニスはなにくれとなくパメラの面倒を見た。そして、建築を学ぶという夢をあきらめないよう、背中を押し続けてくれた。

五年間で技術を習得すると、パメラはすぐに仕事を見つけた。それは、ストックホルムにある小さな建築事務所だった。マルティンと出会ったのは、リディンゲ市に建てる住宅の建築計画を練っているときのことだった。彼のほうは、不動産デベロッパーの契約した建設請負業者の人間だった。凄みのある両目と長い髪の毛のせいで、ロックスターのように見えた。

最初にキスしたのは、デニスの家で開かれたホームパーティーでのことだった。アリスが六歳のときに、いっしょに暮らしはじめた。結婚したのはその二年後のことだ。

今やアリスも十六歳、高校一年生になった。

時刻は夜の八時、スイートルームの窓から見える空は暗い。一家はルームサービスを取ることにした。それでパメラは、部屋中に散らばっている服や汚れた靴下を慌てて拾い集めている。

シャワーを浴びながら「ライダーズ・オン・ザ・ストーム」を歌うマルティンの声が聞こえてくる。

二人は、アリスが寝たらドアに鍵をかけるつもりだった。シャンパンのボトルを開け、セックスをしようと考えている。

アリスの服を拾い上げ、娘の部屋へと足を踏み入れる。

アリスは、アンダーウェア姿でベッドに座っていた。片手には携帯電話がある。娘は、おなじ歳のころのパメラと瓜《うり》二つだった。目もおなじなら赤茶色の髪の毛もおなじだし、細かいカールのしかたもおなじだった。

「トラックのナンバープレートは、盗まれたものだったんだって」画面から顔を上げて、アリスが言う。

二週間前、アリスと同年代の少女がカトリーネホルム市で襲われ、拉致されたという報道があった。被害者の名はヤンヌ・リンド。伝説的なオペラ歌手と同姓同名だ。ヤンヌとポーランド・ナンバーのトラックの捜索に、スウェーデン中の人々が乗り出したような大騒ぎとなった。警察は公開捜査に踏みきり、市民からの情報が洪水のように寄せられた。だが、いまだになにひとつ手がかりは見つかっていない。

パメラはリビングスペースに戻る。クッションを整え、床に落ちていたリモコンを拾い上げた。

外の闇が、ひたひたと窓に押し寄せてきているようだった。それで、ドアがノックされるとパメラは飛び上がった。

返事をしようとした瞬間に、浴室からマルティンが姿を現した。歌を口ずさみながらほほえんでいる。全裸のまま、濡れた髪の毛に巻いたタオルを片手で押さえている。

パメラは夫を浴室に追い返す。ドアを開け、ルームサービスのカートを押している女性を招き入れたときには、まだ歌声が聞こえていた。

女性がリビングスペースの食卓を整えているあいだ、パメラは携帯電話を確認した。浴室から聞こえてくる歌声を不審に思っただろうな、と考えながら。

「あの人、おかしくなったわけではないのよ」と冗談を言ってみた。

だが女性はにこりともしない。ただ銀のプレートに伝票を載せて手渡し、

「合計金額のご記入と、ご署名をお願いします」とだけ言ってから、退出していった。

パメラは、もう出てきてもいいとマルティンに伝え、アリスを呼びに行く。三人は皿やグラスを手に巨大なベッドに腰を下ろすと、新作ホラー映画を見ながら食事をはじめた。

一時間後、パメラとマルティンは眠り込んでいる。

映画が終わり、アリスはテレビを消す。母の鼻に乗ったままの眼鏡を外し、食器をきれいにする。それから電灯を消し、歯を磨き、自室に戻った。

まもなく、谷間の小さな町は静寂《せいじゃく》に包まれる。

午前三時ごろにオーロラが現れ、銀色の木の枝のように輝いた。

闇の中で幼い少年の泣き声がして、パメラの眠りは断ち切られる。だが、ここはどこだろうと考えているうちに聞こえなくなってしまう。

パメラは横たわったまま静止する。頭にあったのは、マルティンの悪夢だ。

ベッドのそばにある窓のほうから聞こえてきていた。

付き合いはじめた当初、マルティンは死んだ少年たちの悪夢をよく見た。大の男が、幽霊がこわいことを自分から認めるなんて、とパメラは感動したものだった。

ある夜のことはとくによくおぼえている。マルティンは悲鳴とともに目を覚ました。それで二人はキッチンに移動して、カモミール・ティーを飲んだ。幽霊の姿を細かく説明するマルティンの話を聞いていると、髪の毛が逆立つのを感じた。

その少年の顔は灰色で、髪の毛は腐臭を放つ血液で後ろになでつけてあった。鼻の骨は折れ、片方の眼球が眼窩《がんか》から飛び出てぶら下がっていた。

再びすすり泣きが聞こえる。

今度は完全に覚醒し、パメラはゆっくりと首をめぐらす。

窓の下に設置されている暖房用放熱器《ラジエーター》が、かすかにシュウシュウと音をたてている。温められた空気が上昇し、カーテンをゆらめかせる。まるで背後に子どもが隠れていて、顔を布に押し当ててでもいるかのようだった。

マルティンを起こしたかったが、声を出す勇気が出ない。

泣き声が再びはじまる。ベッドの向こうの床から聞こえてくる。

心臓が激しく鼓動を打ちはじめ、闇の中でマルティンに手を伸ばす。だがそこにはだれもいない。彼の寝ていた側のシーツは冷たくなっている。

両膝を胸まで引き上げて丸く縮こまる。突然、すすり泣きがベッドのこちら側へと移動したと確信する。だがそのとたんに止まる。

パメラはおそるおそる、ナイトテーブルの上にあるランプへと手を伸ばす。部屋の中は暗く、自分の手も見えない。

ランプは、寝床に入ったときよりも離れた位置に移動したように感じる。

スイッチをまさぐりながら、どれほどかすかな物音も聞き逃すまいと全身を耳にする。ランプの本体を見つけ、電源コードを上へとたどる。

スイッチに指先が届き、明かりを点けたとたんに再びすすり泣きがはじまる。今度は窓の近くから聞こえている。

突然の明かりに目を細めながら眼鏡をかける。ベッドから降りると、パジャマのズボンを穿いただけのマルティンが床にいた。

なにか嫌な夢を見ているようだ。両頬が涙に濡れている。パメラはその傍らに膝をつき、両方の肩に手を載せる。

「ねえ」とおだやかに話しかける。「あなた――」

マルティンが悲鳴を上げ、目を見開いてパメラを見つめる。混乱したまま、まばたきを繰り返す。ホテルの部屋を見渡してから、再び彼女のほうを見る。唇は動くが、言葉が出てこない。

「ベッドから落ちたの」とパメラが言う。

マルティンは身体を引きずり上げるようにして壁に寄りかかり、口元を拭う。目は前方をうつろに見つめたままだ。

「どんな夢を見てたの？」とパメラが尋ねる。

「わからない」とマルティンは囁く。

「悪夢？」

「わからない。心臓が馬鹿みたいにバクバクいってる」そう言いながら、ベッドによじ登る。

パメラも自分の側に横たわり、マルティンの手を取る。

「ホラー映画、観るのやめなきゃ」とパメラは言う。

「そうだね」とマルティンはほほえみ、彼女と視線を合わせる。

「でも、ホラー映画はみんな作り事、わかってるでしょう？」

「ほんとに？」

「あんなの、ほんものの血じゃないんだから。ただのケチャップだよ」パメラはふざけてマルティンの頰をつねる。

そして明かりを消すと、マルティンを近くに引き寄せる。二人はできるかぎり物音が立たないようにセックスをし、両手両足を絡み合わせたまま眠りに落ちた。

五

翌朝、朝食を済ませたパメラは、iPadでニュース記事を読みながら、ベッドに寝転んでいた。マルティンとアリスは、出かける準備をしている。

太陽が昇り、屋外の氷柱《つらら》が輝いていた。先端からは水が滴っている。

マルティンは穴釣りをこよなく愛している。氷の上で腹這いになり、光が射し込まないように頭上を覆ったうえで穴を覗き込む。そうして、巨大なイワナが下から接近してくるのを眺める。そんな話を何時間でも続けることができた。

ホテルのコンシエルジュには、車でカル湖まで出かけることを薦められた。インダル川流域の一部分だ。獲物は豊富、車での交通の便もいいのに、ゆっくりと釣りに集中できるだけの静けさもある。

アリスは重いバックパックを扉の脇に下ろしてからアイスクローズ（穴釣りなどに際して使われる安全装備で、水中に落下したときなどに、氷に突き刺して身体を持ち上げるための小型の道具。）を首にかけ、ブーツの紐《ひも》を締め上げた。

「やっぱりやめとけばよかったかな」アリスは身体を起こしながらそう言う。「マッサージとかフェイシャルエステのほうがいいかも」

「お母さんはきっちり楽しむわよ」パメラは、ベッドのうえでほほえみながらそう言う。「わたしはねえ――」

「やめて！」とアリスが遮る。

だがパメラは続ける。

「――泳いだり、サウナに入ったり、マニキュアしたり……」

「ああもう、知りたくないからやめてって」

パメラはバスローブをまとい、娘に近寄ると抱きしめた。それからマルティンにキスをし、彼らの〝不運〟を祈る。〝幸運〟を祈ってはならないという釣り人の古い迷信を学んだのだ。

「あんまり長居しちゃだめよ。気をつけてね」と言葉をかける。

「ひとり時間を楽しむんだよ」とマルティンがほほえみながら応《こた》えた。

アリスの肌は、内側から光を放っているように輝いて見えた。帽子の下に、赤みを帯びてカールした髪の毛が覗いている。

「上着は上まで閉めるのよ」とパメラは娘に言う。

それから、両手でアリスの頬に触れる。娘が出発したくてうずうずしているのはわかったが、それでも掌《てのひら》をしばらくのあいだ動かさなかった。

アリスの左目の下には黒子《ほくろ》が二つある。それがパメラにはいつも涙に見えた。

「なんなの？」アリスがニッとほほえむ。

「お父さんと楽しんできてね」

二人は出発した。パメラは戸口に立ったまま、廊下の先で見えなくなるまで見送った。

ドアを閉めて寝室に戻る。その瞬間、なにかを削り取るような音が不意に聞こえて、身を硬くする。

屋根の上に積もっていた雪が滑り、窓の向こうを一瞬のうちに横切ると、音をたてて地面に激突した。

パメラはビキニの上にバスローブを着て、サンダルを履く。そして、部屋のキーと携帯電話、それから本の入っているトートバッグをつかみ、スイートルームをあとにした。

だれもがゲレンデに出払っているようで、パメラはスパをひとりじめしていた。大きなプールの水面は鏡のように滑らかで、外の雪や木々が映っている。

パメラは、ラウンジチェア二脚に挟まれたテーブルの上にトートバッグを放り投げる。そして、清潔なタオルを積み上げてある椅子《いす》のほうへと向かった。プールの片側には、柱の連なる拱廊《アーケード》が伸びている。

温水に身体を浸し、ゆっくりと泳ぎはじめる。五往復すると、プールの一端に面している巨大な窓のそばで静止し、風景の広がりを眺めた。

マルティンとアリスもいっしょだったらよかったのに、と感じた。

〝この景色は魔法みたい〟と考える。〝山々の連なりと、太陽の光を浴びている森〟

それからさらに五往復し、プールから上がると腰を下ろして読書をはじめる。

若い男性が一人やって来て、

「お飲み物はいかがですか?」と尋ねる。まだ午前中だったが、パメラはかまわずシャンパンを注文した。

屋外の大木から、巨大な雪の塊が落下する。枝が震え、白く細かな雪片が陽光の中に舞い上がる。

さらに数章分読み進めるあいだに、シャンパンを飲み干した。それからサングラスを外してサウナに入ると、マルティンの悪夢について考える。

両親と二人の兄弟は、マルティンがまだ小さかったころに自動車事故で亡くなっていた。マルティン自身は、フロントガラスを突き抜けてアスファルトの上に放り出された。背中をひどくすり剝いたが、命に別状はなかった。

二人が出会ったころ、パメラの親友のデニスは、精神科医として若者向けのクリニックに勤務していた。彼はそこで、グリーフカウンセリングの専門家として臨床経験を積みつつあったのだ。そのデニスの導きにより、マルティンは自分の抱える喪失感について打ち明け、事故からこのかた重く心にのしかかっていた罪責感情を解消することができたのだった。

パメラは汗だくになるまでサウナに留まった。それからシャワーを浴び、乾いたビキニを身に着けるとマッサージ室に向かった。彼女を出迎えたのは、頬に傷痕のある、悲しい目をした女性だった。トップを外し台の上でうつ伏せになる。マッサージ係の女性は、パメラの腰から下をタオルで覆った。

女性の手はゴツゴツとしていた。あたたかいオイルは、緑の葉と木の香りがする。目を閉じると、パメラの意識は薄らいでいった。

マルティンとアリスが、静かな廊下を振り返りもせずに歩み去る映像が浮かんだ。

マッサージ係の指先は背骨に沿って下っていき、タオルの縁に到達する。そして大《だい》臀《でん》筋上部を揉《も》みながら、両腿を開かせる。

マッサージが終わったらフェイシャルエステを受け、それからプールサイドに戻ってワインとシュリンプ・サンドイッチを注文するつもりだった。

マッサージ係の女性が、あたたかいオイルをさらにそそぐ。その両手はパメラのウエストから肋骨《ろっこつ》を通って、脇の下に達する。

部屋の中はあたたかく保たれているが、それでもパメラの身体を震えが走った。たぶん、筋肉がゆるんだせいなのだろう。

パメラの心は、再びマルティンとアリスに戻る。だが今回は、二人のことを上空から眺めていた。

山々に挟まれたカル湖が見える。湖面の氷は鋼鉄を思わせる灰色だ。マルティンとアリスは、黒い小さな二つの点でしかない。

マッサージが終わると全身を熱いタオルで覆われ、係の女性は部屋をあとにした。パメラはしばらくのあいだ、ベッドのうえでじっとしていた。それからゆっくりと身体を起こし、ビキニトップを身に着ける。

サンダルを履くと、冷たく湿っていた。

遠くを飛ぶヘリコプターの音が聞こえる。

隣室に移動し、エステティシャンに声をかけた。二十歳そこそこの、金髪の女性だった。

ディープ・クレンジングとピーリングの最中に、パメラはうとうとする。そして、エステティシャンが忙しく泥パックの準備をしているときに、ドアがノックされた。詫《わ》びの言葉とともに、女性は退室する。

早口で話す男性の声が廊下から聞こえてきた。だが、パメラにはその内容までは聞き取れない。まもなく部屋に戻ってきたエステティシャンの顔には、奇妙な表情が浮かんでいた。

「すみません。残念ながら事故があったようです」と彼女は言う。

「事故ってどんな事故？」と問いただすパメラの声は、わずかにうわずっている。

「深刻なものではないとのことですが、病院に向かわれたほうがよさそうです」

「どこの病院に？」パメラは、トートバッグから携帯電話を取り出しながら尋ねる。

「エステルスンドです。エステルスンドの病院です」

六

ホテルの廊下を足早に歩きながら、バスローブの前が開いていることには気づいていなかった。マルティンに電話をかける。呼び出し音がいつまでも鳴り続け、パメラの中でパニックが起こりつつあった。

だれも応答しないことがわかると、彼女は駆け出した。サンダルが一足脱げたが、放置したまま走った。

柔らかいカーペットが足音を吸収し、ほとんど水中を進んでいるように音がしなかった。

アリスの電話にかけてみる。だがすぐに留守番電話に切り替わった。

エレベーターのボタンを押し、残っていたもう片方のサンダルを脱ぎ捨てる。もう一度マルティンの電話にかけると、両手が震えていた。

「出て」と囁く。

ほんの少し待ったあと、階段を使うことにする。手摺《す》りにしがみつくようにして、一段飛ばしで駆け上がった。

二階の踊り場で、放置されていたバケツにつまずきかける。

身体の向きを変えながら、上り続けた。頭の中では、エステティシャンの言葉を正確に思い出そうとしていた。深刻なものではないと話していた。だとしたら、なぜ電話に出ない？

パメラは三階の廊下によろめき出ると、壁にもたれてバランスを整え、それから再び駆け出した。

自分たちの部屋の前にたどり着き、立ち止まる。喘《あえ》ぐように荒い息をついていた。キーを差し込み、室内に足を踏み入れると、まっすぐ机に向かう。パンフレットのさっているスタンドをひっくり返しながら受話器を持ち上げ、タクシーを呼ぶようにとフロントに伝える。

ビキニのうえに服をはおり、バッグと携帯電話をつかむと部屋を出る。

タクシーの中でも、マルティンとアリスに発信し続け、ショートメッセージを送り続けた。やがて病院につながったが、電話口の女性はいっさいの情報の開示を拒んだ。

パメラの心臓は激しく鼓動を打っていた。あやうく怒鳴り散らしそうになる自分を抑える。

道路は濡れていて、あちこちにぬかるみがあった。木々の幹や積み上げられたまま溶けかけている雪が、窓の外を飛び去っていく。黒々とした松の木の茂みが、陽光に輝く。野ウサギの足跡が、空き地のほうへと続いていた。

パメラは両手を合わせ、神に祈る。二人を乗せたレンタカーが無事でありますように。

彼女の思いは散り散りに乱れる。二人を乗せたレンタカーが雪の上でスリップし、土手を転がり落ちていく光景が浮かんだ。木々のあいだから飛び出てくる母熊、さっと空中に引き上げられて眼球に引っかかる釣り針、ブーツの上部で折れる足の骨。

二人の電話を少なくとも三十回は鳴らしていた。ショートメッセージだけでなく、Eメールも送っている。だが、なにひとつ応答がないまま、タクシーはエステルスンドの町に入った。

病院は、明るい陽光にぎらぎらと輝いている。それは巨大建造物の集合体で、茶色の壁面とガラスに覆われた通路を備えている。溶けた雪が歩道に流れ出していた。

救急車専用の駐車場の傍らに、タクシーが停まる。支払いを済ませて降り立つパメラの頭の中では、強烈な不安がドラムのように打ち鳴らされていた。

茶色の壁に沿って急ぎ足で進む。その表面に取り付けられている血のように赤い奇妙な木製の標識が、救急救命室へとパメラを導いた。ふらつきながら受付にたどり着くと、名前を告げる自分の声が遠くのほうに聞こえた。震える手で身分証を取り出す。髭《ひげ》を生やした受付係がそれを受け取り、待合室に座るように告げる。だがパメラは、黒いカーペットのうえにある自分の靴を見下ろしながら、その場に立ち続けた。自動車事故のニュースを検索しようかとも考えるが、どうしてもその気になれなかった。

これほどの恐怖を感じたのは、人生ではじめてのことだった。

何歩か前に踏み出してから振り返り、髭面の男を見やる。

これ以上長くは待てそうになかった。今すぐにでも駆け出して、集中治療室にいる家族を探しまわりたかった。

「パメラ・ノルドストレームさんですか?」一人の看護助手が近づきながら、話しかけてきた。

「なにがあったんです? だれもなにも教えてくれないの」パメラは廊下を歩きながらそう言い、ごくりと唾を呑み込む。

「医師と話してください。わたしはなにも知らないんです」

ストレッチャーだらけの廊下を進み、汚れたガラスのはまっている自動ドアを通り抜ける。

待合室の一つで、高齢の女性が泣いていた。水槽の中の魚が、ちらちらと光る底砂の上で舞い踊る。

二人は、そのまま集中治療室まで歩き続けた。

廊下には閉ざされた扉が並んでいて、職員たちは急ぎ足でその中へと入っていく。

ビニールの床材はクリーム色で、空気中には消毒剤のきつい匂いが漂っている。

看護師がもう一人、ドアから出てくるとパメラを迎えた。その顔には元気づけるようなほほえみが浮かんでいる。

「気が気でなかったでしょう」看護師はそう言いながらパメラと握手をした。「でも大丈夫。ご心配は無用です。すぐに先生がいらしてご説明を差し上げます」

パメラは、看護師のあとに続いて集中治療室に足を踏み入れた。人工呼吸器が一定のリズムでシュウシュウと音をたてている。

「なにがあったんです?」とパメラは訊く。その声は、ほとんど囁きでしかない。

「今は鎮静剤が効いています。でも、もう危険な状態は脱しました」

ベッドにはマルティンが横たわっていた。ビニールの管が口に挿し込まれている。目をつむったまままさまざまな装置につながれ、心拍や酸素濃度を測定されている。

「でも……」

自分の声ではないように聞こえた。パメラは気持ちを立て直そうと、壁に手を伸ばす。

「ご主人は氷の破れ目に落ちたんです。発見されたときには低体温の状態でした」

「でもアリスは」とパメラは口ごもる。

「なんですか？」看護師はほほえみながら訊き返す。

「娘です……娘のアリスはどこですか？」

看護師は、パメラの動揺に気づく。絶望を剝きだしにしながら話すパメラの声に耳を傾けながら、その顔面は蒼白《そうはく》になっていった。

「娘さんのことはまったく知りませんでした。まさか——」

「二人はいっしょに穴釣りをしてたんです！」とパメラが叫ぶ。「主人といっしょにいたの。あの子を残してきたなんて。まだほんの子どもなんですよ！　そんな……そんなこと！」

五年後

七

閉まる扉があれば開く扉もある——少なくとも窓くらいは——と人はよく言う。だが、実際に八方塞《ふさ》がりのときにこういう言葉を聞かされると、気分が楽になるというよりは馬鹿にされたように感じるものだ。

パメラはミントキャンディを口の中に放り込み、歯で噛み砕いた。彼女を乗せたエレベーターは、サンクト・ヨーラン病院の精神科病棟に向かって上昇している。

壁面の鏡は合わせ鏡になっていて、自分の顔が無限に連なっている。

葬式の前に剃《そ》り上げた頭にも、今では栗色の巻き毛が生えそろい、肩まで伸びていた。

亡くなってから迎えた最初のアリスの誕生日には、左目の下に小さな点のタトゥーを二つ入れた。娘の黒子《ほくろ》とまったくおなじ位置だ。

デニスの説得により、危機―トラウマ・センターに通いはじめ、それ以来少しずつ喪失感を抱えたまま生きていく術を身につけてきた。もう抗鬱《うつ》剤は必要ない。

エレベーターが静止し、扉がスライドして開く。パメラは無人のエントランス・ホールを歩き抜けてから受付で署名し、自分の携帯電話を差し出す。

「いよいよ、今日ね」受付の女性がほほえみながら言う。

「やっとよ」とパメラは応じる。

受付の女性はパメラの携帯電話を整理棚に入れ、番号の付いたタグを渡す。それから立ち上がると、通行証をカードリーダーに通して扉を開ける。

パメラは礼を言い、長い廊下を歩きはじめた。床に血塗れのゴム手袋が落ちていて、その傍らには清掃用具を収めたカートがある。

角を曲がって談話室に入ると、いつもどおり介助人に挨拶《あいさつ》をしてからソファに腰を下ろして待つ。マルティンの準備が整うまで、少し時間のかかることがあるのだ。

一人の青年が、チェス盤に向かって座っていた。落ち着かなげになにやらぶつぶつ呟きながら、駒の位置を調整する。

口をあんぐりと開けたままテレビの前に立っている高齢の女性もいる。その横には彼女とそっくりな顔の女性がいて、懸命に母親に話しかけようとしている。

朝の光がビニールの床材に反射して輝く。

介助人が携帯電話を取り出し、抑えた声で応答してから部屋を出る。壁の向こう側から怒声が聞こえてきた。

年配の男性が一人、部屋に入ってくる。脱色したジーンズと黒いTシャツを着ているその男は、あたりを見渡したあとパメラの真向かいの肘掛け椅子に腰を下ろす。六十歳前後だろう。細い顔には深い皺《しわ》が刻み込まれている。目は明るい緑色で、グレーの髪の毛が後頭部でまとめられていた。

「いいブラウスだな」パメラのほうに身を乗り出しながら、男が言う。

「どうも」パメラはそっけなく応え、上着の前を合わせる。

「乳首が透けて見える」男は低い声でそう続けた。「硬くなってるんだろう、おれが指摘したせいだ。わかるんだよ……おれの頭には危険なセックスがたっぷり詰まってるからな……」

パメラの鼓動が激しくなる。居心地が悪かった。立ち上がって受付に戻ろうかと考える。こういうときには、怯《おび》えていると思わせてはならない。

テレビを観ていた老女が笑い声を上げ、チェス盤に向かっている若者が黒のキングをはじき倒す。キッチンで食器の触れ合う音が、壁越しに聞こえてくる。天井近くにある通風口には筋状の埃が引っかかっていて、はたはたと揺れている。

パメラの正面にいる男はジーンズの股間に触れたあと両手を差し出して、誘いかけるような仕草をする。男の前腕部には深い傷痕がいくつも走り、それが手首のところまで伸びていることに気づく。

「後ろからやってやってもいい」と男はおだやかな声で言う。「ペニスを二本持ってるんでね……おれはセックス・マシーンなのさ、嘘《うそ》じゃない。おまえは悲鳴を上げて泣きながらよろこぶんだ……」

男は徐々に声を低くしてゆき、廊下につながる戸口を指さした。

「ひざまずくんだ」ニヤリとしてそう言う。「超人様、長老様のお出ましだ……」

男が手を叩《たた》き、昂奮《こうふん》したように笑い声を上げると、戸口に介助人が姿を現す。ずんぐりとした体格の男を車椅子に乗せて、談話室の中へと進んでくる。

「預言者様、使者様、導師様……」

車椅子の男は、そうやってはやし立てられることに無関心のようだった。チェス盤の反対側に車椅子を止めさせると、静かに礼の言葉を口にする。そして、胸にかかっている銀の十字架の位置を直した。

介助人は車椅子をその場に残し、もう一人の男のもとに歩み寄る。その男は今や、こわばった笑みを浮かべながら膝をついていた。

「プリムス、ここでなにしてるんだ？」と介助人が尋ねる。

「見舞客だよ」と答えながら、パメラにうなずきかける。

「あんたは面会を制限されてるはずだろう、忘れたのか？」

「そうだっけな」

「さあ、立つんだ。その人をじろじろ見るんじゃない」と介助人が言う。

パメラは視線を上げなかった。だが、男が立ち上がりながらもこちらを凝視し続けていることは感じ取れた。

「その奴隷《どれい》を連れ出してくれ」車椅子の男が静かに言う。

プリムスは踵《きびす》を返し、介助人とともに部屋を出ていく。病棟への扉がブザーとともに開き、再び閉じる。ビニールの床材を踏みしめる二人の足音は、次第に聞こえなくなっていった。

八

病棟への扉が再び開き、パメラは顔をそちらに向ける。マルティンに続いて、彼のバックパックを手にした介助人が談話室に足を踏み入れた。

かつてのマルティンは金髪を長く伸ばし、レザーパンツと黒シャツを身に着け、ピンク色のミラーサングラスをかけていた。いつ見ても、全身からくつろいだ雰囲気を放っていたのだ。それなのにここのところは、髪の毛は短くぼさぼさ、青白い顔にはいつも不安が浮かんでいる。大量の投薬を受け、体重も増えた。青いTシャツにアディダスのスウェットパンツ、そして足元は靴紐を抜かれた白いスニーカーという姿だ。

「あなた」パメラはほほえみながらそう言い、ソファから立ちあがった。

マルティンは首を振り、車椅子の男に恐怖のまなざしを向ける。パメラはマルティンのほうに歩み寄り、介助人の手からバックパックを受け取る。

「ここの人たちはみんな、きみのことを誇りに思ってるよ」と介助人がマルティンに話しかける。

マルティンはおずおずと笑みを浮かべ、自分の掌に描いた花をパメラに見せる。

「わたしに?」と彼女は訊く。

マルティンはすばやくうなずき、拳を握りしめる。

「ありがとう」とパメラは言う。

「ほんものは手に入らなかったんだ」マルティンは、彼女に目を向けることなくそう言う。

「わかってるよ」

マルティンは、介助人の腕をグイと引く。唇が静かに動いている。

「バッグの中はもう確認したでしょう」と介助人が諭《さと》す。それからパメラのほうに向きなおる。「忘れものがないか、もう一度バッグの中を確認したがってるんです」

「いいわ」パメラはそう応えながら、マルティンにバッグを渡す。

彼は床に座り込むと、バッグの中身を取り出し、きれいに並べていく。

マルティンの脳に異常はない——氷に閉ざされた水中で損傷を受けることはなかったのだ。だがあの事故以来、ほとんど話さなくなった。なにかひと言発するたびに、不安に襲われるようだった。

マルティンを苦しめているのは、妄想性パーソナリティ障害の要素を伴うPTSD（心的外傷後ストレス障害）であると、だれもが信じて疑わないようだ。

アリスを喪《うしな》ったことで、マルティンが自分以上に嘆き悲しんでいるというわけでないことはわかっている。そんなことはあり得ないからだ。だが、パメラの人格の基盤は強固で揺るがず、人間は一人ひとり異なる存在なのであって、だれもがそれぞれに異なった反応のしかたをするのだと理解している。マルティンの家族は、彼が幼いころに全員亡くなっている。アリスが溺死したことで、彼のトラウマはさらに複雑なものへと変化したのだ。

パメラは窓の外へと視線を向ける。精神科病棟の救急搬入口の前に、救急車が一台停まるのが見えた。だが、目にしているものはあまり頭に入ってこない。彼女の心は五年の時を遡《さかのぼ》り、エステルスンド病院の集中治療室を蘇《よみがえ》らせている。

「二人はいっしょに穴釣りをしてたんです！」パメラはそう叫んだのだった。「主人といっしょにいたの。あの子を残してきたなんて。まだほんの子どもなんですよ！そんな……そんなこと！」

看護師はパメラを見つめたまま口を開いたが、言葉が出てこなかった。

警察と緊急災害救助隊には、ただちにその情報が伝えられた。隊員たちはダイバーを同道して現場に舞い戻り、湖の捜索を再開した。

パメラは筋道だった思考をすることができなくなっていた。室内を落ち着きなく歩き回り、こんなのはすべて誤解なのであって、アリスは無事だと呟き続けた。もう少ししたらストックホルムで三人揃《そろ》って食卓につき、一日の出来事についておしゃべりしながら夕食を取る日常に戻るのだ、と自分に言い聞かせた。そうなることは金輪際ないとわかっていながら、パメラはそう想像した。心の奥底では、起こってしまった出来事をはっきりと認識しながら。

鎮静剤の効果が切れたとき、パメラは傍らに立っていた。マルティンは少しのあいだ目を開けてから再び閉じ、それからまた開けて彼女をじっと見上げた。とろんとした視線をパメラに向け、現実に戻ろうと努めながら彼女の姿を観察した。

「どうしたの？」マルティンが唇を舐《な》めながら囁いた。「パメラ、いったいなんなんだい？」

「あなたは氷の下に沈んだの」パメラはそう言い、ごくりと唾を呑み込んだ。

「いや、そんなはずはない」そう話しながら、枕から頭を持ち上げようとした。「氷は保《も》つはずだったんだ。穴を掘ってたしかめたら、十センチの厚さがあった……それだけあれば、バイクで走っても問題ない。だからあの子にもそう話したんだよ……」

その声は先細っていくが、マルティンは不意に力をこめてパメラを凝視した。

「アリスは？」と尋ねた。声が震えていた。「パメラ、なにがあったんだ」

ベッドから起き上がろうとしたマルティンは、床に落ちた。顔面を打ち付け、眉が裂けた。

「アリス！」と彼は叫んだ。

「二人とも氷の下に落ちたの？」パメラが声を張り上げて尋ねる。「教えて。救助隊がダイバーを使って捜してるの」

「わからない……あの子、あの子は……」マルティンの青ざめた両頬を、汗の粒が伝い下りた。

パメラは、その顎をしっかりとつかんだ。

「なにがあったの？　話して、マルティン！」と強い調子で問いかけた。「なにが起こったのか知る必要があるの」

「待ってくれ、頼む。思い出そうとしてるんだ……僕たちは釣りをしてた。そうだ……完璧な環境だった。なにもかもが完璧で……」

マルティンは両手で顔面を擦り、眉から再び出血しはじめた。

「起きたことだけを話して」

「待って……」

ベッドの縁を強くつかんでいる手の甲が、白くなった。

「別の入り江を目指して湖を横切ろうって話してた。それで荷物をまとめて、それから……」

マルティンの瞳が大きく見開かれ、呼吸が激しくなった。顔全体がこわばり、パメラには別人を見つめているように感じられた。

「マルティン?」

「僕は氷を踏み抜いた」そう言い、パメラの目を見た。「氷が薄くなってるかんじはなかった。わけがわからない……」

「アリスはどうしたの?」

「今思い出すから」そう話す声はしゃがれていた。「落ちたとき僕はアリスの前を歩いてた……あっというまの出来事で、気づくと水中にいたんだ。そこらじゅうに氷の破片が浮いていて、気泡だらけで……僕は水面に向かって泳ぎ上がろうとしたんだけど、そのときに音が聞こえて……アリスも水中に落ちたんだ——氷を踏み抜いて……

僕は水面に出て息継ぎをすると、もう一度潜った。するとアリスが見当識を失ってることがわかった。氷の穴から遠ざかっていたんだ……頭を打ったのかもしれない。アリスの身体のまわりの水が赤く濁《にご》ってるようだったから」

「なんてこと」とパメラは囁いた。涙が両頬にこぼれた。

「僕はもっと深く潜っていった。あと少しであの子に追いつけそうだったんだ。なのに、アリスはいきなりもがくのをやめて沈んでいった」

「どういう意味、沈んでいったって？」パメラは声を張り上げた。「どうして沈むの？」

「あの子を追いかけてて、あと少しで捕まえられそうだった。でもうまくいかなかった……暗い水の底に消えていってしまった。なんにも見えなかった。深すぎてなにもかもが真っ黒で……」

マルティンはパメラを見上げた。まるで、はじめて彼女の顔を見るような表情だった。眉から出た血が顔面を伝い下りた。

「でも、あなたはもう一度潜ったんでしょ？　あの子を追いかけたんでしょ？」

「どうなったのかわからないんだ。わけがわからない……」そう囁き、一瞬口をつぐんだ。「僕は救助なんかされたくなかった」

パメラがのちに知らされたところによると、クロスカントリースキーをしていた一団が、マルティンの明るい黄色のアイスドリルとバックパックを、穴のそばで見つけたのだった。そして、そこから十五メートルほど離れた氷の下に閉じ込められている男性を発見した。それで、急いで氷を割って救い上げたのだ。

マルティンはヘリコプターに乗せられ、エステルスンドの病院に緊急搬送された。体温は二十七度で意識はなく、ただちに人工呼吸器が装着された。

足の指を三本切断されたが、マルティンは生き延びた。

割れるような厚さの氷ではなかったものの、水流のせいで脆弱《ぜいじゃく》化していた部分があり、そこを二人は踏み抜いたのだった。

その日、意識を取り戻した直後に話して以降、マルティンが事故の全体像に触れることは二度となかった。その後、彼はほとんど言葉を発さなくなり、妄想性障害の症状は悪化していった。

事故から一周年の日、マルティンは雪に覆われた高速道路を裸足《はだし》で歩いているところを発見された。ハーガ公園付近でのことだった。警察に連れられてサンクト・ヨーラン病院の精神科病棟に緊急入院して以降、今日にいたるまでほとんど途切れることなく二十四時間体制の看護を受けてきた。

事故から五年。マルティンはいまだに起きたことを受けとめられないでいる。ここ数年のあいだは、通院治療へと慎重に移行しつつあった。自分の中にある恐怖との向き合いかたを身につけ、自宅で二週間ほど過ごしたこともあった。そのあいだ、病棟に戻りたいとは一度も漏らさなかった。

そして今、精神科部長との話し合いを経て、パメラとマルティンは退院の決断をしたのだった。回復に向けて次の一歩を踏み出すべきだと、三者が合意に達したのだ。

とはいえ、病院を出る理由はそれだけではなかった。

かれこれ二年ほど前からパメラは、児童の権利を守るための組織でボランティア活動をしてきた。厳しい環境で生きている子どもや若者たちからの、相談の電話を受けているのだ。そうした経緯から、イェヴレ市の社会福祉局とのつながりが生まれた。身寄りが一人もいない十七歳の少女、ミア・アンデションのことを耳にしたのも、そこでのことだった。

パメラは、ミアを自宅に迎え入れるための話し合いを開始した。だがデニスからは、もしマルティンが自宅で生活できるほど回復していないのだとすると、受け入れ申請は却下される可能性があると教えられた。

パメラがミアについて話すと、マルティンは涙を流してよろこんだ。そのときにはじめて、退院して自宅に戻るために、ほんとうに努力をすると約束したのだった。

ミア・アンデションの両親は、二人とも重度の薬物依存者で、娘が八歳のときに死んでいた。ミアは人生のほとんどをドラッグや犯罪行為に囲まれて育ち、どの里親のもとでも問題を起こした。十七歳を過ぎた今、ミアをすすんで受け入れようという人間は一人もいない。

この世には、悲劇に見舞われる家族がいる。おなじような経験をした人びとに助けの手を差しのべるのが、残された者の務めではないかとパメラは考えるようになった。三人全員――パメラ、ミア、そしてマルティン――が、近親者を喪っている。三人のあいだにはわかり合えるものがある。癒やしに向けて、ともに足を踏み出すことができるはずだ。

「さあ、そろそろバッグを閉めなくては」と介助人が言う。

マルティンは言われたとおりにする。肩紐をファスナーの上で畳むと、片手でバッグをつかんで立ち上がる。

パメラはマルティンにほほえみかけ、「家に帰る準備はできた？」と尋ねる。

九

部屋の中は暗い。だが覗き穴から射し込んだ光が、柄《がら》のプリントされた壁紙にあたり、灰色の真珠を思わせる輝きを放っている。

たった一時間前まではなかったものだ。ずいぶん長いあいだなにも見えなかった。

ヤンヌはベッドに横たわったまま、身じろぎ一つせずフリーダの息づかいに耳を澄ましている。フリーダがまだ起きていることはわかった。

外の庭で犬が吠《ほ》える。

口を開くにはまだ危険だ。フリーダがそう判断してくれることを、ヤンヌは願っている。上階の足音が聞こえなくなってから、まださほど時間が経っていないのだ。最後に聞こえたのは、木材が収縮する音にすぎなかったのかもしれない。だが、危険を冒すわけにはいかないのだ。

ヤンヌは壁で輝く真珠を見つめ、隣室に動く人影がないかと目を凝らす。

ここでは、いたるところに小さな穴が穿《うが》たれている。シャワーを浴びたり、ダイニングでスープを口にしたりするときには、穴に影が差した。だが、それには気づかないふりをする術を身に付けた。

監視されているという事実は、ここでの日常の一部だ。

実際、拉致される数週間前から監視されているような感覚があったことを思い出す。

一度は、一人で家にいたときのことだった。だれかが家の中に潜んでいるような気配を感じた。そして目が覚めたときには、眠っているあいだに写真を撮られたというゾッとする感覚に襲われた。

その数日後、血の染みが付着した淡いブルーのシルク下着が、洗濯籠から消えた。ようやくしみ抜きを買ってきたときには、もうなくなっていたのだ。

連れ去られた日には、自転車のタイヤの空気が抜かれていた。

監禁初日、コンクリート壁の上部にある明かり取り穴を通して、地下室にいる自分を覗いている人間がいることに気づいた。そのときには、声が嗄《か》れるまでわめいた。

「すぐ警察が来るんだから」とヤンヌは叫んだ。

だがそれから六カ月が過ぎ、バイクに乗っていたあの警察官には、ぜったいになにが起こっていたのかわからないだろうとついにあきらめた。深い草むらで嘔吐していた少女が、行方不明となった少女とまさか同一人物だとは気づかないだろう。あの警察官は、ヤンヌのことをよく見てみようともしなかった。どこにでもいる泥酔した十代の女の子だと思い込んで、おしまいにしたのだ。

フリーダが寝返りを打つ音が聞こえた。

二人は、二カ月かけて脱出の計画を練っていた。毎晩、上の階の足音や地下室の叫び声がやむまで待った。全員が寝静まったと確信を持ててから、フリーダが足音を忍ばせてヤンヌのベッドまで行き、話し合いの続きをしたのだった。

ヤンヌは、脱出のことを考えないよう懸命に自分を抑えてきた。とはいえ、ここに連れられてきた当初から、こんなところからは逃げ出さなければならないと、自分には固く誓っていた。

フリーダは、まだ十一カ月しかここにはいない。だがもうすでに焦りを見せていた。ヤンヌのほうは、五年かけて情報を集め、最適なタイミングを見計らってきた。いつかはすべての扉が開き、背後を振り返ることなく歩み去ることになるだろう。だがフリーダは脱出したくてたまらないようだった。

ほんのひと月前のこと、フリーダは道具部屋《ユティリティルーム》に忍び込んで、この部屋の合鍵を盗んできた。

その部屋は壁一面に黒っぽい色の鍵がかかっていて、一つくらい失くなってもだれも気づかないようだった。危険は大きかったが、冒す必要があった。二人の部屋の扉は、夜のあいだ常に外から施錠されていたからだ。

荷造りはしていない。そんなことをすればだれかに気づかれるからだ。

時が来れば、二人はただ消え去る。

家の中が静まり返ってから、少なくとも一時間は経っている。

今晩逃げ出そう。フリーダがそう言い出すことはわかっていた。唯一の問題は、この季節の夜が明るいことだ。茂みを目指して庭を駆け抜けるときに、丸見えになってしまう。

二人の計画は単純だ。服を着て扉を解錠し、廊下を歩いてキッチンまで行き、窓から抜け出す。そして森の中に逃げ込むのだ。

ヤンヌは、機会を見つけては番犬に接近していた。自分の食べ物を少し分け与えることで、慣れさせせようという腹だ。そうしておけば、実際に逃げ出すときに静かにしてくれるかもしれない。

家の中から見ると、木々の梢《こずえ》の向こうには、電線を頂く銀色の鉄塔が何本もそびえていた。方向を見失わないために、鉄塔伝いに進むというのがヤンヌのアイディアだった。そのうえ鉄塔の足元は、樹木が電線を傷めないようにと、たいていの場合はきれいに拓《ひら》かれているものだ。ということは、密生する森の中よりはるかに歩きやすいはずで、すばやく移動することで〝お婆《ばあ》〟を大きく引き離せるだろう。

ストックホルムには、信頼できる人物がいる。彼女なら金を融通してくれる、とフリーダは請け合った。隠れ家と、帰りの電車の切符も提供してくれるはずだ、と。

家族のもとに無事たどり着くまで、警察に駆け込むわけにはいかなかった。

ベッド脇のサイドテーブルには、金の額縁に入った写真が置かれている。それは警告なのだとヤンヌは理解していた。シエサルは両親の家まで足を伸ばして撮ってきたに違いない。それは夏の朝に、家の裏のテラスに座っている二人の姿を捉えた写真だった。

フリーダの持っている写真は、自転車のヘルメットをかぶった妹のものだった。真正面から撮られたもので、瞳が赤く光っている。

警察や誘拐速報システムにかかわる部署には、シエサルの知り合いがおおぜいいる。だから、通報したとたんにばれてしまう。そんなことをすれば家族が殺されるのだ。

今晩脱出するという考えはひどく魅力的で、ヤンヌの血管をアドレナリンが駆け巡った。だが腹の底では、八月半ばまで待ったほうがいいという気がしている。

家の中は寝静まった。お婆が最後に二人のようすを確認しに来てから、すでに何時間か経っていた。屋上にある銅の風見鶏が、風に吹かれてキイキイと音をたてる。

フリーダの着けている金のブレスレットが、チリンと鳴る。暗闇の中に手を差し出しているのだ。

ヤンヌは数秒間待ってからフリーダの手に触れ、やさしく握りしめる。

「わたしの考えてること、わかってるでしょ」彼女は低い声で話しかける。そのあいだにも、壁の上で輝いている真珠からは目を離さない。

「でも、百パーセント安全になることなんて、ぜったいにないでしょ?」フリーダは焦れながらそう応える。

「もっと声を抑えて……あとひと月待とうよ——わたしたちならできる。あとひと月もすれば、この時間帯には真っ暗になるから」

「でもそのときには、また別の問題が出てくる」フリーダはそう言い、手を放す。

「わたしの気持ちはわかってるでしょ。暗くなったらぜったいにいっしょに行くって約束する」

「でも、あんたってほんとうにここを出たいのかな。だって……ずっとここにいるつもり？　なんのために？　金《きん》とか真珠とかエメラルドとかのため？」

「ああいうのは大嫌い」

音もなくベッドから抜け出たフリーダは寝間着を脱ぎ、掛け布団と枕で偽物の身体を作る。寝ていると見せかけるためだ。

「森を抜けるにはあんたの助けが必要——あんたのほうがよく知ってるから。でも、わたしがいなければ、あんたは家まで帰り着けない」そう言いながら、フリーダはブラジャーとブラウスを身に着ける。「ねえ、ヤンヌ、頼むからいっしょにやろうよ。手を貸してくれたら、こっちもお金とか列車のチケットとかのこと手伝うから……でも、わたしは今すぐ出ていく。これがあんたの最後のチャンスだよ」

「ごめんなさい」ヤンヌはそう囁く。「わたしには無理。危険すぎるもの」

そして、フリーダがブラウスの裾《すそ》をスカートの中に入れ、ファスナーを上げるようすを眺める。

「足元の地面になにがあるのか、枝でたしかめなきゃだめだよ」とヤンヌが囁く。

「鉄塔のところまでずっとだから。これは真面目な話なんだからね。ゆっくりと進むこと。気をつけて」

「わかった」フリーダは応え、そろそろと扉に向かう。

ヤンヌは、ベッドの中でさっと身体を起こすと、

「ラモンの電話番号、もらえる?」と尋ねた。

フリーダは応えない。ただ鍵を開け、廊下へと足を踏み出した。

カチッという音がして、留め金が元の位置に戻ったあとは、静寂が訪れた。

ヤンヌは横になる。心臓が早鐘を打っていた。

なりふりかまわずに服をはおって、フリーダのあとを追いかけて駆け出す自分の姿を思い浮かべた。森を走り抜け、列車に乗り、家に帰るのだ。

ヤンヌは息をこらし、耳を澄ました。

今ごろ、フリーダはシエサルの部屋の前を通り過ぎてキッチンに入ったに違いない。

だがなにひとつ物音はしなかった。

お婆の眠りは深くない。だれかが音をたてると、まもなく階段を下りてくる彼女の足音が聞こえてくることになる。

だが、家の中は静まり返ったままだ。

犬が吠えはじめ、ヤンヌはぎくりとする。フリーダは今、家の裏側の窓を開けて、抜け出そうとしているのだと気づく。

チェーンが張り詰め、犬の首を絞める。吠える勢いが弱まり、まもなく完全に止まった。鹿やキツネの匂いを嗅ぎつけたときの反応と変わらない。

ヤンヌは覗き穴を凝視している。それは今もなお、壁の上で明るく光っている。

今ごろフリーダは森の中にいるはずだ。そこまでのあいだに仕掛けられている、無数のベルはうまくすり抜けたのだ。だが、まだ気を抜いてはならない。

いっしょに行けばよかった、とヤンヌは考える。扉の鍵もなくなったし、協力者の連絡先も脱走計画もなくなってしまったのだ。

ヤンヌは目をつむり、暗い森の中を思い描く。

あらゆるものが静寂に包まれている。

突如、上階のトイレが流される。ヤンヌはゾッとして目を開ける。お婆が起きているのだ。

階段を重い足音が下りてくる。

手摺りが軋《きし》む。

ユティリティルームのベルが軽く鳴る。風の強いときには起こることだし、動物が庭に入り込んだときもおなじだ。

覗き穴はまだ輝いている。

ポーチに出たお婆が、上着を着る音が聞こえてきた。家の外に出ると、扉を閉めて施錠する。

犬はクンクンと鼻を鳴らしたり、甲高く吠えたてたりしている。

再びベルが鳴る。

ヤンヌの心臓は、今や激しく打っていた。

なにか問題が起こったのだ。

目をぎゅっとつむると、隣室からなにかが軋む音が聞こえてきた。

屋根の風見鶏が甲高い音をたてて回転する。

遠くで犬が吠えはじめ、ヤンヌは目を開ける。

犬は手の付けられない興奮状態に陥っているようだ。

フリーダが森の中に駆け込んだとは考えず、道路伝いに鉱山を目指したのだとお婆が思い込みますように、とヤンヌは考えた。

吠え声が近づいている。

だが、庭で人の声がしはじめ、玄関の扉が荒々しく開かれるはるか以前から、フリーダが捕まったことをヤンヌは腹の底ではわかっていた。

「気が変わったの」とフリーダは叫んだ。「引き返すところだったの。わたし、ここにいたいの。ここでしあわせなの……」

荒々しい平手打ちの音とともに、フリーダの言葉が途切れる。壁に激しく打ち付けられたあと、床に崩れ落ちたようだ。

「お母さんとお父さんに会いたかっただけなの」

「黙れ」お婆がうなるように言う。

　ぐっすりと眠り込んでいたふりをしなければ。フリーダが逃げ出そうとしたなんて夢にも思わずに。

　大理石の廊下に足音が聞こえ、それが近づいてくる。閨房《ブドワール》の扉が開いた。

　フリーダがすすり泣いている。すべては誤解で、戻ろうとしていたら罠《わな》にかかったのだと必死に訴《うった》えている。

　ヤンヌは身動きせずに横たわったまま、耳を澄ました。金属の触れ合う音と、重々しいため息が聞こえるが、なにが起こっているのかわからない。

「そんなことしないで」フリーダが懇願《こんがん》する。「お願い、待って、約束するから、もうぜったいに――」

　いきなりフリーダが悲鳴を上げる。今まで一度も聞いたことがないような声だった。想像を絶する痛みによる金切り声が上がり、はじまったときとおなじく唐突にやんだ。

　壁になにかがぶつかり、家具を移動させる音がする。

　荒い息づかいのあいだに、苦痛のうめきが漏れる。そして静寂が訪れた。

　ヤンヌは身じろぎ一つせずに横たわっている。耳の中でドクンドクンと心臓が脈打っていた。

暗闇を見つめたまま、どれほどの時間が過ぎていたのかはわからない。壁の上の白い真珠が消えた。

ヤンヌは目を閉じて口を少し開け、眠っているふりをする。

お婆の目はごまかせないかもしれない。だが廊下で足音がするまで、目を開く勇気はない。

だれかが木のブロックを蹴りながら、ゆっくりと歩いているような音が聞こえた。

ドアが開き、足音高くお婆が入ってくる。尿瓶《しびん》がベッドの足にあたって音をたてた。

「服を着て閨房に来るんだ」と言い、ヤンヌをステッキでつつく。

「今何時?」ヤンヌは寝ぼけたような声でもごもごと言う。

お婆はため息をついて出ていく。

ヤンヌは急いで服に着替え、部屋を出ながら上着をはおる。廊下で立ち止まり、タイツをぐっと引き上げてから閨房に入る。

明るい夏空が、黒々としたカーテンの背後に隠れている。室内を照らしているのは、読書灯の明かりだけだ。

ドアのすぐ内側には、血塗れになったプラスティックのバケツがあった。

部屋の中へと進みながら、両足の力が抜けていくのがわかった。

血液と吐瀉物の臭気で、空気はねっとりと重い。

バケツの横を通り過ぎるときに、中に入っているのがフリーダの足であることを見て取る。

ヤンヌの心臓が激しく打つ。

桜の花をあしらった屛風《びょうぶ》を回り込むと、ようやく部屋全体が見渡せた。

お婆は肘掛け椅子に座っている。その足元のモザイク柄の床は、血液でてらてらと光っていた。唇は固く結び合わされ、顔には苦々しげな表情が浮かんでいる。太い両腕は肩まで血塗《まみ》れだ。そして、片手で握りしめているノコギリの先からは血が滴っている。

フリーダはソファに横たわっていた。上半身と腰の二カ所が、荷締め用ストラップで椅子に固定されている。全身が震えていた。

両足とも、踝の上で切断されている。傷口は締め上げられているが、それでも切断面からの出血は続いていた。ビロードのクッションはびしょ濡れで、ソファの足を伝って床にまで血液が流れ続けている。

「これで迷子になる心配もないね」お婆はそう言い、ノコギリを手にしたまま立ち上がる。

ショック状態のフリーダは大きく目を見開いたまま、切断された両脚をひっきりなしに上げたり下げたりしている。

十

レースのカーテンとオレンジ色の遮光幕を通して、明かりが閨房に射し込んでいる。朝の早い時間だが、すでに日暮れのように感じられた。細かい埃が、窓から入る光線の中でちらちらと輝く。

お婆がキッチンにいるあいだ、ヤンヌは懸命にフリーダの手当をしている。血塗れになった真珠のネックレスは、フリーダの浅い呼吸とともに上がったり下がったりする。閉ざされた目のまわりはピンク色で、唇は嚙み切られて傷だらけだ。

ヤンヌは、フリーダの身体を締めつけているストラップを緩める。フリーダのブラウスは汗だくで、脇の下が半ば透けている。布越しに黒いブラジャーがくっきりと浮かび上がり、チェック柄のスカートは腰のあたりに巻き付いていた。苦痛に押し潰されかけているフリーダは、わが身に起きたことを理解できていないようだった。

ヤンヌは、血塗れの切断面に包帯を巻いたあとキッチンに二度足を運び、フリーダを病院に連れていかなければならないとお婆に訴えかけたが、無駄だった。

片方のふくらはぎはズタズタで、縫合された傷の上の部分が青紫色だ。おそらく、森の中に仕掛けられている熊用の罠にかかったのだろうとヤンヌは推測する。もしかすると、お婆が足を切断することに決めたのはそのせいだったのかもしれない。

フリーダは目を開き、切断された足首を見下ろす。そして片足を持ち上げると、不意にパニックに陥る。

声が嗄れるまで叫びながらのたうちまわり、上半身を脇に放り出す。濡れたカーペットの上に落下したフリーダは、強烈な痛みに沈黙する。

「神様」と彼女は泣く。

ヤンヌは懸命にその身体を押さえる。だがフリーダは全身を恐怖に貫かれ、やけくそのように身体を震わせ、首を反《そ》らした。

「こんなのいや……」

左足の縫い目が裂け、再び勢いよく出血しはじめる。

「わたしの足……両方とも切るなんて……」

フリーダの金髪は、涙と汗で頭皮にべったりとへばりついている。瞳孔《どうこう》は大きく開き、唇は色を失って真っ白だ。ヤンヌはその頬を撫《な》で、大丈夫だから、治るからと言い聞かせる。

「ぜったい生き延びるの」と彼女は言う。「出血さえ止められれば大丈夫だから」

ヤンヌはソファを動かす。ズタズタになった両足をやさしく持ち上げ、出血の速度を少しでも緩めようとクッションの上に載せる。

フリーダは目を閉じ、荒い息をつく。

ヤンヌは首を廻《めぐ》らせ、鏡の横にある覗き穴を見やる。だが閨房の中は明るすぎて、監視されているのかどうかはっきりしない。

ヤンヌは耳を澄ましながら待った。

フリーダのブーツと白いソックスが、テーブルの下に転がっている。

キッチンから食器の音が聞こえた。ヤンヌはフリーダのほうに視線を下ろし、注意深くスカートのポケットを探っていく。

なにか聞こえた気がして、さっと振り返る。

モザイク柄の床には血溜まりがある。お婆の足跡はそこからはじまり、プラスティックのバケツの脇を抜けて廊下へと続いていた。

ヤンヌは戸口のようすを見きわめようと、屛風の折れ目に開いている隙間を通して、その向こうがわに目を凝らす。

一瞬のためらいのち、フリーダのスカートに指を差し込むと、ウェストバンドに沿ってまさぐる。廊下から足音が聞こえ、すばやく手を引き抜く。

お婆が閨房を通り抜けてポーチに向かう。

ヤンヌは膝をつき、フリーダのブラウスのボタンを二つ外した。庭で犬が吠えはじめる。

フリーダは目を開き、汗まみれのブラジャーに手を伸ばすヤンヌの姿を見る。

「置いてかないで」とフリーダが口ごもる。

ブラジャーの右側のカップの内側を探ると、小さな紙切れが見つかった。ヤンヌはそれを取り出して立ち上がる。

カーテンから射し込む光が動いたようで、一瞬のあいだ室内は明るさを増す。

血液はあいかわらずソファから滴っている。

ヤンヌは紙切れに視線を下ろし、フリーダの知り合いの電話番号が書き留められていることを確認する。そして背中を向けると、自分の下着のウェストバンドの内側に押し込む。

「お願い、助けて」フリーダが囁く。苦痛に歯を噛みしめている。

「出血を止めなきゃ」

「ヤンヌ、わたし死にたくない。病院に行かなきゃ。このままじゃ無理」

「じっとしてて」

「這っていく。ぜったいに這っていけるから」と訴えるフリーダは、苦しげに息を吸い込む。

玄関の扉が開き、お婆の足音が近づいてくる。騒々しい靴音と、大理石の床を突く杖《つえ》の音がヤンヌの耳に届く。

お婆のベルトに吊《つる》されている鍵が、ジャラジャラと鳴っていた。

ヤンヌは陳列棚に移動し、止血のための圧迫包帯を新たに作りはじめる。足音が止まり、ドアハンドルが回転する。そして、閨房の扉が開いた。

お婆は杖に体重をかけながら部屋の中に足を踏み入れ、屏風のそばで立ち止まる。その険しい顔には影が落ちていた。

「うちに帰る時間だよ」とお婆が言う。

ヤンヌはごくりと唾を呑み、

「出血が止まりかかってるの」と訴える。

「おまえもいっしょに入ったっていいんだよ」お婆はそっけなく応え、部屋から出ていく。

生き延びるためになにをすればいいのかは、わかっている。だがヤンヌは、細かなことを頭から追い出した。そしてフリーダのところに戻ると、目を逸らしたまま身をかがめ、刺繍《ししゅう》飾りのついた金色のラグの端をつかむ。

「待って、お願い……」

ヤンヌは、フリーダを載せたままラグを引っぱり、モザイク床の上を移動しようとする。足を引きずりながら廊下に出たところで、血溜まりに足を滑らせる。身体を揺らされるたびに、フリーダは苦痛にすすり泣き、うめき声を上げた。だが、もうかなり回復して元気になったから、と繰り返し訴え続けていた。

シエサルの部屋の前を通り過ぎ、ポーチを目指す。フリーダの泣き声を頭から締め出そうと、ヤンヌは必死だった。

フリーダは、金メッキを施されたスツールにしがみつこうとする。そして、それを数メートル引きずった挙げ句、指を滑らせる。

「やめて」とヤンヌに懇願する。

お婆は、庭への戸口で待っている。その背後で、朝の光がかすんでいた。ポーチに出たヤンヌは、かすかな煙の匂いを感じる。お婆は、七号棟の裏にある焼却炉でなにかを焼いているのだ。

庭への階段二段を引き下ろされるとき、フリーダは痛みに悲鳴を上げる。

片足の切断面から、一定の間隔で血液が噴き出しはじめていた。それが、折れ曲がったラグの上で小さな血溜まりになる。そして砂利の上に黒々とした筋を残した。

お婆が錆びたゴミ箱にリードを結びつけると、犬は不安そうにクンクンと鼻を鳴らした。

お婆は六号棟のドアを解錠し、扉に石を挟んで閉まらないようにする。煙がトタン屋根の上で曲がりくねり、木々の梢《こずえ》のあいだを漂っていた。

ヤンヌがラグから手を離すと、フリーダはすすり泣く。真珠のネックレスが喉の上で張り詰め、両目には絶望の色が浮かんでいた。

「助けて」とフリーダが泣きつく。

ヤンヌは、ラグの端をつかみ直すためにかがみ込む。すると、自分の爪が割れていることに気づいた。無感情のままフリーダを屋内に引き入れ、コンクリート床に横たえる。

トタン屋根と梁《はり》のあいだには汚れた窓が並んでいて、そこから昼の光が射し込んでいた。壁には、列車の駅で使われていた古い時計が立てかけられている。ヤンヌは、そのドーム型のガラスに映っている自分の細長い影を目にする。

床には、枯葉や松葉が散乱していた。ぐるぐる巻きにされたハエ取り紙が、作業台の上でゆったりと揺れている。その足元にプラスティックの桶があり、その中には錆びた熊用の罠が入っていた。

ヤンヌは友だちを引きずりながら、ドラム缶や魚の下処理で発生する生ゴミを入れるための容器がいくつも並ぶ傍らを通り過ぎ、処刑用の大きな檻《おり》の中へと入っていく。

フリーダはもはや死の恐怖を抑えきれなくなり、われを忘れて泣きはじめる。

「ママ、ママに会いたい……」

ヤンヌは檻の中心で立ち止まり、ラグから手を離す。そして踵を返すと、振り返りもしない。視線を下ろしたままお婆の傍らを通り抜けて、庭のすずしい空気の中に出る。

リードを引っぱりながら、犬が何回か吠える。その場で回転しながら埃を巻き上げたあと、ハアハアと息をつきながら地面に伏せた。

ヤンヌは手押し車から箒《ほうき》を取り上げ、立ち並ぶ細長い小屋の破風《はふ》の脇を、足早に通り過ぎていく。

自分の部屋に戻り、枕に顔を伏せて泣いているのだろう。ヤンヌは、お婆がそう推測することを知っていた。

恐怖を充分に植え付けた以上、ヤンヌが自発的に逃げ出すことはない。お婆はそう考えている。

ヤンヌは恐怖に震えていた。だが、針路を変えて古いトラックやセミトレーラーのあいだに入ると、箒の先を蹴り飛ばして外し、柄《え》だけをつかんで歩いていく。

フリーダが毒ガスで殺されているあいだに、ヤンヌは森の中へと逃げ込むのだ。振り返ることなく。

パニックに全身が凍りつきそうになるたびに、それを振り払う。駆け出してはならない。

ヤンヌは、木々のあいだに生えているコケモモの茂みの中を、ゆっくりと歩き抜ける。頭上の葉を風がカサカサと鳴らし、蜘蛛《くも》の巣が顔をくすぐる。

ひんやりとした朝の空気の中で、すでにヤンヌの息は上がりつつあった。きっとお婆はもう、彼女のことを捜しはじめているだろう。

ヤンヌは進み続ける。箒の柄で地面を突《つ》き、空いているほうの手で枝をかき分けながら。

森は次第に深くなり、植物がさらにもつれ合いはじめた。

前方の倒木が、ヤンヌの針路を妨《さまた》げていた。その幹の下をくぐり抜け、立ち上がろうとした瞬間、なにかが明かりを反射して光っていることに気づく。倒木の両脇にそびえる二本の木の幹に、ナイロンの糸が何本も張られていた。糸がどういう経路をたどっているのかはヤンヌにもわからないが、最終的にはユティリティルームに設置されているベルにつながっていることは知っていた。

ヤンヌは後ずさりしながら元の位置に戻り、倒木を大きく迂回《うかい》することにした。枝を踏み、それが音をたてて折れる。

駆け出したくなる自分を懸命に抑え込んでゆっくり進むと、傍らに落とし穴が口を開いているのに気づく。底には鋭利な杭が上向きに刺さっていて、そのうえに絡み合った枝と苔《こけ》が崩れ落ちていた。

チャンスが一度しかないのはわかっている。だが森から抜け出ることができれば、ヒッチハイクでストックホルムまで戻れるはずだ。そうしたらフリーダの知り合いに連絡し、家まで帰る手助けをしてもらえる。危険を冒すつもりはない。ヤンヌと両親は、シエサルとお婆が逮捕されるまでのあいだ警察の保護を受ける必要がある。

百メートルほど先で森は拓《ひら》け、送電塔の連なりがはじまった。木々は伐採されており、頭上を電線が走っている。

根元から倒れている木を回り込み、狭い空き地に足を踏み入れたとたん、背後で地面を打ち付けるような鈍い音がする。

木の枝からカラスが飛び立ち、不吉に啼《な》いた。足元は巨大なシダに覆われている。ヤンヌはそれをかき分けて進んでいく。箒の柄を使い、前方の地面を繰り返し突いた。シダは腿に届くほどの高さがあり、ひどく密生しているため自分の足も見えなかった。

今や、昂奮した吠え声が聞こえていた。そして駆け出そうとした瞬間、箒の柄がヤンヌの手から引き剝《は》がされ、大きな音をたてて地面に打ち付けられた。

両足を動かさないようにしながらかがみ込み、片手でシダを押しのける。

箒の柄は、罠に捉えられていた。

ギザギザの歯が強烈な力で嚙み合わされ、柄は二つに切断されかかっている。二度・三度ほどそれを前後に揺すると、すぐに折れた。

ヤンヌはそろりそろりと空き地を横断する。柄で地面を突きながら最後の何本かの木の傍らを通り過ぎ、鉄塔の下の拓けた土地に出る。

ヤンヌは、黄色い草むらの中を歩き抜けた。両脇には樺《かば》の若木が生えていて、細いピンク色の枝を伸ばしている。いったん立ち止まり、背後の物音に耳を澄ましてから再び歩きはじめた。

一一

雨は一晩中、激しく降り続いた。だが今は太陽が輝いていて、木の葉からもようやく水滴が落ちてこなくなった。

三棟の温室の中では、結露したガラス面に全身を押しつけるようにして緑の植物が密生している。

ヴァレリア・デ・カストロは、肥料を運び出すために納屋の外で手押し車を停めた。胸元では、携帯警報器が揺れている。

ヨーナ・リンナは鋤《すき》に足をかけ、地面に押し込む。そうして背筋を伸ばすと、手の甲で額の汗を拭った。

ボタンを外したレインコートからは、グレーのニット・セーターが覗いている。乱れた髪と淡い銀色の瞳。その色は、木漏れ日を受けると変化を見せた。

今でもなお、毎日が嵐の後の夜明けのように感じられる。曙光とともに戸外に出てきて、被害状況をたしかめているような気持ちになるのだ。そして空気中には、生き延びた者たちの希望が充満していた。

墓地には定期的に訪れている。そのときには、温室の花を持っていく。悲しみをやわらげ、薄めることができるのは時の流れだけだ。変化にゆっくりと順応し、人生はこれからも続いていくという事実を受け入れる。たとえそれが、望んだものとはまったく異なっていたとしても。

ヨーナ・リンナは、国家警察に戻った。九階にあったかつてのオフィスに戻り、刑事としての仕事を再開したのだ。

どれほど手を尽くしても、ビーバーを名乗る男の行方は杳《よう》として知れなかった。あれから八カ月が過ぎた今もなお、国家警察が手にしているのは、ベラルーシの監視カメラが捉えたぼやけた映像だけだった。

男の氏名すらつかめていない。

あらゆる手がかりをたどったが、すべて袋小路に行き当たった。

国際刑事警察機構《インターポール》に加盟している百九十五カ国のうち、男の行方をつかんだ国はない。あたかも、昨年、ほんの数週間のあいだだけ存在したかのようだった。

手を止めたヨーナは、自分の笑顔には気づかないままヴァレリアを見やる。彼女は手押し車を押しながら、砂利道をこちらに向かってくる。カールしたポニーテールが、泥まみれになった黒いナイロン製のダウンジャケットの上で跳ねている。

「レディオ・ググ」ヴァレリアは、ヨーナと目が合うとそう言う。

「レディオ・ガガ」ヨーナは応えてから、再び地面を掘りはじめる。

明後日、ヴァレリアはブラジルに飛ぶ。長男にはじめての子が生まれるのだ。次男は、留守のあいだ種苗店の面倒を見ることになっている。

ヨーナの娘のルーミは、パリから訪ねてきている。ヴァレリアが発ってから五日間、父親とともに過ごす予定だ。

三人は二日前、サッカーのスウェーデン女子代表チームがイングランドを打ち負かし、ワールドカップで銅メダルを獲得する瞬間をいっしょに観た。そして昨夜はラムラックを網焼きにした。夕食のあいだ、ルーミはひとり思いに沈むようで、ヨーナが話しかけてもうわの空だった。そして、まるで見ず知らずの他人を目の前にしているように返答した。

ルーミはヨーナとヴァレリアをソファに残し、一人早い時刻に寝床に就いた。二人はそのままロックバンドのクイーンを題材にした映画を観た。以来、二人の頭の中ではクイーンの音楽が止まらない。どう振り払ってもメロディが口をついて出てくるのだ。

「オール・ウィ・ヒア・イズ・レディオ・ガガ」ヴァレリアは、並んでいる上げ床式《レイズド》花壇《ベッド》の反対側で歌う。

「レディオ・ググ」とヨーナが応じる。

「レディオ・ガガ」笑顔でそう言い、ヴァレリアは温室へと戻っていく。

ヨーナはハミングを続けながら、もう一鋤分の土を掘り上げる。これからはもう、なにもかもいい方向に向かう。そう考えた瞬間に、ルーミが家から出てきて、ポーチの階段で立ち止まった。黒いウィンドブレーカーを身に着け、緑色のゴム長靴を履いている。

ヨーナは足をかけて鋤を地面に突き刺してから、娘のもとへと歩いていく。頭からどうしても離れない曲はあるかい？　と尋ねかけて、ルーミの両目が赤く腫《は》れぼったいことに気づく。

「パパ、チケットを取り直したの……今日の午後、家に戻ることにする」

「うまくいくかどうか、もう少しだけようすを見るわけにはいかないのかい？」とヨーナは尋ねる。

ルーミはうつむき、茶色の髪の毛が目元を覆う。

「実際に来てみたら、違うかんじになるかと思ったの。でもそうはならなかった」

「わかるよ。でも、まだ着いたばかりじゃないか。もしかしたら――」

「わかってる」とルーミが言葉を遮る。「でも、もう嫌な気分になってるの。わたしを助けるためにあんなに力を尽くしてくれたパパに、こんなことを言うなんておかしいってこともわかってる。でもわたしは、パパのこわい一面を見てしまった。そんなもの一生見たくなかったのに。だから、あれ以来ずっと忘れようとしてきた」

「おまえの目にどう映ったのか、とうさんもわかってるよ。でもあれ以外に選択肢はなかったんだ」ヨーナはそう応えながら、自分の内側にある穢《けが》れを意識している。

「もしかしたらそうなのかも。でもどちらにしても嫌な気分であることに変わりはない。パパの住む世界にいるかぎり、わたしは安心できない」とルーミは訴える。「目に入るのは暴力と死ばかりなんだもの。そんな世界の一部にはなりたくない」

「もちろんさ。そんなものの一部になったりしたらぜったいにダメだ……ただとうさんのほうは、自分の世界をそんなふうに見てはいないんだ。ということはつまり、とうさんは壊れてしまってるんだろうな。おまえの言うとおり……」

「そんなことわたしにはわからないし、そういう問題ではないの。だってパパはパパだし、パパがやるべきだと思ったことはぜったいにやり遂げるでしょう。でもわたしはそれに巻き込まれたくない。ただそれだけ」

二人は揃って口をつぐむ。

「家の中でお茶でも飲まないか？」ヨーナがやさしく尋ねる。

「もう出発する。空港で課題を仕上げるつもり」ルーミが応える。

「車で送ろう」ヨーナはそう言い、車に向かって歩き出しかける。

「もうタクシーを呼んだ」ルーミは言い、家の中にバッグを取りに戻る。

「ケンカ？」ヴァレリアが、そう尋ねながらヨーナの脇に立つ。

「ルーミが家に帰るんだ」とヨーナが答える。

「どうしたの？」

ヨーナはヴァレリアに向きなおり、

「僕のせいなんだ。僕の生きてる世界は耐えられないって言われたよ……その気持ちは尊重したい」と言う。

ヴァレリアは眉をひそめる。額に深い皺が現れた。

「でも、ここに来てまだ二日なのに」

「僕がどんな人間なのか、見てしまったからね」

「あなたは最高の人間よ」とヴァレリアが言う。

再び姿を現したルーミは黒い編み上げブーツに履き替え、片手にバッグを下げていた。

「あなたが行ってしまうなんて、すごく残念」ヴァレリアがそう声をかける。

「そうね、もう大丈夫だと思ったんだけど……まだ早すぎたの」

「いつでも戻ってきてちょうだいね」ヴァレリアが両手を差し伸べると、ルーミは彼女を抱きしめた。

「わたしを受け入れてくれて、ありがとう」

ヨーナはルーミのバッグを手に取り、娘のあとに続いて駐車スペースへと移動する。

二人はヨーナの車の傍らに並んで立ちながら、道の先を眺める。

「ルーミ、おまえの言いたいことはわかるよ。そのとおりだと思ってる……でも、とうさんだって変わることはできる」それから少し間を開け、付け加える。「警察は辞められる。ただの仕事だし、とうさんの生きがいではないからね」

だがルーミは応えない。ヨーナの横に立ったまま、狭い道を近づいてくるタクシーを眺めている。

「小さかったころ、とうさんのことをペットのお猿さんに見立ててたこと、おぼえてるかい？」ヨーナは娘に向きなおりながら、そう尋ねる。

「おぼえてない」

「ときどき思うんだ。あのころのおまえは、とうさんが人間だとはほんとうにわかってなかったんじゃないかなって……」

タクシーが停車し、運転手が降りてきて挨拶をする。そしてルーミの荷物をトランクに収めると、彼女のためにドアを開く。

「おまえのお猿さんに、さようならは言ってくれないのかい?」とヨーナが訊く。

「さよなら」

ルーミは車に乗り込む。タクシーがタイヤを軋らせてUターンするあいだ、ヨーナは手を振り続けた。

角を曲がり見えなくなると、ヨーナは自分の車に向きなおり、フロントガラスに反射している空に目を留めた。ボンネットにもたれかかり、首をうなだれる。

背中に触れられるまで、ヴァレリアには気づいていなかった。

「警官は嫌われ者」ヴァレリアは茶化してみせようとする。

「やっと実感したよ」とヨーナは言い、ヴァレリアを見つめる。

ヴァレリアは深々とため息をつき、額をヨーナの肩に載せる。

「悲しまないで」と囁きながら、

「悲しんではいないから、大丈夫だよ」

「ルーミに電話して話してみようか?」とヴァレリアは訊く。「あの子はほんとうにひどい経験をしたけど、あなたがいなければ、わたしたちは二人とも今ごろこの世にはいなかったんだから」

「そもそも僕がいなければ、きみが危険に巻き込まれることもなかった。そういう考えかたをしてみる必要があるんだ」

ヴァレリアはヨーナを引き寄せ、その身体に両腕を回す。頬を胸に押し当て、彼の心臓の鼓動に耳を傾ける。

「お昼にする？」

二人は花壇の列に戻る。積まれた空のパレットの上に、インスタント麺のカップが二つと魔法瓶、そしてビールが二本並んでいる。

「いいね」とヨーナが言う。

ヴァレリアはインスタント麺に湯を注ぎ、蓋《ふた》をする。それから最上段のパレットを使ってビールの栓《せん》を抜く。

二人揃って割り箸を割り、数分待ってから砂利の山に腰を下ろすと、太陽の下で食べはじめる。

「明後日の出発がうれしくなくなっちゃった」とヴァレリアが言う。

「たのしい旅になるさ」

「でもあなたのことが心配」

「頭の中でかかってる曲を止められないから？」

ヴァレリアはほほえみ、ワインレッドのフリースのファスナーを開く。エナメル引きされたヒナギクのネックレスが、鎖骨のあいだに乗っている。

「レディオ・ググ」ヴァレリアは歌う。

「レディオ・ガガ」

ヨーナはビールをごくごくと飲む。それから向きなおると、麺のスープをすするヴァレリアを眺める。短く切り揃えた爪の下に泥が入っている。そして額には深い皺があった。

「ルーミには時間が必要なのよ。あの子はきっと戻って来る」ヴァレリアはそう言いながら、手の甲で口元を拭う。「あなたは何年間も孤独に耐えられた。それはルーミが生きているとわかっていたからでしょう……そのときもルーミを失わなかったんだから、これからも失うはずがないの」

一二

トレイシーは雨の音を聞いている。それは、ストックホルムの街を覆う金属屋根を叩きながら近づきつつあった。時を置かず、あたり一帯は土砂降りの轟音に呑み込まれる。

トレイシーは全裸でベッドの中にいる。横にいる男の名はアダム。夜ふけのことで、アダムの部屋は暗く、本人は眠り込んでいる。

トレイシーは、同僚たちとともにバーに繰《く》りだした。そこで二人は出会った。アダムはトレイシーを口説《くど》きはじめ、飲み物を何杯か奢《おご》った。やがて二人は冗談を言い合うようになり、仲間が帰宅したあとも彼女は店に残った。

アダムの脱色した髪は太く、ぼさぼさに乱れていて根本が黒いし、目の下には隈《くま》があった。高校教師として働いていて、本人の話では貴族の家系らしい。

二人は千鳥足でアダムの部屋に戻ってきた。頭上には不吉な夜空が広がっていた。トレイシーはキスタ地区に住んでいるが、アダムの住まいは街の中心部にある。狭いアパートで、床板は磨り減り、扉は傷だらけだった。天井のペンキがところどころ剝がれていて、シャワーとバスタブは一体型だ。床の上にはレコードの詰まった木箱がいくつもあり、ベッドには黒いシルクのシーツが敷かれている。

トレイシーは、部屋に戻ってきたときのことを思い返す。アダムはおもちゃの赤いバスを手に取ると、マットレスの端に腰かけた。

全長二十センチほどで、黒い車輪と小さな窓の列が両側面についている。

トレイシーはタイツとブラウス、銀色のスカートを脱いで椅子の背に掛けた。それから、下着姿でアダムのほうに移動したのだった。

目の前に立つと、アダムはあたりまえのような顔でバスに手を伸ばした。そして、それをトレイシーの太腿の上で走らせた。

「これって、どういうことなのかな?」彼女は、どうにか笑みを浮かべながら尋ねた。

答えは聞こえなかった。アダムは目を逸らし、フロントガラスをトレイシーの脚のあいだに押しつけ、ゆっくりとバスを前後に動かした。

「冗談抜きで」トレイシーはそう言いながら、一歩下がった。

アダムはもごもごと謝り、傍らのテーブルにバスを置いた。そのあいだも、視線は離さないままだった。まるで、中に乗っている運転手や乗客たちの姿が見えるとでも言うように。

「なに考えてるの?」

「なにも」と答え、半ば閉じかけた目をトレイシーに向けた。

「大丈夫?」

「ちょっとおもしろいかなって思って」アダムはほほえみながら彼女を見つめる。

「もう一度、最初からやり直しましょうか」

アダムはうなずいた。それでトレイシーは一歩前に踏み出し、肩を撫で、額と唇にキスしたのだった。それから彼の前に膝をつき、黒いジーンズのボタンを外しはじめた。

コンドームを着けられる硬さになるのには、時間がかかった。アダムの準備が整い、彼が自分の中に入ってくると、トレイシーの昂奮は高まった。仰向けになって彼の尻をつかみ、自分なりにセックスを楽しもうと努めた。声が少しだけ大げさになった。アダムは繰り返し繰り返し突いた。

トレイシーの呼吸は速くなり、太腿と爪先がピンと伸びた。アダムは片手でトレイシーの乳房を揉《も》みながら、急に動きを止めた。

「続けて」彼女はそう囁きながら、アダムの視線を捉えようとした。

彼はサイドテーブルからバスを持ち上げると、それをトレイシーの口の中に押しこもうとした。歯に当たり、彼女は顔をそむけた。それでもアダムはやめなかった。バスをもう一度、唇に押しつけたのだ。

「やめて――そんなことしたくない」トレイシーはそう言った。

「わかった、ごめん」

二人はセックスを続けたがトレイシーはすっかり気を削《そ》がれ、ただ早く終わらせることだけを考えた。それで、しばらくするとオーガズムに達したふりをした。

絶頂が近づくにつれてアダムは汗まみれになり、達したと同時に彼女と並んで横たわった。そして朝食のことをなにかぶつぶつと呟きながら、バスを手にしたまま眠りに落ちた。

トレイシーは今、すっかり目覚めたまま天井を見つめている。明日の朝、アダムの横で目覚めるのは心の底から嫌だった。

ベッドを抜け出して服をつかむと、トイレに入って放尿する。顔や手を洗い、服を着た。

トイレから出てきても、アダムはまだ口を開けたまま寝ていた。酒が抜けていないようで、息づかいが荒かった。

今や、雨が窓を激しく打っている。

玄関で赤いパンプスを履こうとして、足にまだあまり力が入らないことに気づく。整理だんすの上には青い陶器の皿があり、アダムのキーホルダーと財布、そして先ほどまでしていた印章指輪《シグネットリング》が載っている。

指輪を手に取り、紋章をたしかめると、狼《おおかみ》とともに交差した二本の剣が描かれていた。トレイシーはそれを薬指にはめ、暗い寝室を見やりながら玄関扉に向かう。

扉を開けて階段室に出ると、後ろ手に閉めた。そして足早に階段を下りる。

なぜ指輪を盗んだのか、自分でもわからない。気軽に万引きをするタイプの人間ではないのだ。実際、幼稚園のころに、小さなプラスティック製のケーキを盗って家に帰って以来のことかもしれない。

外に出ると、舗道の表面が雨に打たれてきらめいていた。排水管から迸《ほとばし》る雨水が、道路上に氾濫《はんらん》している。排水溝も溢《あふ》れかえっているのだ。

ほんの数歩進んだところで、道路の反対側をおなじ速度で歩く者がいることに気づいた。

駐《と》まっている車の列の隙間に、ちらりと人影が見える。歩く速度を上げると、冷たい水がトレイシーの太腿に跳ね返った。

建物のあいだに、自分の足音が反響する。

クングステン通りに折れ、天文台公園の縁に沿って駆け出した。

茂みがガサガサと音をたてる。

通りの反対側に立ち並ぶ建物の明かりは、すべて消えている。

男の姿はどこにもない。

トレイシーは、落ち着けと自分に言い聞かせるが、息は荒いままだ。そのままサルトメール通り方面を目指して、急ぎ足に石段を下りはじめる。

あたりは暗く、手摺りにしがみつくようにして駆け下りた。アダムの指輪が、濡れた金属を擦る。

階段を下りきり、背後を見上げる。

上りきったところにある街灯の明かりは、雨の中で灰色に見えた。目をしばたたかせても、尾《つ》けている者がいるかどうかはわからない。

トレイシーは反射的に、バス停への近道を選ぶ。ストックホルム商科大学の背後にある公園を横切ることにしたのだ。

あたりを照らす明かりは、遠くの街灯一本だけだった。だが、なにも見えないほど暗いわけではない。

雨水はすでに、ブラウスの襟《えり》から入り背中を伝い下りている。

公園のあちこちに溜まっている泥水は激しく雨に打たれ、ぴしゃぴしゃと波紋をたてていた。大学の巨大な校舎のすぐ裏側では、びしょ濡れの段ボール箱が草むらに散乱している。

トレイシーは、この道にしたことを後悔した。

雨は、公園の遊具の上にも音をたてて降りそそいでいる。そして遊び小屋からは、まるで中に閉じ込められている犬が、ハアハアと荒く息をつきながら壁に体当たりを繰り返しているような音が聞こえてくる。小屋の窓が闇の中で輝いていた。

地面はすっかり水浸しで、トレイシーは靴を汚すまいと、ひどいぬかるみを懸命に避けた。

葉の落ちた木々の枝に雨が降りそそぎ、サアサアと音をたてている。そして、公園に張りめぐらされている低い金属柵に雨滴が当たるたびに、カンカンとうつろな響きが上がった。

トレイシーの視野の隅をなにかが横切る。最初は、なにが起こっているのかわからなかった。

本能的な恐怖が全身を駆け抜け、息が詰まりそうになる。

歩く速度を落としながら、目にしているものの意味を懸命に理解しようとする。両脚が重く感じられた。

心臓が胸の中で激しく鳴っている。

時の流れが止まったようだ。

ジャングルジムの下の暗闇に、一人の少女が亡霊のように浮かんでいる。

首にはワイヤーが巻かれていて、ワンピースの前身頃《まえみごろ》が血に塗れていた。濡れそぼった金髪が、頰にへばりついている。目は大きく見開かれ、青みがかった灰色の唇は半開きだ。

少女の足は、地面の上一メートル半ほどのところにある。黒いスニーカーが、その下に転がっていた。

トレイシーはバッグを地面に落とし、震える手で携帯電話を探し出すと緊急番号に発信する。その瞬間、少女が動く。

足が痙攣《けいれん》しはじめたのだ。

トレイシーは息を呑み、少女のもとに駆け寄ろうとして泥に足を取られる。ようやくたどり着いてみると、首を締めつけている鋼鉄のワイヤーはジャングルジムの頂上にまで伸びていて、そこから反対側へと下っていることに気づく。

「今助けるから」トレイシーは叫びながら、背後に回り込む。

ワイヤーを巻き上げた手動ウィンチは、ジャングルジムを支える木製の柱の一つに固定されていた。トレイシーはハンドルをつかむが、どういうわけかびくともしない。

片手で必死にストッパーを探しながら、ハンドルに力をかける。

「助けて！」トレイシーは声を限りに叫ぶ。

歯車を覆うパネルを開こうとするが、手を滑らせて拳を切る。トレイシーはウィンチを引っぱる。装置全体を柱から引き抜こうとしたのだ。だが、微動だにしない。

濡れた毛皮のコートを身に着けた、ホームレスの女性が近くに立っていた。うつろな目でトレイシーを眺めている。ビニール袋をいくつか肩にかけ、首には白い鼠《ねずみ》の頭蓋骨《がいこつ》を吊している。

トレイシーは少女のもとに戻り、両脚をつかんで身体を持ち上げる。少女のふくらはぎが、痙攣するようにヒクヒクと動いた。

「助けて！　手を貸して！」トレイシーは、ホームレスの女性に叫びかける。

黒いスニーカーの上に立ち、少女の両足を肩に載せて立とうとする。そうすれば首のワイヤーを緩められると考えたのだ。だが意識を失った少女の身体は硬直しているようで、トレイシーの肩の上で滑ると一方向にぶらりと揺れた。

頭上の棒が軋む。

トレイシーは少女の身体を抱きかかえて、再び持ち上げる。そして、暗闇に降りしきる雨の中でそのまま立ち尽くした。やがて少女の身体は動かなくなり、熱も失われていった。ついにはトレイシーにも支えきれなくなり、涙を流しながら地面に崩れ落ちる。少女が事切れてだいぶ経つことには気づいていなかった。

一三

天文台公園の大部分が立入禁止区域となった。規制線にそって警察官が配置され、ジャーナリストや一般市民の野次馬を犯行現場から遠ざけている。ヴァレリアを見送ったヨーナは、空港から到着したばかりだ。車をアドルフ・フレドリク教会のそばに駐車し、サルトメール通りへの近道を歩く。白い口髭を生やしたしかめ面のジャーナリストが、人びとをかき分けながらヨーナに近づいて来る。

「見おぼえがあるぞ――あんた、国家警察の人間だろ?」笑みを浮かべながらそう尋ねる。「なにがあったんだい?」

「広報担当に話してください」ヨーナはそう告げて通り過ぎる。

「なるほど、国民が危険に晒《さら》されていると書いてもいいんだな？　それがいやなら……」

ヨーナは立入禁止テープの傍らに立つ警察官に身分証を見せ、その中に足を踏み入れる。昨夜の雨で、地面はまだ濡れていた。

「一つだけ質問させてくださいよ！」背後でジャーナリストが声を張り上げる。

ヨーナは、まっすぐに内側の規制線を目指す。大学校舎の背後に広がる一帯だ。ジャングルジムの周囲には、すでに保護テントが立てられていた。白いビニール越しに、中で作業にあたる鑑識班の動くようすが見て取れた。

二十代半ばの男が、手をふりながら近づいてくる。眉毛が太く、顎髭はきれいに整えられている。

「アーロン・ベック、ノールマルム警察です」男はそう自己紹介した。「予備捜査を指揮しています」

二人は握手をし、テープをくぐる。そして小道をたどり、公園の遊び場に向かう。

「一刻でも早く実況見分をはじめたかったんです」とアーロンが言う。「でも、ぜったいになにも触るなとオルガが言うもんで。あなたに被害者を見せるまでは」

二人は、若い女性のほうへと歩いていった。赤毛でそばかすがあり、眉毛の色は明るい。ピンストライプのコートを身に着け、黒いブーツを履いている。

「こちらが、オルガ・バーリさん」

「ヨーナ・リンナです」と言いながら握手をする。

「今朝からずっと、足跡などの手がかりを探していたのですが、天候が不利で。ほとんど消えていました。まあ、これがわたしたちの仕事なのでしかたありませんが」とオルガが言う。

「友だちのサムエル・メンデルが言っていたな。存在しないもののことを考えるのは、ゲームのルールを根本から変えるに等しいぞ、ってね」

オルガは、笑みを浮かべたままヨーナの顔を眺める。

「あなたの目の色について、みんなの話してることはほんとなんですね」そう言うと、二人を引き連れてテントのほうへと歩きはじめた。

犯行現場の中心を囲むようにして板が敷かれ、通路が設けられている。

そこへ足を踏み入れる前に立ち止まり、オルガが説明を加える。鑑識班は、この付近からオーデン広場にいたる地区のゴミ箱の中身を回収した。現場を写真に収め、遊び場ではいくつかの指紋を採取し、ぬかるんだ遊歩道と小道のきわに残された足跡を確保した。

「被害者は身分証を？」ヨーナが尋ねる。

「なにもなしです。運転免許も携帯電話も」アーロンが答える。「昨夜だけで十人の少女の行方不明届が出されてますが、まあ、ご存じのとおりの状況です。ほとんどの子たちは、携帯の充電が済んだら姿を現すはずです」

「たぶんそうなんだろうね」とヨーナが言う。

「第一発見者の女性の話を聞いたところです」とアーロンが続ける。「彼女が現場に着いたときには、ほんのちょっとの差で手遅れだったんです。すっかり取り乱していて、ホームレスの女性のことを話し続けてます。でも今のところ、犯行そのものを目撃した者はいません」

「被害者を見せてもらいたい」とヨーナが言う。

オルガは大きなテントの中に足を踏み入れ、休憩をとるようにと告げる。すぐに、鑑識官たちがぞろぞろと姿を現した。だれもが使い捨ての防護服を身に着けている。

「さあどうぞ」とオルガが言う。

「ありがとう」

「僕の考えを言うのはやめときます」とアーロンが言う。「あとで全否定されるのは嫌ですからね」

ヨーナはビニールシートを押しのけ、テントに足を踏み入れてから立ち止まる。明るい照明のせいで、ジャングルジムの細部や色合いがポップに見えた。まるで水族館の中にいるようだ。

一人の若い女性が、ジャングルジムで首を吊られている。頭は前方に傾き、濡れた髪の毛が顔面を覆っていた。

ヨーナは深く息を吸い込み、無理やりもう一度彼女の姿を見つめる。

娘のルーミよりも少し若く、黒いレザージャケットを着ていた。ワンピースは赤紫色、黒くて分厚いタイツを穿いている。

少女の真下には、汚れたスニーカーがある。そしてワンピースの生地は、首から流れ出た血液でどす黒い。

ヨーナは敷板の上を歩き、ジャングルジムを回り込む。支柱に固定されたウィンチを確認するためだ。

犯人は、おそらくドリルドライバーを用いたのだろう。ネジ頭が無傷だからだ。一般的に、ドライバーを手で回転させた場合、先端を滑らせてネジ頭を傷めることが多い。次に、ウィンチへと視線を移す。すると、ハンドルのストッパーがねじ曲げられ、抜けないようになっていることがわかった。

あまり見かけない殺人のかたち。むしろ処刑だ。力を誇示している。

犯人はウィンチをネジで支柱に固定し、ワイヤーをジャングルジムの上に放り投げ、留め金を使って首を絞めるための輪を作った。

ヨーナは再びジャングルジムの正面に回り、若い女性の前で静止する。

ブロンドの髪は濡れているが、きれいにとかされている。爪は整い、メイクはしていない。

視線を上げると、ジャングルジムの横棒に傷がある。ワイヤーが横にずれたのだ。

首に輪を掛けられたとき、彼女は生きていた、とヨーナは考える。それから犯人は、背後にあるウィンチに移動し、ハンドルを回した。歯車の力でほとんど体重は感じられなかっただろう。ドラムが回転し、女性を首から持ち上げる。逃れようともがいた彼女は強烈な力で両足を動かした。それによって、ワイヤーは横にずれた。

風がテントをバタバタとはためかせ、入り口のシートを膨らませる。

テントに入ってきたアーロンとオルガが、傍らに立つ。それでもヨーナの視線は、被害者に向けられたまま微動だにしない。

「あなたの考えは？」少しして、オルガが尋ねる。

「彼女はここで殺された」

「そいつはわかってますよ」とアーロンが応える。「発見者の女性によると、まだ生きてたそうです。足が動いてるのを見たんです」

「間違えるのも無理はない」とヨーナはうなずく。

「てことは、やっぱり僕が間違ってたってことですか？」アーロンが言う。

発見者が現場に到着したとき、犯人はすでに立ち去っていた。つまり、生命の徴候と見えたものは筋自発性収縮に過ぎなかったと考えてほぼ間違いないことを、ヨーナは知っている。鋼鉄のワイヤーが女性の脳への血流を完全に止めた。おそらく、十秒ほどで意識を失ったのだろう。そのあいだに、首の輪を緩めようとパニック状態で足を蹴りまくったのだ。それからまもなく事切れたが、それから数時間のあいだ、神経系が筋肉に電気信号を送り続けたのだろう。

「犯人は被害者に——だれであろうと——徹底的な無力感を与えたかった。わたしはそんな感じがする。それと同時に、自分たちの力を示したかった」とオルガが言う。

少女の右耳が、金色の髪の毛のあいだに覗いていた。蠟《ろう》を引いたように白い。レザージャケットの襟の裏地には、汚れがある。

ヨーナはその小さな手と短い爪を観察する。指輪の跡が、色の淡い線となって皮膚に残っている。

ヨーナはゆっくりと片手を上げ、少女の顔にかかっている濡れた髪を耳にかける。大きく見開かれた少女の目を見つめると、深い悲しみが全身を充たした。

「ヤンヌ・リンド」ヨーナは静かに呟く。

一四

ヨーナは深く考えに沈んだまま、ガラス張りのエントランスを抜けて警察本部庁舎に入る。

ヤンヌ・リンドは遊び場で処刑された。雨の中、首を吊られたのだ。

回転ドアをいくつか過ぎ、ちょうど停まっていたエレベーターに乗り込む。

ヤンヌは、カトリーネホルム市の学校から帰宅する途中に姿を消した。五年前のことだ。徹底した捜索が何週間も続いた。

少女の写真はあらゆるところに提示された。失踪から一年のあいだは、膨大《ぼうだい》な量の情報が市民から寄せられた。両親は、娘を傷つけないようにと誘拐犯に懇願し、相当額の懸賞金が設けられた。

犯人は、盗まれたナンバープレートを付けたトレーラーを運転していた。そして鮮明なタイヤ痕と、ヤンヌのクラスメートの供述に基づいて運転手の似顔絵が作られたにもかかわらず、トレーラーの行方をたどることはできなかった。

警察と市民、そしてマスメディアが一体となって力を尽くしたが、事件は次第に忘れられていった。

ヤンヌがまだ生きていると信じる者は一人もいなかった。

だが生きていたのだ。ほんの数時間前まで。

少女は今、明るく照らされたテントの中央で、博物館の陳列物のように首から吊されている。

ピンという音とともにエレベーターが止まり、扉が開く。

前国家警察長官のカルロス・エリアソンは、オランダでのヨーナの行動の全責任を負《お》うかたちで辞任させられた。作戦のすべての段階を個人的に承認したと主張し、ヨーナを訴追から救ったのだ。

後任となったのは、元警部のマルゴット・シルヴェルマン。彼女の父親は県警本部長だったことがある。

ヨーナは無人の廊下を進みながら上着を脱ぎ、片腕にかける。

上司のオフィスの扉は開いていた。それでもヨーナはノックをしてから足を踏み入れ、そこで立ち止まる。

マルゴットは、その姿に気づいたようすを見せない。

彼女の指は、キーボードの上をすばやく動いている。右手のマニキュアは、左手よりも汚い。

マルゴットの肌は白く、鼻の上にそばかすがある。両目は暗く腫れぼったいようだ。

そして明るい色の髪の毛は編み込まれている。

本棚にある法令集のあいだには、警察の服務規程集と予算書が挟まっていた。それにくわえて、小さな木彫りの象、二十年前に乗馬の競技大会で獲得したトロフィー、そして額に入った子どもたちの写真もいくつか載っている。クリーニングしたての上着はドア脇のフックにかかっていて、バッグは床の上にあった。

「ヨハンナさんとお子さんたちはお元気ですか？」とヨーナが訊く。

「妻と子どもたちの話をするつもりはない」キーボードを打ち続けながら、マルゴットが応える。

「でもなにかお話があったんでしょう？」

「ヤンヌ・リンドは殺害された」と彼女が言う。

「そしてノールマルム警察から、協力要請がありました」とヨーナは言う。

「自分たちでなんとかできるでしょう」

「おそらく」とヨーナは応える。

「腰を下ろしたければどうぞ。たぶん私は、これからおなじ話を繰り返すことになるから」とマルゴットが言う。「ボスになったら、だれも繰り言を指摘しなくなる。ボスの役得の一つね」

「そうなんですか？」

マルゴットは、パソコンの画面から顔を上げる。

「そのとおり。ボスには人の考えやジョークを盗む権利があるし、当然のことながら、言うことはなんでも信じられないくらいにおもしろい。たとえ繰り言であってもね」

「なるほど」ヨーナは身じろぎせずに言う。

マルゴットの口の端が上がり、ニヤリとする。だが目は真剣なままだ。

「カルロスのもとで、あなたが思いどおりにやってきたことは知っています。そのことについて議論するつもりはない。ただ、古くさいやり方だとは思ってるけど」とマルゴットは説明を続ける。「あなたは常識はずれな記録を残してきた――いい意味でも悪い意味でも……経費を湯水のように使うし、あなたが通り過ぎたあとには破壊が残される。しかも、人材の動員のしかたもだれよりも荒い」

「ヨハン・イェンソンと会う段取りになっています。遊び場の周囲に設置されている監視カメラの映像を確認するためです」

「いいえ、あなたは今すぐこの件から手を引きなさい」

ヨーナは執務室をあとにした。この事件を調べていけば、だれもが考えている以上に深刻なものに到達するはずだ。ヨーナはそう確信している。

一五

ヨーナは、ショールバース通りにあるニーポネット住宅の最上階でエレベーターを降りる。ヨハン・イェンソンが、そこで待ち構えていた。

ヨハンは下着姿で、胸に非営利葬祭業者の〈フォーヌス〉のロゴが入ったTシャツを着ている。ほぼ完全に禿《は》げているが、顎髭には白いものが混ざる程度で、眉毛も太い。

一フロア全体を占有しているにもかかわらず、ヨハンのパソコンは階段室に設置された小さなテーブルの上にある。そこには、折りたたみ式の椅子が二脚置かれていた。

「この部屋にはもう入ることすらできないんだ」ヨハンはそう言いながら、自分の背後の扉を指す。「IT装置に関しては収集癖があるもんでね」

「ベッドと浴室はあったほうが、便利そうだけどな」ヨーナがニヤリとする。

「たしかに、たいへんはたいへんなんだけどね」とヨハンはため息をつく。

遊び場そのものに監視カメラが設置されていなかったことは、ヨーナもすでに承知している――大学校舎の背後は、どのカメラにも捉えられていない盲点だったのだ。だがそこは、ストックホルムの中心地区に位置しているため、付近のほとんどすべての通りがカメラに映っている。

ノールマルム警察の鑑識班は、ヤンヌ・リンドの体温をもとに、死亡時刻を午前三時十分と推定した。だが、すべての証拠に基づいて最終的な判断を下すのはニルス・オレンだ。

「大当たりと言うわけにはいかない状況だよ」とヨハンが話しはじめる。「遊び場に向いてるカメラはないし、現場に向かって歩いていったり、犯行後にそこから立ち去ったりする人の姿は確認できてない……でも、ほんの数秒間だけ被害者が映ってるし、目撃者の姿も鮮明に映ってる。その人間を見つけ出すことができるならね」

「すばらしい」とヨーナは言い、ヨハンの傍らの椅子に腰を下ろす。

「そういうわけで……僕らは犯行時刻前後に付近にいた人びとを追ってみたんだ。何台ものカメラに映ってから、姿が見えなくなる連中もいたよ」

ヨハンはポップロックキャンディの袋を手に取り、端を切り裂くと中身を口に注ぎ込んだ。歯で砕いてパチパチシュウシュウと音をたてさせながら、映像を画面に呼び出す。

「時間帯は?」ヨーナが訊く。

「調べてたのは、前夜の午後九時以降。はじめのうちは、おおぜいの人がうろうろしてる——数百人が、最初の一時間で遊び場を横切るんだ……で、翌朝四時半、現場が警察官だらけになったところで止めたよ」

「完璧だ」

「関係してる映像を人物ごとに切り出して、多少なりとも扱いやすくしといた」

「ありがとう」

「まず被害者から」ヨハンはそう言い、〈スタート〉ボタンを押す。

監視カメラの暗い映像が画面全体に映し出される。上部の角には、時刻が表示されている。カメラはスヴェア通りの反対側から、地下鉄のロードマン通り駅を捉えている。画面の端には、公園の一部と大学校舎の丸みを帯びたファサードが映っていた。光量は足りないものの、比較的鮮明だ。

「もうすぐ彼女が来る」ヨハンが囁く。

時刻は午前三時を示している。激しく降る雨が街灯の明かりに照らされ、映像を斜めに走る無数の引っ掻き傷のように見えた。

シャッターの閉じたコンビニエンスストアと、公衆便所の鉄扉の前の舗道が輝いている。

分厚いコートを着て、黄色いゴム手袋をした男がゴミ箱の中を漁ってから、壁に沿って足を引きずるようにして立ち去る。壁面には、剝がされたポスターや洗浄されたグラフィティの痕跡がある。

それ以外に、街路はほぼ無人だった。白いバンが通り過ぎる。

三人の男たちが、千鳥足でマクドナルドに向かう。

雨が激しさを増し、街がさらに暗くなったように見える。

池を囲む低い塀の下で、紙コップが震えている。雨水が、排水溝に勢いよく吸い込まれていく。

画面の左から人影が現れた。地下鉄の入口を回り込み、突き出た屋根の下で立ち止まる。背中はガラスの扉に向いている。

スヴェア通りをタクシーが通り過ぎる。ヘッドライトが顔と金色の髪を照らし出した。ヤンヌ・リンドだ。

これからちょうど十分後に、彼女は死ぬことになる。顔面は再び影の中に沈んだ。

ヨーナは、ヤンヌの最後の抵抗に思いを馳《は》せる。少女は、靴が脱げるほど激しく蹴りまくったのだ。

脳への血流を絶たれたときの窒息感は、自分で息を止めているときのようにじわじわ迫るものとは似ても似つかない。最終的に暗闇に呑み込まれる前の苦しみは爆発的で、恐怖に満ちている。

ヤンヌはためらいを見せたあと雨の中に足を踏み出し、カメラに背を向ける。コンビニの前を過ぎ、池の端へと伸びる小道を歩いていく。そして、視界から消える。

公共図書館に設置されている監視カメラの一つは、そのヤンヌの姿を遠くから捉えていた。解像度は低い。だが、遊び場周辺へと姿を消す前に、髪の毛と顔面が街灯に照らし出されるのがわかる。

「被害者の映像はこれだけなんだ」とヨハン・イェンソンが言う。

「わかった」

ヨーナは、頭の中で映像を再生してみる。そして、ヤンヌは目的があってその場所に向かっていたのだということに気づく。ただし、彼女はためらった——雨のせいだったのかもしれないし、早く着きすぎたせいだったのかもしれない。

夜中に公園の遊び場でなにをしようとしていたのだろう？

だれかと会う約束があったのか？

それこそが罠だったという感覚が拭い去れなかった。

「なにを考えてるんだい？」沈黙を破り、ヨハンが訊く。

「まだよくわからない。ひとまずは、第一印象をしっかり捕まえておこうと思ってね」ヨーナは椅子から立ち上がりながら答える。「この映像は今のところなんの意味も持たないものかもしれないが、あとで決定的な役割を果たす可能性がある……初見では、そんなことを感じた」

「続きを見たいタイミングになったら教えて」

ヨハンは〈ポップ・ロック〉の袋をもう一つ開けて、口の中に流し込む。歯のあいだでシュウシュウパチパチと弾ける音がしはじめる。

ヨーナは壁を見つめる。頭の中にあるのはヤンヌの細い手と、焼けた肌の中で白く輝くように見えた手首だった。

「次の映像を再生してくれ」と言いながら、再び腰を下ろす。

「この映像は、被害者を発見した女性を追ってる。彼女が遊び場に到着したのは、殺害後ほんの数分っていうタイミングだった」

映し出されたのは、雨の中を走る女性の姿だった。公園の塀と駐車車両の列に挟まれた歩道を駆けていく。

女性は速度を落とし、肩越しに背後を振り返る。まるでだれかに尾けられているようだ。雨が車のルーフを激しく打っている。

女性は足早に歩きはじめ、再び駆け出す。そして階段を下りて、カメラに映っていない遊び場周辺へと消えていく。

「ここで映像は五十分後に跳ぶ」とヨハンが言う。「この人が、もう少女を救えないと悟った瞬間だよ」

映像は、地下鉄駅の入り口へと切り替わる。交差点近くの排水溝にできた水溜まりが、先ほどよりも大きくなっている。

コンビニの裏にある水浸しの草むらに、再び女性が姿を現す。携帯電話を耳に当てたまま歩道に戻り、公衆便所の近くにある配電ボックスに片手をついて身体を支える。それから地面に崩れ落ち、薄汚れた黄色い壁に背中をつける。

しばらく携帯電話に向かって話していたが、やがてはそれを下ろし、そのままぴくりとも動かなくなる。そして最初のパトロールカーが到着するまで、じっと雨の中を見つめていた。

「この人が緊急通報を入れたんだ――通話の録音は聞いた？」ヨハンが訊く。

「まだだ」

ヨハンが音声ファイルをクリックすると、オペレーターの落ち着いた声が質問をする。降りしきる雨の音を背景に、なにが起こったのかと尋ねていた。

「あの子を支えきれなくなったの、がんばったのに」そう話す女性の声は詰まりがちだ。

遊び場をあとにし、草むらを横切り、壁にもたれたまま崩れ落ちるまでの会話が録音されていた。

「今どこにいらっしゃるのか、教えていただけますか？」オペレーターが尋ねる。

「女の子を見つけたんだけど、たぶんもう死んでしまったと思う……首を吊っていて、身体を持ち上げようとしたんです……だれも助けてくれなくて、それでわたし……」

そこで再び声が途切れて、女性は泣きはじめる。

「もう一度繰り返していただけますか？」

「あれ以上支えていられなかったの、もうあの子を持ち上げられなかった」すすり泣きながら、そう言う。

「助けを派遣するためには、今いらっしゃる場所を教えていただく必要があります」

「わからない……スヴェア通りの……池のそば……なんていう名前だったか……天文台公園」

「なにか目印になるものはありますか？」

「コンビニがある──〈プレスビーロン〉です」

オペレーターは警察の到着まで話し続けるが、女性は応答をやめ、ついには携帯電話を膝の上に下ろしてしまう。

ヨハン・イェンソンは、ポップロックをさらに口中に放り込み、最後の映像をクリックする。

「目撃者候補の姿を見たいかい？」と尋ねる。「殺人が起こった時刻に、遊び場近くにいたのは三人だけなんだ」

今までとは別のカメラが、白いロングコートを身に着けた背の高い女性の姿を映し出す。クングステン通りの、大学とは反対側を歩いていた。煙草を足元に落とすと、先端が一瞬だけ輝きそれが薄れていく。平然としたようすで通りを進んでいき、三時二分過ぎに視界から消える。

「彼女は戻ってこない」とヨハンが言う。

スクリーンの映像が再び切り替わり、薄暗くなる。離れたところの監視カメラが、ホームレスの女性を捉えていた。厚い服を何枚も重ね着している姿が、公共図書館の背後に見えている。

「この人の立ってる場所から遊び場が見えてたとは思わないけど、念のために入れておいたんだ」とイェンソンが言う。

「ありがとう」

カメラの角度がまたしても切り替わる。今度は、地下鉄駅の入口を捉えていた。プレスビーロンの向こう側にある暗闇の中に、かろうじてホームレスの女性の姿が見分けられる。

「そして、これが三番目の目撃者候補だ」とヨハンが言う。

傘を差しながら黒いラブラドールを散歩させている男が、プラットフォームに通じるエレベーターと、駅入口のあいだに姿を現す。犬は、プレスビーロンの外にある郵便受けを嗅ぎはじめる。男はしばらくのあいだそれにつきあったあと、公衆便所の横を小道のほうへと進んでいく。

二十メートルほど進んだところで、男は立ち止まる。顔は遊び場に向けられている。

時刻は三時八分過ぎだ。

ヤンヌ・リンドが命を失うまであと二分。少女の首に輪がかけられたのは、まさにこの瞬間だったという可能性は高い。

犬がリードを引っぱるが、男は身動きしない。

ホームレスの女性が、小道をうろついている。黒いゴミ箱を漁りながら、なにかを力強く踏み潰している。

傘を差し犬を連れた男は、ホームレスの女性を見やってから遊び場に視線を戻す。彼にはすべてが見えていたに違いない。だが、殺人を目撃しているようなようすはない。

スヴェア通りにタクシーが通りかかり、汚れた水を大きく波状にはね上げながら走り去る。

三時十八分、男は犬のリードを放してからゆっくりと歩きはじめ、プレスビーロンの背後に消えていく。

「少女は死に、たぶん犯人は遊び場から離れたあとだ」とヨハンが言う。

犬は、リードを引きずりながら芝生を嗅ぎ回りはじめる。激しい雨に打たれている水溜まりの表面は、炭酸飲料のように泡だっている。ホームレスの女性は、図書館の方向へと画面から出ていった。

三時二十五分、男が再び姿を現した。うつむきかげんのまま、もと来た道をぶらぶらとやって来る。傘に当たる雨が、男の背後に流れ落ちていた。

「理屈から言えば、このあいだに死体のところまで往復できるな」ヨーナが言う。

犬は男のあとを追ってスヴェア通りに出る。そして地下鉄入口に着くと、男は身をかがめてリードを取り上げる。灰色の明かりの中に、そのおだやかな顔が浮かび上がった。

「この男を見つけなくちゃ」とヨハンが映像を静止させながら言う。

「殺人を目撃したときの反応のなさからすると、目が見えないのかとも思ったんだが違うな。ホームレスの女性が動きはじめたときに、そっちには気がついたわけだから」とヨーナが言う。

「この男はぜんぶ見てる」ヨハンはそう呟き、氷を思わせるヨーナの灰色の目を見つめる。

一六

パメラはのんびりとテーブルの上を片づけた。キッチンをきれいにし、食器洗浄機のスイッチを入れる。

残っていたウォッカを飲み干し、グラスをカウンターに置く。ブラインド付きの大きな窓から、社会思想家の名を冠したエレン・ケイ公園が見下ろせた。ピクニック用のバスケットとブランケットを携えた一団が、眼下の草むらにまだ残っている。

初夏の雨は、午前中のうちにどこかに追いやられてしまった。六月初旬から、中央ヨーロッパに居座っている熱波のせいだ。スウェーデン人は、明るく晴れ渡った日は数えるほどしか訪れないことを知っている。そのため、公園をはじめありとあらゆるレストランやバーの屋外テーブルは、またたくまに人で埋めつくされた。

「今日は早く寝ようと思ってるんだけど」とパメラは言う。「あなたは今晩なにするの?」

マルティンは答えない。テーブルについたまま、携帯電話に向かっている。幾何学図形をうまく組み合わせて消滅させるというゲームをしているのだ。

パメラは、その青ざめた顔をじっくりと見つめる。昨日は一日中、いつにも増して落ち着かないようすだった。そして今朝は、パメラが八時に目覚めてみると、床の上で丸くなっていた。

パメラは冷めた残りものを冷蔵庫に入れ、布巾を濡らしてテーブルを拭いたあと、それを広げてシンクの蛇口にかける。

「すごくおいしかったよ」マルティンはそう言いながらほほえみを浮かべ、目を細めて彼女を見上げる。

「夕食、気に入ってくれたみたいね」とパメラは答える。「どの料理がいちばん好きだった?」

マルティンは怯えた表情で視線を下ろし、携帯電話に集中する。

パメラはカウンターに向きなおり、コンロを冷たい水で磨く。ペーパータオルをゴミ箱に放り込み、ビニール袋の持ち手を結び合わせたあと、それを廊下に持って出る。戻って来ると、マルティンはまだうつむいたまま携帯電話に向かっていた。聞こえるのは、食器洗浄機のシュッシュッという音だけだ。

パメラはもう一杯ウォッカを注ぎ、彼の向かいに腰を下ろす。そして、小さな宝石箱を開ける。

「これ、デニスにもらったの。いいかんじでしょう?」

パメラはイヤリングを持ち上げて見せる。ティアドロップ型のアクアマリンだ。マルティンはそれをためつすがめつ眺め、口をぱくぱくと動かすが、適切な言葉が出てこない。

「今日はわたしの誕生日だって、わかってるでしょう? 昔はときどき……あなたがプレゼントをくれることもあったの」とパメラは言う。「そんなことする必要はまったくないってことはわかってると思うけど、もし万が一、プレゼントを準備してるなら、今がくれるチャンス。疲れすぎる前に、ベッドで読書しようと思ってるから」

マルティンはテーブルを見つめ、なにごとかぶつぶつと呟く。そしてため息をつき、片手でテーブルの表面を撫でる。

「あげたかったんだ……」

その声は小さくなっていき、ついと窓を見やる。それからストンと床に尻餅をつくと、座っていた椅子がキイと音をたてて背後に滑った。

「いいの」とパメラは話しかけ、安心させようとする。

マルティンはテーブルの下を這い、パメラの足に両手で抱きつく。親と離れたくない子どものようだ。

パメラはマルティンの髪に指を走らせる。そしてウォッカを一口すると、グラスを置く。マルティンの両手をやさしくほどき、立ち上がる。それから窓際に移動すると、カーラ通りを見渡す。目の焦点をずらし、むらのあるガラスの表面に反射している自分の姿を眺める。

福祉局のソーシャルワーカーとやりとりしたメールのことが、再び頭をよぎった。パメラたちは、最初の関門を突破したようだった。ソーシャルワーカーによれば、パメラは財政的にも社会的にも安定した環境を提供できると判断された。二人のマンションにある書斎を寝室として使えるし、パメラの上司は、福祉や学校、医療関係者との打ち合わせがあるときには、いつでも仕事を休んでいいと言ってくれている。

ミアとのスカイプ会議は、明後日の予定だ。ソーシャルワーカーの表現を使うなら、お互いに〝感触を探り合う〟ために設けられた機会だ。

マルティンは自分の椅子まで這い戻り、窓際に立ったままでいるパメラのほうを見る。ほとんど丸一年、真珠のネックレスをプレゼントに買いたいと考えてきた。だが、その勇気が出なかったのだった。今日は赤い薔薇《ばら》を十五本買ったが、花屋に残して出てきた。〝あの子たち〟が、自分たちの墓に供えてほしがるだろうと気づいたからだ。パメラにプレゼントするのではなく。

「ねえ」とマルティンは言う。

パメラは、頬の涙を拭ってからふり返る。

マルティンは誕生日がこわい。あの子たちも誕生日を祝ってもらいたがるからだ。だがこのことは、パメラには言い出せないでいる。パメラにプレゼントを買うと、あの子たちは必ずやきもちを焼く。だれかが食事の話をすると、あの子たちは必ず胸肉をほしがるのだ。

こういうのが強迫観念であることは自分でもわかっている。だが、なにかを話そうとするたびに、まずはあの子たちがどう反応するだろうかと考えてしまう。

すべては、両親と弟二人が犠牲になった自動車事故にはじまったこともわかっている。

マルティンは、幽霊を信じたことがなかった。だがどういうわけか、アリスを喪ったときに扉を開いてしまったのだ。あの子たちはもはや、現実世界に出てきている。冷たい指で、マルティンに触れることができるのだ。突き飛ばしたり、噛みついたりすることもできる。

マルティンは用心深くなった。あの子たちをそそのかしたり、馬鹿にしたりしない術を身に着けた。マルティンがだれかの名前を口にしたら、必ずそれをほしがる。場所に言及したら、そこに埋葬《まいそう》されたがる。だがルールに従っているかぎり、あの子たちもおとなしくしている。不機嫌ではあっても、怒りはしない。

「そろそろロディーセンの散歩をしたほうがいいかも」パメラはだれにともなく言う。まるで、マルティンは耳を傾けていないだろうと考えているかのように。「夜中に外をうろうろしてもらいたくないから」

どうにかして、自分に注意を引き付けることなく、薔薇のことをパメラに伝える方法を考えなくては。そうしたら、彼女は出勤途中に花屋で受け取ることができるかもしれない。

「マルティン、聞こえてた？」

なにか言葉を発するか、うなずくかしなければ。だがマルティンは、ただ彼女の目をじっと見つめる。パメラが自分の名前を口にしたことが不安なのだ。

「わかった」彼女は、ため息をつきながらそう言う。

マルティンは立ち上がり、玄関ホールに出た。明かりを点け、フックにかかっているリードを手に取る。

マルティンの身体は、一日中おかしな震えかたをしていた。それはほとんど、身体の中にだれか別の人間がいて、身もだえしているようだった。

なにかの病気に罹《かか》ったのかもしれない。あるいは疲れているだけという可能性もある。

昨晩は、夜遅くに犬を散歩させなければならなかった。帰ってきたときには震えが激しく、精神安定剤《ジアゼパム》を三十ミリグラム服用したほどだった。なにが起こったのかはおぼえていない。だが、あの子たちはひどい剣幕で、マルティンは床の上で朝を迎えるはめになった。

これまでそんなことは一度もなかった。

マルティンはリードを振りながらリビングに行く。犬は、いつもどおりお気に入りの肘掛け椅子の上でぐっすり眠っていて、呼びかけられても気づかない。マルティンはしゃがみ込み、やさしく起こしてやる。

「散歩に行こう」と囁く。

犬は立ち上がり、口のまわりをペロリと舐めてから身体をブルルと震わせる。それから、マルティンのあとを追って廊下に出た。ほんとうの名前はローケという。だが、年を取ってよぼよぼしはじめたときから、二人はロディーセン（放浪者、ホームレスを意味する単語。ふらふらと歩き回る姿からイメージされた愛称か。）と呼ぶようになった。ロディーセンは黒いラブラドールだ。腰が悪くて階段はもう降りられない。ほとんど一日中寝て過ごすし、香ばしいとは言えない臭いを放っている。耳も聞こえなければ目もかなり悪い。それでも、長い散歩はいまだに大好きだった。


パメラは、浴室でイヤリングを着けてみる。それを外して寝室に戻ると、サイドテーブルの上に置く。ベッドにもぐり込み、ウォッカのグラスを手にする。そして本を開くが、すぐに閉じてデニスに電話をかける。

「お誕生日おめでとう」それが彼の第一声だった。

「寝てた？」グラスをすすりながら、パメラはそう尋ねる。

「いいや、実はまだ仕事中なんだ。明日、ヨンショーピン市まで出張があるもんでね」

「プレゼントをありがとう」とパメラは言う。「すごくきれい。でもこんなことしてくれる必要なかったのに。わかってるでしょう？」

「ああ、でもそいつを見かけたときに、きみになら似合うんじゃないかと思ったんだ。涙みたいなかたちをしてるからね」

「着けてみたけど、すごくいい」そう言いながらもう一口すすり、グラスを下ろす。

「マルティンの具合はどう？」

「いいかんじ。今も犬の散歩に出てるの。うまくいってる」

「きみは？　きみは元気なの？」

「わたしは強いから」とパメラは応える。

「いつもそう言うね」

「だってほんとのことだから。わたしはいつでも強い。やっていける」

「でもそんなに——」

「やめて」とパメラは制する。

電話口のデニスが、疲れたように息を吐くのが聞こえる。ノートパソコンを閉じ、それを脇にずらす音がした。

「きみは変わらないね」とデニスは言う。

「ごめんなさい……」

それはデニスの口癖でもあった。いつもなら感嘆の響きがこめられているのだが、ときには非難の調子が混ざることもある。

アリスの十六歳の誕生日のことが思い出された。あの晩マルティンは、海老とパルメザンチーズでパスタ料理を作ったのだった。デニスはガールフレンドとともにやって来た。そして、アリスにネックレスをプレゼントした。ダマスカスのグランバザールで買ってきたものだ。そして、アリスは母親のパメラそっくりだと話した。高校時代、デニスと出会ったころの。

「僕の会った中で、いちばんかっこよくてかわいい女の子だったよ」

「でも今じゃ、パスタを何トンも食べて、帝王切開を一回受けたなれの果て……」パメラは自分の腹を叩きながら言った。

「きみは変わらないよ」とデニスは言った。

「でしょ」とパメラは言い、笑い声を上げた。

それから、子どもの話題になったのをおぼえている。こわいものなどなにもないけど、新たに妊娠するのだけはごめんだと話したのだった。パメラとアリスは、出産時にいっしょに命を失いかけたのだ。

その後数秒間の沈黙があり、みなの視線はマルティンに移った。アリス以外の子どもはいらない、と彼は言った。そう話すマルティンの言葉からは、心の底からそう考えていることがありありと伝わってきた。パメラはその声をけっして忘れないだろう。

「口数が少ないんだね」電話の向こうで、デニスが言う。

「ごめん、アリスが十六になったときのことを思い出してしまって」と彼女は応えた。

一七

水曜日の夜遅く、通りには日中のあたたかさがまだ残っていたが、エステルマルム地区の街路に人影はなかった。マルティンとロディーセンは、カーラ通りの中央分離帯にある並木道を歩いている。

聞こえてくるのは、靴が砂利を踏みしめる音だけだった。昔風にデザインされた街灯と街灯のあいだには、暗闇が澱《よど》んでいる。

マルティンは、犬にはいつも自由に嗅ぎ回らせることにしている。気が済むまでその場に留まり、尿でマーキングさせてやるのだ。そのため、この時点ですでに外出してから一時間半が過ぎていた。

犬と出かけているときには、たいていあの子たちに困らされることはない。家で帰りを待ち受けているからだ。

よくあるのは、ウォークインクローゼットに隠れていることだ。そこなら、扉の羽根板の隙間から部屋の中を監視できた。かかっている服の背後には古い通風口があって、金属製の小さな蓋の位置を紐で動かせる。

あの子たちはそこから入ってくるのだろうと、マルティンは考えていた。

休職する前、最後に出張に出かけたときには、顔をズタズタに切り裂かれそうになった。あの子たちはねじったバスタオルでマルティンを押さえ込んでから、剃刀《かみそり》の上で跳びはねて鋭い刃を取り外したのだ。あの子たちが飽きてやめるまでに、十一針縫うほどの傷を負った。自分で車を運転し、モーラ市の病院の救急処置室に駆け込んだのだった。パメラには転んだと説明した。

「そろそろ帰ろうか」マルティンがロディーセンに声をかける。

二人はエストラ高校の近くで横道に入り、帰路についた。頭上に吊されている街灯が、そよ風に揺れる。白い光が、木々の枝のあいだを通り抜けて足元に影を落とした。まるで歩道の破れ目が動いているように見える。

突如、頭の中に銀色がかった灰色の湖面が浮かび、マルティンはぎょっとする。太陽はトウヒの木々のはるか上にあり、周囲の氷はかすかな軋みをあげている。アリスは頬を紅潮させて言う。こんなに美しい場所ははじめてだ、と。

遠くでブレーキがキーッと鳴り、アスファルトを滑るタイヤの音も聞こえた。

顔を右に向けると、一メートルも離れていないところにタクシーが停まっている。

運転手が、フロントガラス越しに罵声を浴びせかけてくる。ハンドルの中心部を掌で押し、怒りに満ちたクラクションを響き渡らせた。

マルティンは、自分がシビーレ通りの真ん中に立っていることに気がつく。反対側に渡ると背後でタクシーが急発進し、走り去った。

アリスの事故にかかわる記憶は、時折、意識の表層にまで噴き出てくることがある。毎回、ひどい苦痛を伴った。

マルティンは思い出したくなかった。パメラにとってはそれが救いになることはわかっていたが、あのときに起こったことについては話したくないのだ。

帰宅すると、午前一時になっていた。扉に施錠し、チェーンをかける。キッチンに入ると、犬の足を拭いてやり、餌《えさ》を与えた。

マルティンはしゃがみ込み、老犬に腕を回した姿勢で見守る。きちんと餌を食べ、水を飲んだことを確認すると、リビングの肘掛け椅子に戻るまであとについて歩く。

ロディーセンがうとうとしはじめると、マルティンは歯を磨き、顔を洗う。

マルティンは、これからパメラの傍らで横になる。愛しているよと囁き、誕生日にがっかりさせてごめんと謝るだろう。

足音を忍ばせて、暗い寝室に入る。

パメラは読書灯を消していた。眼鏡と本はサイドテーブルに載っている。青白い顔をしていて、息をするたびにシュウシュウとかすかな音をたてる。

マルティンは、クローゼットの扉をじっと見つめる。そして、水平の羽根板の背後にある暗闇を覗き込む。ベッドを回り込むと、空気が動いてカーテンが揺れる。

パメラはため息をつき、横向きになる。

羽布団で静かに自分の身体を覆いながらも、マルティンの視線はクローゼットの扉から離れない。

クローゼットの内側から、かすかな軋みが聞こえる。古い通風口の蓋が開く音だと、マルティンにはわかっている。

あの子たちのうち一人は、そこから入って来るはずだ。この部屋では眠れない。

マルティンはサイドテーブルに置いてあるジアゼパムの箱を手に取り、ゆっくりと廊下に出た。視線をクローゼットに向けたまま、片手を壁に当ててバランスを取りながら、後ずさりする。そして指先がドア枠に届くまではふり返らない。

廊下に出たとたんに、背中に震えが走る。床に転がっている犬のリードをまたぎ、リビングまで移動する。

フロアランプを点けると、部屋全体に明かりが広がる。愛犬のロディーセンは、いつもの肘掛け椅子で眠っていた。

マルティンは寄木張りの床を横切り、バルコニーの暗い扉に映っている自分自身の姿を見る。

背後で動くものを感じた。

ふり返ることなくわずかばかり横にずれ、ガラスの反射を通して廊下の先を見つめる。

ニスを厚く塗られた浴室のドアの縁が光っていた。すると、その輝いている部分が横方向に移動していくように見える。ドアが開きつつあるのだと、マルティンは気づく。子どもの手がドアハンドルを放し、さっと闇の中に消える。

マルティンは振り返る。心臓が激しく鳴っている。廊下は暗いが、浴室のドアが今や全開になっていることがわかった。

リビングの隅まで後退し、背中を壁につけたまま床に座り込む。その位置からは窓と、閉まったままのキッチンのドア、そして薄暗い廊下への入り口を見渡すことができる。

今日は一日中、絶望感と闘っていた。

マルティンは、ミアを受け入れるための手続きを頓挫させる危険を冒したくはなかった。だからパメラには言えない。抗精神病薬は効かない。なぜなら弟たちはほんものだからだ、とは。

目の前にあるコーヒーテーブルには紙の束が載っていて、その横にあるコップには、ペンや鉛筆、そして赤いチョークの欠片《かけら》がぎっしりと詰まっている。マルティンは、自分の画材を使ってパメラ宛のメッセージを書くことがある。だが、上の弟は字を読めるのではないかという気がしている。

それでも、口に出して言うよりはましだ。

暗い廊下を見つめながら、ジアゼパムを四錠無理に飲み下す。手が激しく震え、薬の箱を取り落とした。

明るいリビングで縮こまっていると、疲れた目が痛みはじめるのを感じる。

いつのまにか眠りに落ち、氷を通して射し込む、黄金色の陽光の筋を夢に見る。自分の周囲に漂う泡はぶつかり合い、ガラスでできているようにいっせいにチリンチリンと鳴る。

不意に軋む音が聞こえて、目が覚める。

その音は一秒以上続くが、すぐに鼓動が耳の中を充たす。あれは、クローゼットの扉が開く音だ。

フロアランプがだれかに消され、リビングは闇に呑まれている。

テレビの放つ青みがかったかすかな光が家具を照らし、部屋全体が薄い氷の層で覆われたように見える。

廊下への扉があるほうの壁は、全面真っ黒だ。

クリスマスからそのままになっている壊れた豆球が、バルコニーの手摺りで風に揺れている。

マルティンはソファの下に手を入れて、ジアゼパムの箱を探す。だが、手には床が触れるばかりだ。

あの子たちは今晩、マルティンを安らかには眠らせないと決めたようだ。

コーヒーテーブルに這い寄ろうとすると、薬の効き目があらわれてめまいを感じる。紙を一枚と木炭をつかみ、懸命に十字架を描く。それを身体の前にかざしたまま、夜明けの訪れを待つためだ。

描けば描くほど、マルティンの動きは鈍く重くなっていく。暗闇の中で描くのは難しい。描いたものを確認すると、横棒が一本片側に長すぎることに気づく。

マルティンはためらったあと、もう片方の横棒を伸ばす。だが、それでましになるかどうかはわからない。

薬物の作用で自分の意志を失いつつあるという感覚を抱えたまま、再び木炭を紙に押しつけ、最初に描いた十字架の横にもう一本縦棒を描く。木の表面に影をつけているうちに、瞼《まぶた》が重くなる。

マルティンは紙をもう一枚取り、斜めに傾いだ十字架をどうにか描き上げる。それからもう一度おなじことをはじめるが、廊下のほうから半狂乱の囁きが聞こえて来て、手を止める。

音をたてることなく後ずさり、壁に背を押しつけたまま暗闇を覗き込む。

あの子たちがやって来る。

一人が犬のリードを蹴り、金属の部品が寄木張りの床に当たってカタカタと鳴る。

マルティンは息を凝らす。

戸口に動きがある。

人影が二つ、リビングに足を踏み入れる。

一人はちょうど三歳、もう一人は五歳くらいだ。

テレビのほんのり青い光に照らされている。硫黄のように黄色い皮膚が頭蓋骨にへばりつき、顎のあたりで皺になっているのが見えた。

膜組織のあいだから、皮膚を引き裂かんばかりに骨が突き出ている。

マルティンはコーヒーテーブルの上の絵を見つめるが、それを取り上げる勇気はない。

下の子は、水玉模様のパジャマのズボンしか身に着けていない。上の子に視線を向けたあとマルティンに向きなおり、ニヤリとする。

下の子はゆっくりと前進する。テーブルにぶつかり、ガラスの上で鉛筆がカタカタと鳴る。

マルティンは、今以上に小さくなって後ずさりしようと必死になる。

下の子は目の前で静止し、かすかな光を遮る。そしてわずかにうつむく。自分の股間と両脚に注がれる尿を感じるまで、マルティンはその子がパジャマのズボンを下ろしていたことに気づいていなかった。

パメラは、目覚ましが鳴る前に目覚める。全身が震え、頭痛がしていた。病欠の連絡を入れたいという強烈な衝動をおぼえる。そうすれば、ウォッカでマグカップを充《み》たし、一日中ベッドで過ごせる。

時刻は、六時四十五分。

足を床に下ろし、マルティンがベッドにいないことに気づく。犬の散歩に出かけたのだろう。

バスローブをはおろうとすると、吐き気の波が襲いかかってくる。それでも、こんなのなんとかやりすごせる、と自分に言い聞かせる。

廊下に転がっている犬のリードに目を留めながら、リビングに足を踏み入れる。

フロアランプは点いたまま、コーヒーテーブルは移動して斜めになっている。そしてソファの下には、空になったジアゼパムの箱。

「マルティン？」

部屋の角に横たわり、壁を背にして眠り込んでいるマルティンを見つけた。顎をしっかりと胸に押しつけている。小便の臭いがする。マルティンのズボンはぐしょ濡れだった。

「ちょっと、なにがあったの？」

パメラは駆け寄り、マルティンの顔を両手で抱きかかえる。

「マルティン？」

「眠っちゃったんだ……」とぼそぼそ応える。

「さあ、つかまって……」

パメラに支えられながら立ち上がるマルティンは、疲れ果てたようすだ。よろめきながら歩きはじめて、ソファにつまずく。

「何錠飲んだの？」

マルティンは廊下に足を踏み入れたくないと感じ、向きを変えて逃げ出そうとする。

だがパメラはそれを許さず、しかたなく彼女のあとについていく。

「マルティン、教えてちょうだい――」とパメラは言う。

マルティンは浴室の前で立ち止まり、口元を拭うと床に視線を落とす。

「何錠飲んだか教えてくれないなら、すぐに救急車を呼ぶから」とパメラが口調を尖《とが》らせる。

「四錠だけだよ」とマルティンが囁きながら、怯えた目で彼女を見上げる。

「信じられない。こんなこと、もうやめてちょうだい」

服を脱がせ、シャワーを浴びるマルティンに手を貸す。シャワー室の石張りの床に座り込んだ彼は、目を閉じたままタイルの壁にもたれかかり、湯を浴びる。

パメラは、そんなマルティンを見守りながら薬物情報センターに電話をかけ、夫がジアゼパムを四錠服用したと説明する。

身体が健康であれば、その用量での危険はないと教えられる。パメラは礼を言い、この程度のことで電話をかけたことについて謝罪する。

マルティンは、睡眠薬や抗不安薬を大量に服用している。だが、過剰摂取をしたのははじめてだった。

昨日は、いつもより不安感が強くなっているように見えた。繰り返し肩越しに後ろをふり返る姿は、まるでだれかに監視されていると思い込んでいるようだった。

パメラはバスローブを脱ぐと、それをタオルハンガーに掛ける。そして下着姿でシャワー室に入ると、マルティンの身体を石鹼で洗い、それを流したあと水気を拭き取った。

「マルティン、こういうことが続くと、ミアを受け入れられなくなるの。わかってるでしょう?」そう言いながら、マルティンを寝室へと導く。

「ごめん」と彼は囁く。

マルティンをベッドに寝かしつけ、額にキスをした。朝の光がカーテンを通して射し込んでいる。

「さあ、少し寝て」

パメラは浴室に戻り、マルティンの着ていたものを洗濯機に入れる。それから、洗浄剤のスプレーとペーパータオルを手にすると、リビングに持っていく。

肘掛け椅子の犬が視線を向けるが、鼻先を舐めるとすぐにうたた寝に戻る。

「さてと、あんたのほうは何錠飲んだのかしらねえ？」

マルティンが座っていた床を拭い、家具の位置を直す。鉛筆や木炭をコップに戻そうとしたところで、マルティンの描いた絵がコーヒーテーブルの傍らに散らばっていることに気づく。パメラは、黒い十字架の描かれている紙切れを一枚拾い上げる。それから、その下にあった木炭のスケッチ画に気づき、ハッと息を呑む。

そこには、頑丈そうに見える構造物が描かれていた。二本の支柱と二本の横棒でできている。上側の横棒には、首から吊されている人間の姿があった。大ざっぱに手早く描き留められたスケッチだが、ワンピースや、顔面を覆っている長い髪の毛からすると、それが少女であるのはあきらかだった。

パメラはそのスケッチを拾い、寝室に持っていく。マルティンは完全に目を覚ましていて、ベッドに座っていた。

「気分はどう？」とパメラが尋ねる。

「疲れたよ」と口ごもる。

「これ見つけたの」とパメラは静かに言いながら、絵を見せる。「これについて話したいことがあるんじゃないかと思って」

マルティンは首を振り、不安そうにクローゼットのほうへ目を向ける。

「これって女の子？」とパメラが尋ねる。

「わからない」とマルティンは囁く。

一八

カロリンスカ研究所の法医学局は、赤いレンガ作りの建物の中にある。青い日除けのついた窓が明るい陽光に照らされていて、そこにこびりついている泥汚れの一つひとつが目に付いた。道路を挟んだ反対側には神経科学科があり、ポールの先の旗がだらりと垂れている。

ヨーナは、花を供えようと北墓地を訪れてきたところだ。

駐車場に入ると、ニルス・オレンの白いジャガーが珍しく駐車スペースにきちんと収まっていた。ヨーナは、その隣に自分の車を停める。

夏の訪れにあわせて屋外家具が持ち出され、L字型の建物の影が落ちる内側の角に配置されている。

ヨーナはコンクリートの階段を上り、エントランスの青い扉をくぐり抜ける。ニルスは、オフィスの外の廊下で彼を待ち構えていた。

〝針《ノーレン》〟ことニルス・オレンは、カロリンスカ研究所の法医学教授である。ヨーロッパの監察医の中でも、指折りの存在だ。

「マルゴットから電話があったよ。きみはこの件から外れたらしいな」ノーレンは声をひそめてそう言う。

「ちょっとしたミスさ」とヨーナが応える。

「よろしい。彼女の話に間違いがあったと解釈することにしよう。自分を外すのは間違いだときみが主張している、という意味ではなくね」

ノーレンは自分のオフィスの扉を開け、ヨーナを招き入れた。部屋の中では、ダメージ加工を施されたレザージャケットを着た若い女性が一人、パソコンに向かっている。かつてノーレンの助手だったフリッペは、バンドをはじめるためにロンドンに渡った。そしてノーレンはその後任者に対して、フリッペと同等であることを求めた——シャーヤ・アブレラはハードロック・ファンではなかったのだが。

「こちらは新しい同僚のシャーヤだ」ノーレンが、芝居じみた身ぶりとともに紹介する。

ヨーナは一歩踏み出し、握手をする。シャーヤは細く険しい顔つきで、眉毛がくっきりとしている。

彼女は立ち上がり、レザージャケットを脱いで白衣に着替える。それから三人は揃って廊下に出た。

「捜査のほうの進捗は？」とシャーヤが尋ねる。

「目撃者がいるようなんだが……まだ連絡がつかないんだ。不思議なことにね」とヨーナが答える。

「で、現状は？」とシャーヤが質問を繰り返す。

「剖検の結果を待ってるところなんだ、実のところ」

「なるほどね」シャーヤはそう言い、皮肉な笑みを浮かべる。

「どのくらい時間がかかりそうかな」ヨーナが訊く。

「二日だな」とノーレンが言う。

「わたしたちが怠けた場合にはね」とシャーヤが付け加える。

ノーレンが重い扉を開ける。ひんやりとした検視室の中には、ステンレス製の検視台が四つ並んでいた。磨き上げられたシンクや各種の容器が、蛍光灯の光で輝いている。

ヤンヌ・リンドは、服をすべて身に着けたまま奥の検視台に横たわっている。身体全体が縮んだように見え、おそろしいほどひっそりとしている。

ノーレンとシャーヤが防護服を身に着けているあいだに、ヨーナは遺体へと歩み寄る。ブロンドの髪の毛はとかされ、青灰色の顔が剝きだしだった。ヨーナは鼻を観察してから、ピアスのついている小さな耳たぶへと視線を移す。唇の上には古い傷痕があった。失踪当時に配付された写真で見たのを、ヨーナはおぼえている。大きく見開かれた目は、白目の部分が黄色く変色している。そして細い首に残されたワイヤー痕は青黒い。

ノーレンが上着とワンピースを切り開き、それを証拠物件収納袋に入れる。

シャーヤはカメラのフラッシュを焚《た》き、そのたびに金属の表面が光る。

「現場にいたノールマルムの鑑識班は、死亡時刻を午前三時十分と推定している」とヨーナが伝える。

「その可能性はある」ノーレンが口の中でもごもごと言う。

シャーヤが全身の写真を撮ったあとで、ノーレンはブラジャーとタイツを取り除く。同様に下着だけの姿を撮影してから、それも袋に収める。

ヨーナは全裸の若い女性を見下ろす。肩は細く、乳房は小さい。金髪で、脚と脇の下の毛は剃られている。

細いが痩せ衰えてはいない。また、虐待の痕跡もない。死斑は重力によって生じるため、死体のより低い位置にあった部分から先に現れる。そのため首を吊られた人間の場合、両足、両手、そして生殖器から黒ずんでいく。

大理石模様に似た茶色の死斑は、大腿部と胴体の両側に浮かび上がりはじめていた。両手と両足の爪先は、青みがかった赤だ。

「シャーヤ、きみはどう思う？」とヨーナが訊く。

「わたしがどう思うかって？」とシャーヤは繰り返し、カメラを下げる。「わたしはどう思うか。わたしが思うに、彼女は首を吊られたときには生きていた。だから、殺されてから吊されたのではない。そういう事例を見ることもあるけれど、それとは異なる……それから、犯行現場の選択には、あきらかにメッセージがこめられている」

「どういうメッセージだと思う？」とヨーナが尋ねる。

「わからない。殺すことで、なにかを誇示しているのかもしれない……とはいえこういう場合、たいていは度外れて派手な見せ方をするものだけど、これはそういうわけでもない」

「その事実そのものが、度外れな見せ方なのかもしれない」とヨーナが見解を示す。

「処刑の形式を真似《まね》た殺人」シャーヤはそう言い、うなずく。

「指先が傷んでいた。これは最初の数秒間、まだ意識があったときにワイヤーを緩めようとしてできたものだな……しかしそれをのぞけば、暴力をくわえられた痕跡も、抗おうとした痕跡もない」とヨーナが言う。

シャーヤは口の中でなにごとかを漏らすが、カメラを持ち上げると身体の各部位をあまさず写真に収めていく。明るいフラッシュが、三人の影を検視室の壁に浮かび上がらせる。

「ニルス?」とヨーナが尋ねる。

「ふうむ。ニルス・オレンはどう考えるだろうか」と自分自身に問いかけながら、ノーレンは眼鏡を鼻の上に下ろす。「死因が、両側頸《けい》動脈の圧迫であることはわかっている。首を吊られたことによるもので、それが脳への血流を遮断した」

「そのとおり」シャーヤは静かに言い、カメラを長椅子の上に下ろす。

「このあと解剖をすれば確定できるが……舌骨の骨折と気管の損傷は確認できるはずだ。しかし、頸椎《けいつい》は無事だろう」

細い首に深く刻まれたワイヤーの痕が、青黒い矢尻のように見える。ノーレンは首の付け根、後頭部のあたりを確認する。ワイヤーがどれほど深く皮膚に食い込んだのかを確認しているのだ。

「剝きだしの鋼鉄のケーブルが使用されている」ノーレンは静かに呟く。

「幼い子どもの力でも、この子を吊り上げることはできただろうね」ヨーナが言う。ウィンチの歯車があれば、引き上げるのは極端に容易だ。犯人像を決めつけることはできない。

ヤンヌの顔をじっと見つめ、首にワイヤーをかけられたときの恐怖を思い描こうとする。どれほど汗をかき、あがいたのか。逃れる方法を必死に探したはずだ。そんなものはないことを理解しつつも。慈悲を乞うたのだろうか。恭順の意を示せば、最後の瞬間に許してもらえるかもしれないと期待しながら。

「われわれは外したほうがいいかな？」ノーレンがおだやかに尋ねる。

「ああ、頼む」ヨーナは少女から目を離すことなく答える。

「いつものとおり五分間かい？」

「ああ」とヨーナはうなずく。

二人の足音はビニールの床の上を遠ざかっていき、やがて扉が閉まる。そのあいだ、ヨーナは少女を見下ろしながら検視台のそばに立ち続けていた。

広い検視室を静寂が包み込む。ヨーナは一歩前に踏み出し、遺体から伝わる冷気を感じ取る。

「ヤンヌ、こんなの許されることではないよ」とヨーナはやさしく話しかける。

ヤンヌが行方不明になったときのことは、痛いほど鮮明におぼえていた。カトリーネホルム市に赴き、捜査の手助けをしたいと申し出たのだが、地元の警察当局はそれを拒んだのだった。

自分であればヤンヌを救えたと考えているわけではない。だが願わくは、五年前に全力を尽くしたと自分自身に言える状況にいたかった。

「きみにこんなことをした人間は、きっと探し出す」とヨーナは囁く。

いつもなら、こういう約束はけっしてしない。だがヤンヌ・リンドを見つめていても、この少女を遊び場で殺そうと考えた人間の理屈がまったくわからなかったのだ。

この殺し方でなければならなかった、その必然性が。

この非情な行為に手を染めたのはだれだったのか？ 犯人に、ほかならぬ殺人を選ばせた欲望はどこからやって来たのか？ どんな人間なら、この冷酷無慈悲な行為を実行に移せるのか？

「きっと探し出す」ヨーナはヤンヌにそう誓った。

遺体の周囲をめぐりながら、あらゆる細部に観察の目を向けていく。滑らかな膝、踝、小さな爪先。視線をヤンヌから離すことなく、ゆっくりと検視台のまわりを移動していく。やがて、ノーレンとシャーヤが戻ってきた。

二人はヤンヌをうつ伏せにし、写真を撮りはじめる。

ノーレンは、首にかかっているブロンドの髪の毛をかきのける。ワイヤーの輪が残した傷を、シャーヤが記録できるようにするためだ。

カメラのフラッシュが、ヤンヌが横たわっているスチールの検視台を光らせる。そのたびに、窓から射し込む陽光を下から浴びたかのように、黒いシルエットが一瞬だけ浮かび上がった。

「ちょっと待ってくれ」とヨーナが言う。「白髪がある……写真を撮ったときに見えたんだ……ここだ」

ヨーナは、後頭部の一部を指さす。

「たしかに」ノーレンがうなずく。

ちょうど頭蓋底にあたる部分に、色のない毛がほんのわずかに生えていた。残りの色もきわめて明るいため、一目で気づくことはほぼ不可能だ。

ノーレンは、ハサミを使って根本から白髪を切り取ると、それを証拠物件収納袋に入れた。

「色素変化」シャーヤはそう言いながら、袋を閉じる。

「毛包の破壊によって生じたものだな」ノーレンが同意する。

ノーレンは最後の数ミリを剃《そ》刀で剃り、デスクのルーペを手に取る。ヨーナはそれを受け取り、剥きだしになったヤンヌの頭皮を仔細《しさい》に観察する。薄いピンク色の皮膚と汗腺《かんせん》、毛穴と剃り残された白髪が数本見えた。

自然に発生した色素変化でないことに気づく。それは白いタトゥーのようなものだった。Tの字が、精巧に描き出されている。上部には傷の化膿《かのう》した痕があり、全体がわずかに傾いている。

「この子は凍結烙印《らくいん》を押されている」ヨーナはそう言いながら、シャーヤにルーペを手渡す。

一九

ヨーナは廊下への扉を閉めていたが、それでもプリンターのうなりやキッチンスペースでおしゃべりをする同僚たちの声が耳に届いた。上着は椅子の背に掛け、コルト・コンバットはホルスターごと銃器保管庫に収めてある。

外壁に反射した陽光が窓から射《さ》し込み、頰と険しく結ばれた口元を照らしている。眉間の深い皺には影ができていた。

パソコンから目を離し、壁に留められた唯一の写真を見つめる。ヤンヌ・リンドの後頭部を拡大したものだ。

頭皮に白く浮かぶTの文字。縦線の基部には大きく広がった飾り線が付き、横線は長く伸びている。

ヨーナは、純血種の馬に凍結烙印を押すところを見たことがあった。液体窒素でコテを冷やし、それを皮膚に押し当てる。するとその部分の毛は生え続けるが、色素が失われる。極低温によって、色素を沈着させる毛包の機能だけが破壊されるからだ。

もしこの事件を担当していたのなら、今ごろヨーナのオフィスの壁は、写真や証拠品、氏名のリスト、検視報告書、そしてピン留めされた地図で埋めつくされているところだ。

この白い烙印の画像こそ、どんな捜査の過程でも浮上する、絡み合った謎を解きほぐすための鍵となり得るものだった。

ヨーナはパソコンに向きなおり、欧州刑事警察機構《ユーロポール》のデータベースからログアウトする。犯罪記録や監視記録、そして容疑者のデータベースを検索しつつ法医学委員会の資料にもあたり、凍結烙印に結びつく手がかりがないかと調べることに何時間も費やしていたのだ。

成果はなかった。

だがヨーナの勘では、犯行はこのあとも続く。

犯人は犠牲者の頭に烙印を押した。烙印というのは、複数回使用するためのものだ。事件の細部に考えをめぐらせていくと、この証拠は海面に立つ三角波のようなものだとわかる。謎の全体像は、まだ姿を見せていないのだ。

試料はリンシェーピン市の国立法医学センターに送られ、分析の最中。そして司法解剖は、今日の午後にはじまったばかりだ。ノールマルム警察の捜査班は、ウィンチと凍結烙印に必要な器具の入手経路を追っている。

アーロンは、被害者を発見したトレイシー・アクセルソンの事情聴取をした。その調書によれば、ネズミの頭蓋骨を首に吊したホームレスの女性を目撃したのだという。トレイシーはいまだショック状態にあり、当初はその女性がヤンヌを殺害したのだと主張した。だがのちにそれを撤回すると、ホームレスの女性は助けの手を差し伸べることなくじっとこちらを見つめるだけだったという話を二十回ほど繰り返した。

地元警察の捜査班はその女性の居場所を突き止め、事情聴取することができた。本人の供述と、彼女自身が映っている監視カメラの映像を照らし合わせて検証したところ、犯行時に女性がいた場所は、現場から離れすぎていることが判明した。そこからでは、犯行のようすはほとんどなにも見えなかったのだ。トレイシーが被害者を発見したとき、ジャングルジムの前でなにをしていたのかとの問いには、答えることができなかった。おそらくヤンヌ・リンドの持ち物を盗もうとしていたのだろうというのが、アーロンの推測だ。

捜査は、もどかしく感じられる初期段階にあり、今のところ手がかりはなにもない。一人の目撃者の存在をのぞけば、とヨーナは考える。

その男性は、遊び場に顔を向けて立っていた。犯行の一部始終を見ていたのだ。視線を逸らしたのは、箱を踏み潰していたホームレスの女性のほうを見たときだけだった。

午前三時十分、彼の目は遊び場に向けられていた。だが、見たものに対する反応はいっさい示さなかった。衝撃に凍りついていたのかもしれない。理解を超える恐怖と対峙《たいじ》した人間が、いっさい身動きできなくなるというのは珍しいことではない。あの男性は、首を吊り終えた犯人が現場を立ち去るまで、一貫してまっすぐに前を向いていた。その後ようやく麻痺《まひ》状態が解け、ゆっくりとジャングルジムのほうへと歩きはじめると、しばらくのあいだ映像から消えた。

彼はすべてを目撃していたのだ。

ヨーナは廊下を歩きながらヤンヌ・リンドの両親に思いを馳せ、娘の遺体が発見されたと知らされたときの二人のことを考える。五年間続いた捜索の緊張がすべて、その一撃によって吹き飛ばされるのだ。

突如として具体的なかたちとなって目の前に現れた悲しみが、二人を押し潰す。

希望を失い捜索をやめてしまったことの罪悪感は、永久に消えないだろう。

ヨーナは扉をノックし、上司の広い執務室に足を踏み入れる。マルゴットは、デスクの上に《アフトンブラーデット》（スウェーデンの日刊タブロイド紙。）を広げている。金髪を太く編み込み、明るい色の眉毛はダークブラウンのアイブロウペンシルで描き足されている。

「まったく、言葉もない」マルゴットはため息をつきながら、タブロイド紙をヨーナに向けて見せた。ドローン撮影された犯行現場の写真が、見開き全面に掲載されている。そこには、首を吊られたヤンヌ・リンドの姿が写っていた。

「両親に見せるべきものではないですね」ヨーナは深刻な調子で応える。

「新聞のほうは、大衆の知る権利を盾《たて》にしている」とマルゴットが話す。

「なにが書かれているんですか？」

「すべて憶測」もう一度ため息をつくと、マルゴットは新聞をゴミ箱に放り込んだ。

マルゴットの携帯電話は机の上に置かれている。傍らにはコーヒーカップがあり、
暗い画面は彼女自身の灰色の指紋だらけだ。

「これは連続殺人事件です」とヨーナが訴える。

「いいえ、これは連続殺人事件ではないし……あなたもそう認識すべきです。わたしの直接の命令にもかかわらず、まだこの件にかかわっているそうね」とマルゴットが言う。「カルロスはあなたのせいで失職した。このわたしが、そんなことを許すと思う？」

「ノールマルム警察は助けを必要としています。彼らの供述調書を読みましたが、穴だらけだ。アーロンの事情聴取は表面をなぞっただけです。言葉というのは、メッセージを構成するほんの一部分にすぎないという事実を理解していない」

「それで、これ以上なにを言わせたいの？」

「さあ、わかりません」ヨーナはため息をつき、踵を返して立ち去りかける。

「あなただってシャーロック・ホームズではない。そうでしょう？」マルゴットがその背中に声をかける。

ヨーナは背を向けたまま戸口で立ち止まる。

「義理のお父さんに大事がないといいのですが」と言う。

「わたしをストーキングしてるの？」マルゴットは真剣な口調で質《ただ》す。

ヨーナは振り返り、その目を見つめる。

「ヨハンナさんと末の娘さんは、もう一週間以上お父さんのところに行かれたままなんでしょう？」

マルゴットは頬を紅潮させ、

「人に話すつもりはなかったのだけど」と言う。

「いつもならあなたは車で出勤し、駐車場に停める。ところが今日は、靴に泥が少し付着している。地下鉄駅から、公園を歩いて通り抜けて来たからです」とヨーナは続ける。「それから水曜日の夜にお会いしたとき、あなたの上着には馬の毛が付着していなかった。ヨハンナさんが車で出ていくということは、かなり深刻な事態なのだろうと推測したわけです。というのも、上の娘さんたちをヴァルムドの厩舎に連れていくためには欠かせない交通手段が車だからです……あなた自身、上のお子さんたちの年頃には乗馬に夢中だった。だから、乗馬の機会はとても大切にされている……また、ヨハンナさんが車で出かけたということは、病気になっているのがお母さんでないことを示しています。というのも彼女は今、スペインで暮らしているからです」

「乗馬は昨日だった。ヨハンナの父親のところに、一週間滞在していると考えた理由は？」

「ヨハンナさんは、いつもあなたのマニキュアを手伝っている。そのおかげで、毎週火曜日にはきれいになっている……ところが今週の火曜日は、右手の塗りにむらがあるようだった」

「左手で塗るのは苦手」マルゴットが呟く。

「あなたの携帯電話は、たいてい小さな指紋だらけになっています。娘さんのアルヴァに使わせているからです。ところが今は、あなた自身の指紋しか付着していない。それで、アルヴァもヨハンナさんといっしょに出かけたと考えたわけです」

マルゴットは口を閉じ、背後にもたれかかりながらヨーナをじっくりと観察する。

「いんちきをしてるわね」

「どうでしょう」

「わたしは、あなたの魔力にはかかりにくい体質なの」

「魔力とは？」とヨーナは訊く。

「ヨーナ、懲戒処分を振りかざすのはわたしの好みではないの。とはいえもし……」

だがマルゴットが話し終える前に、ヨーナは扉を閉めて自分のオフィスに向かっていた。

二〇

ヨーナは壁の前に立ち、優美なTの字を観察する。Tというラテン文字は、ギリシャ文字のタウ、そしてフェニキア文字のタウに由来する。そこから、十字架（タウ十字と呼ばれる。）として用いられたこともある。

ヤンヌ・リンドの失踪には、当時スウェーデン中の関心が寄せられた。これはある種の事件に関して起こる現象だが、一方では影の中に忘れ去られていく事件も無数に存在する。ヤンヌの写真はいたるところで目に付いた。ソーシャルメディアもその話題で持ちきりだった。だれもが、この事件に強く心を奪われているようだった。多くの人びとがボランティアとして、少女の捜索に加わった。

ヨーナは、ヤンヌの両親であるベングトとリネア・リンドの姿を思い出す。胸の張り裂けそうな、最初の数回の記者会見の光景、そして痛々しい最後の声明。その後二人は徐々に、人びとの前から消えていった。

誘拐されてから五日目に、ニュース番組の《アクトゥエルト》が夫妻をゲストとして招いた。話したのは、もっぱら母親のほうだった。こみ上げる感情に、その声は途切れがちだった。気持ちを抑えきれなくなると、口元を手で押さえた。父親のほうは寡黙で、体裁を崩さなかった。いつでもまず咳払いで喉を整えてから、口を開いた。娘は生きている。そう確信しているとリネア・リンドは話した。娘の存在を心に感じられるのだ、と。

「ヤンヌは怯えて混乱してますが、生きています。わたしにはわかるんです」と繰り返し繰り返し訴えた。

二人の登場したコーナーは、誘拐犯に直接向けられたメッセージで締めくくられた。こういう場合、警察は話の内容について助言を与えるものだ。だが、カメラの前に立っている二人は、台本どおりに話しているのではないだろうと、ヨーナは感じた。

背後にはヤンヌの写真があった。父親は、苦心して声を平静に保っていた。

「この子が、娘のヤンヌです。明るくて読書好きな女の子です。わたしたちの……愛する娘です」彼はそう言いながら、頬の涙を拭った。

「お願いです」と母親は懇願した。「うちの子を傷つけないでください、お願い……お金が目的なら払います。約束します。家も車も、持ってるものはなにもかも売ります。とにかくヤンヌを帰してください。ヤンヌはわたしたちの太陽なんです。わたしたちの……」

母親はそこで泣きはじめ、両手で顔を覆った。夫は妻に腕を回し、落ち着かせてからカメラに向きなおった。

「聞いてください」と父親は言った。彼の声も途切れがちだった。「あなたを責めるつもりはありません。娘を返してくれるだけでいいんです。起きたことは忘れ、お互いに別々の道を歩みましょう」

水も漏らさない捜索が何週間も続いた。その間マスメディアは、新たな手がかり、情報、そして警察のミスを連日報じた。

スウェーデン政府は、ヤンヌ・リンドの救出につながる情報に対して、二十万ユーロの賞金を設けると発表した。

何千台ものトレーラーが捜査対象となり、現場に残されたタイヤ痕と照合された。ところが、人員の動員規模と、市民から寄せられた膨大な数の情報にもかかわらず、捜査はやがて暗礁に乗り上げ、人びとの関心も失われていった。ヤンヌの両親は、あきらめないでくれと警察に訴え続けた。だが最終的に、警察の追うべき手がかりはいっさいなくなってしまった。

ヤンヌ・リンドは消えた。

両親は私立探偵を雇い、借金を重ねた。最後には家まで売り払ったが、それでも結局は、人びとからもマスメディアからも忘れ去られていった。

携帯電話が鳴りはじめ、ヨーナは写真から視線を引き剝がした。デスクに戻ると、ノーレンからの着信だった。

「何回か電話をくれたかな？」ノーレンがかすれ声で尋ねる。

「ヤンヌ・リンドの件がどうなったかと思ってね」ヨーナは腰を下ろしながら応える。

「きみに話すことは禁じられているんだが、偶然にも今ちょうど済んだところだ……いくつかの検査結果を待ってから報告書を送るつもりだ」

「僕が知っておくべきことは？」ペンと紙切れに手を伸ばしながら尋ねる。

「後頭部の烙印以外に、特筆すべき点はない」

「レイプは？」

「それを示す証拠はなかった」

「死亡時刻は確認できたかい？」

「もちろん」

「こちらの鑑識班によれば三時十分だが」とヨーナが言う。

「彼女が死んだのは、二十分過ぎだというのが私の考えだな」とノーレンが言う。

「三時二十分ということかい？」とヨーナは繰り返し、ペンを置く。

「そうだ」

「きみの考えだというのは、きみはそう確信しているということかい？」とヨーナは続けながら、椅子から立ち上がった。

「そうだ」

「アーロンに話さなければ」ヨーナはそう言い、電話を切る。

犬を連れた男性が犯人だという可能性はある。それについては、監視カメラ映像を見返すまでもない。

指名手配情報を流さなければ。おそらくはスウェーデン全土に。大至急あの男を見つけ出さなければならない。今この瞬間から、あの目撃者を最有力容疑者と見なす必要があるのだ。

三時十八分、リードから手を離した男は遊び場のほうへと進み、映像から外れた。それからたった二分後にヤンヌ・リンドが死んだとすれば、そのあいだにウィンチをジャングルジムに固定することはできない。だがそこに歩み寄り、ハンドルを回すことはできる。その点に疑いの余地はない。この男がヤンヌを殺したと考えても筋は通るのだ。

二一

パメラは腕時計に目をやる。午後の遅い時間帯で、事務所にいるのは彼女一人だけだ。外はすさまじい暑さで、結露した滴が窓ガラスを伝い下りはじめていた。ミアとのスカイプ面談がはじまる時刻だ。パメラはグラスに残っていたウォッカを飲み干す。そして、口にもう一粒ミントを放り込み、パソコンの前の席につく。

画面は一瞬暗くなり、それから大きな眼鏡をかけた年配の女性の姿が現れた。ケースワーカーに違いない。

女性はつまらなそうな笑みを見せてから、小さな声で面談の段取りを説明する。画面の端に、ミアの姿がちらりと見えた。両頰に青とピンクの髪の毛が垂れている。

「なんなの、わたしまで出るの?」ミアが尋ねた。

「こちらに来て座りなさい」ケースワーカーは、ミアに向かってそう言いながら立ち上がる。

ミアはため息をつきながらも、言われたとおりにする。画面には、それでも身体の半分しか映っていない。

「こんにちは、ミア」パメラは、あたたかいほほえみを浮かべながら言う。

「こんにちは」とミアは応え、視線を逸らす。

「では二人で話してください」ケースワーカーはそう言い残し、退室する。

しばらく、どちらも口を開かない。

「なんだかへんな状況だってことはわかってるの」とパメラが言う。「でも目的は、おしゃべりをしてお互いのことをもっとよく知りましょう、ってこと。これも手続きの一環なの」

「どっちでもいい」ミアはため息をつきながらそう言い、目にかかった髪の毛を吹き払う。

「じゃあ……調子はどう？」

「いいよ」

「イェヴレもストックホルムとおなじくらい暑いのかな？　こっちはほんとうの熱波がやって来てて、みんな仕事なんかしたくない気分になってる。実際、噴水に飛び込んで身体を冷やしたりしてるのよ」

「人生ってキツいから」ミアが呟く。

「わたしが今いるのは、自分のオフィス。建築家をしてるって話したかしら？　年齢は四十一、マルティンと結婚してから十五年で、ストックホルムのカーラ通りに住んでる」

「へえ」ミアは、顔を上げもせずにそう言う。

パメラは咳払いをし、身を前に乗り出す。

「このことは知っておいてもらったほうがいいと思うんだけど、マルティンには心の病《やまい》があるの。とてもやさしい人なんだけど、強迫性障害があってたくさんの強迫観念を抱えているし、あまり話さないの。強い不安に襲われることもある。でも日に日に良くなっていて……」

パメラの声は先細りになり、ついに言葉を呑み込んだ。

「わたしたちは完璧じゃないけど愛し合ってるし、あなたといっしょに暮らしたいと思ってる」と彼女は続ける。「というか、どんなかんじになるか試してみるだけでもいいと考えてる。あなたはどう思う？」

ミアは肩をすくめる。

「あなたの部屋もある……屋根の向こうに広がる良い景色が見えるわ」とパメラは続ける。自分の笑顔がぎこちないことに気づく。「それ以外の点では、うちはいたって普通——映画に出かけたり外食したり、旅行や買い物をしたりするのが好き……あなたはどんなことが好きなの？」

「ベッドに入ったときに、だれかに傷つけられるんじゃないかとか、レイプされるんじゃないかとか考えないで済むこと……あと、お決まりだけどＹｏｕＴｕｂｅ」

「どんな食べ物が好き？」

「ねえ、もう行かなくちゃ」ミアは言い、立ち上がろうとする。

「友だちはいる？」

「ポントゥスって人」

「あなたのボーイフレンド？　ごめんなさい――よけいなことを訊いて」

「違う」

「白状すると、わたし、ちょっと緊張してるの」とパメラが言う。

ミアは再び腰を下ろし、顔にかかった髪の毛を吹く。

「将来のことは？」とパメラが尋ねる。話題を変えれば、会話が流れはじめるのではないかと期待したのだ。「なにをしたいの？　あなたの夢は？」

ミアは、疲れ果てたと言うように首を振る。

「ねえ、ごめんなさい。でも、こういうのって無理……」

「わたしに訊きたいことはない？」

「ない」

「知りたいことは？　それとも、話しておきたいことは？」

少女は顔を上げ、

「わたしは扱いにくい」と話す。「なんの価値もないし、みんなから嫌われてる」

パメラは、反論しそうになる自分を抑える。

「もうすぐ十八になる。だからあと少ししたら社会の側も、わたしのことを気にかけてるふりをしなくてもよくなる」

「たしかに、そのとおりかもしれない」

ミアは、疑り深い目でパメラを見やる。

「それにしても、どうしてわたしと住みたいの？」少し間をおいてから、ミアが尋ねる。「だって、あなたは建築家なんでしょ。金持ちで、ストックホルムの真ん中に住んでる。子どもができないなら、中国かどこかのかわいい子を養子にしたらいいじゃない？」

パメラはまばたきをし、深く息を吸い込む。

「このことは、ケースワーカーにもまったく話してない」とおだやかに話しはじめる。「でもね、わたしはあなたぐらいの歳の娘を亡くしてるの。黙っていたのは、あなたをこわがらせたり、娘の身替わりを探してるって思わせたりしたくなかったから。わたしはただ、大きなものを喪った経験のある人間同士は、お互いにわかり合えることがあるんじゃないか。だから助け合えるんじゃないかって考えてるだけ」

ミアは身を乗り出し、

「その子の名前は？」と尋ねる。顔には、真剣な表情が浮かんでいた。

「アリス」

「ミアじゃないわけだ、少なくとも」

「そうね」パメラはほほえむ。

「なにがあったの？」

「溺れたの」

「うわ」

二人は、座ったまましばらく黙り込む。

「それ以来、わたしはお酒を飲み過ぎるようになった」とパメラは打ち明ける。

「飲み過ぎる、ね」とミアは怪しむ。

「これにはウォッカがなみなみ入ってた」とグラスを持ち上げて見せる。「ぜんぶ飲まなければ、あなたと話せなかったの」

今やミアは、あきらかに先ほどよりもくつろいでいた。背もたれに身体を預け、画面に映るパメラの顔をしばらく観察する。

「なるほどね、少しはわかった……もしかしたらわたしたち、うまくいくかもね」とミアが言う。「でも飲むのはやめて。あと、マルティンにはしっかりしてもらって」

パメラは落ち着かない気持ちで事務所をあとにし、あたたかい空気の中に出た。マルティンの待つ家に戻る前に、少し散歩をしようと決める。

歩きながら、ミアとの会話を頭の中で再生してみる。アリスのことに触れたのは誤りだっただろうか、と考える。

デニスと話そうと、携帯電話を取り出す。呼び出し音を聞きながら、古本屋の前を通り過ぎる。

「デニス・クラッツです」といつもの応答があった。

「わたし」

「ごめん。画面には出てたんだけど――つい口癖で。筋肉の記憶《マッスル・メモリー》ってやつだね」

「わかってる」と言い、パメラはほほえむ。二人は高校時代からのつきあいだが、デニスはいまだにフルネームで電話に出る。パメラの名が携帯電話に表示されていても、それは変わらなかった。

「マルティンの調子はどう？」

「かなり良いと思う」と応える。「夜になると不安感が強くなるんだけど、でも……」

「奇跡をあてにしてはダメだよ」

「違うの、そうじゃなくて……」

パメラの声は次第に小さくなっていった。道路を渡る前に、自転車を何台か先に通す。

「なにかあった？」まるでパメラの表情を読み取ったかのように、デニスは尋ねる。

「時期尚早だってあなたが思ってるのは知ってるけど、さっきミアと最初の面談をしてきたの」

「福祉局はなんて言ってるの？」

「最初のハードルは突破したわけだけど、福祉局の最終判断はまだ先。だから、決まったことはまだなにもなし」

「でも、きみはほんとうに実現を望んでるんだよね？」

「うん、望んでる」そう応えながら、若い女性が何人か下着姿で草むらに寝転び、日光浴をしていることに気づく。

「ちょっと自分の限界を超えるかもしれない、とは考えていないんだろう？」

「わたしのことは知ってるでしょ？　限界を超えるなんてことはないの」そう言うと、笑顔に戻る。

「なにかできることがあったら言って」

「ありがとう」

パメラは電話を切る。薬局の前を通りすぎ、新聞の売店に差しかかったところで、視線を捉えたものがあった。

パメラは急に立ち止まり、振り返る。そして《アフトンブラーデット》の一面を見つめた。

見出しが〈処刑人〉とわめき立てている。

天文台公園の遊び場を、上空と側面から捉えた写真が大きく掲載されていた。一帯は、警察の設置したテープとバリケードによって封鎖されている。

写真の隅には、緊急車両が何台も停まっている。レザージャケットとワンピースを身に着けた少女が、ジャングルジムに吊されている。ストレートの長い髪の毛が、顔の大部分を覆っていた。

パメラの心臓は激しく打ちはじめ、喉が締めつけられるような感覚に襲われる。

写真は、マルティンのスケッチに似ていた。

彼が昨日の夜に描いた絵と。

ほぼ瓜二つだ。

警察が到着する前に、マルティンは遊び場にいたに違いない。

二二

横道に入ると足から力が抜け、ゼリーと化したように感じられた。パメラは黄色いゴミ収集箱を過ぎ、建物の玄関口で立ち止まる。

死んだ少女に出くわすのは、だれにとっても衝撃的な体験だ。これで、マルティンが眠れなかった理由がわかった。頭の中にあの光景を抱えたまま、こわくてだれにも話せなかったに違いない。そしてついにジアゼパムを飲み過ぎ、目にしたものをスケッチに描くことになったのだ。

震える手で携帯電話を取りだし、《アフトンブラーデット》のウェブサイトを検索する。ボルボやオンラインカジノの広告を次々と見せられたあと、記事に到達する。

走り読みするパメラの視線は、せわしなく行から行へと跳んだ。

天文台公園の遊び場で少女の遺体が発見されたのは、水曜日の早朝のことだった。捜査を指揮するアーロン・ベック刑事によれば、現在のところ容疑者逮捕にはいたっていない。

パメラはストックホルム警察のホームページに飛び、ベック刑事に連絡する方法を探る。緊急通報用の電話番号の脇に、一般的な情報提供や問い合わせに関する一行を見つける。自動応答音声に従ってメニューを選択していくと、最終的にはほんものの人間につながった。そこで、遊び場での殺人事件について、アーロン・ベック刑事に話したいことがあると伝える。

パメラは自分の名前と電話番号を残したあと、バッグに携帯電話を入れる。喉のつかえがあり、唾を呑み込むのも難しかった。帰宅してマルティンを説得し、目にしたことについて話をさせなければ。

遊び場で殺された少女。

パメラは心を鎮めようと、扉に背中を預けたまま目を閉じる。

携帯電話が鳴りはじめ、ぎくりとする。慌てて電話を取りだすと、知らない番号からの着信だった。

「パメラです」とためらいがちに応える。

「どうも、ストックホルム警察のアーロン・ベック刑事です。お電話をくださったそうですね？」男性の疲れた声だった。

　パメラは、人気《ひとけ》のない通りを見渡す。

「はい。《アフトンブラーデット》の記事を読んだんです。遊び場で殺された女の子の……あなたは捜査の指揮を執られているんですよね？」

「ご用件は？」とアーロンは尋ねる。

「火曜日の夜、夫が犬を散歩させてたんですが、そのときになにか見たかもしれないんです……自分では電話をかけることができません。精神の病を抱えてまして」

「すぐにご本人のお話をうかがわねば」アーロンの口調が変わった。

「問題は、夫とは会話を成立させるのがとても難しいってことなんです」

「今、ご主人はどちらに？」

「自宅です。住所は、カーラ通り十一番です」とパメラは応える。「お急ぎでしたら、二〇分でわたしも戻れます」

　パメラは電話を切り、歩きはじめる。ゴミ収集箱を過ぎ、ドロットニング通りに出たところで、あやうく電動スクーターに乗った男に轢《ひ》かれそうになる。

「すみません」パメラは反射的にそう口にする。

レゲリンス通りに向かうため、文化会館の裏通りを抜けようとする。ところがブルンケベリ広場が工事中で、やむなくドロットニング通りに戻る。

大丈夫、とパメラは考える。

まだ充分に間に合う。


刑事と話してから十五分後、パメラはクングステン通りを駆け出していた。息は荒く、汗に濡れたシャツが背中に貼り付いている。カーラ通りに折れると、警察車両が五、六台前方に停まっているのが見えた。青い光が明滅している。

自宅マンション前の通り全体が、歩道も含めて封鎖されていた。野次馬がすでに集まりはじめている。

防弾ベストを身に着けた二人の警察官が、武器を構えた状態で建物の壁に背をつけて立っている。そして別の二人が、歩道の両側に目を光らせている。

パメラに気づいた最初の警察官が、片手を上げる。背が高く、がっしりとした体格だ。金髪の顎髭をたくわえ、鼻筋には深い傷痕があった。

パメラはそのまま歩き続けた。警察官にうなずきかけ、話す必要があることを伝える。

「すみません」と彼女は言う。「ここに住んでて――」

「ここで待っててください」警察官は、彼女の言葉を遮る。

「なにか誤解があったみたいなんです。警察に通報したのはわたしで――」

パメラはそこで不意に口をつぐむ。階段のほうから昂《たか》ぶった叫び声が聞こえてきたのだ。エントランスの扉が開き、警察官がさらに二人。警察官が二人現れる。それに続いて、ヘルメットと防弾ベスト姿の警察官がさらに二人。そして彼らに引きずられるようにして、パジャマのズボンしか穿いていない上半身裸のマルティンが出てくる。

「なにしてるの！」パメラが叫ぶ。「みんな頭おかしいの?」

「落ち着いてください」

「あんな扱いするなんて許されない！　あの人は病気なの。こわがってるじゃないの……」

金髪の顎髭を生やした警察官が、パメラを押し戻す。

マルティンは後ろ手に手錠をかけられていた。鼻血が流れ、その表情からはすっかり怯え、混乱していることが見て取れた。

「責任者はだれ?」パメラの声が甲高く響き渡る。「アーロン・ベック刑事なの?　ベック刑事に話して。電話をかけてたしかめて――」

「聞きなさい！」警察官が怒鳴る。

「とにかくわたしは――」

「落ち着いて、一歩さがりなさい」

マルティンの唇と顎を血が伝い下りる。

近所のギャラリーに勤めている若い女性が規制線の外側に立ち、すべてを携帯電話の動画に収めている。

「あなた方は理解していない」わずかなりとも自分の声に威厳を取り戻そうと努めながら、パメラは声を張り上げる。「夫は心の病を抱えている。深刻なPTSDに苦しんでいるのです」

「静かにしないと逮捕しますよ」警察官は、パメラの目を正面からにらみつけてそう言い放つ。

「わたしが怒ったという理由だけで逮捕するつもりなの？」

警察官たちは、マルティンの上腕をしっかりとつかんでいる。つまずきかけるたびに、彼を引き起こした。剝きだしの両足が、歩道の上をよろよろと進む。痛みにうめき声を漏らすが、言葉は発しない。

「マルティン！」パメラが叫ぶ。

マルティンの目が人だかりを見渡す。声が届いたのはあきらかだったが、パメラの姿を見つけられないまま頭を下げさせられ、車に押しこまれた。

パメラはどうにかして近づこうとするが、金髪の顎髭を生やした警察官に腕をつかまれ、レンガの壁に身体を押しつけられる。

二三

ノールマルム警察の取調室には窓がなく、汗と泥の臭いがしている。アーロン・ベックは、マルティン・ノルドストレームと身元確認された男をじっくりと観察する。顔には乾いた血の筋があり、鼻孔にはティッシュペーパーが詰められていた。グレーの髪の毛は逆立っている。手錠の鎖は、目の前のテーブルの上に備わっている堅牢な金属部品に通されていて、警察から支給されたTシャツを身に着けている。緑色のパジャマのズボンは穿いたままだ。

マルティンの行動と発言は、すべて録画されている。

当初、弁護士の同席を求めるかとの質問への回答は拒絶した。だが、アーロンがもう一度おなじ質問を繰り返すと、マルティンはただ首を振った。

今、二人は黙り込んだまま座っている。聞こえているのは、天井の照明がたてる低いうなりだけだった。蛍光灯は、しばらくのあいだかすかに点滅する。

マルティンは、ひっきりなしに後ろを振り返る。まるで、背後にだれもいないことを確認したがっているようだった。

「こちらを向いてください」とアーロンが言う。

マルティンは一瞬だけ彼と目を合わせると、すぐに視線を下げる。

「ここにいる理由はわかりますか？」

「いいえ」マルティンが囁く。

「あなたは火曜日の夜遅く、犬を散歩していた。つまり水曜日午前三時ということです。あなたはそのとき、商科大学の裏の芝地にいた」

アーロンはそこで一度区切り、

「遊び場のすぐ横です」と付け加える。

マルティンは立ち上がろうとするが、手錠で果たせない。崩れ落ちるようにして再び腰を下ろすと、テーブルにつながっている鎖がカタカタと鳴った。

アーロンが身を乗り出す。

「なにがあったのか、話してもらえますか？」

「おぼえてません」ほとんど聞き取れないほど小さな声で、マルティンが応える。

「しかし、そこにいたことはおぼえてますね？」

マルティンは首を振る。

「なにかおぼえてることはあるでしょう」とアーロンが続ける。「そこからはじめましょう。まずはおぼえてることを教えてください。ゆっくりでいいです」

マルティンは肩越しに背後を見やり、テーブルの下を覗き込んでから身体を起こす。

「話してもらえるまでどこにも行けませんよ」アーロンはそう告げる。そして、マルティンが再び背後に目をやるのを見てため息をつく。これで三度目だった。「なにを探してるんです？」

「なにも」

「わたしが、大学の裏にある遊び場のことを話したとき、どうして立ち上がったんです？」

マルティンは答えることなく、ただ静かに座っている。その視線は、アーロンの傍らのどこかに向けられたまま動かない。

「難しいのはわかります」とアーロンは続ける。「でも、ほんとうのことを話しはじめると、みんなほっとして解放されたような気分になるものなんです」

マルティンは一瞬だけアーロンと目を合わせてから、扉のほうを見つめる。

「いいでしょう。ではこうしましょう。こっちを見てください。私はここにいますよ」アーロンはそう言い、黒いフォルダーを開く。

マルティンが再びアーロンを見る。

「これをおぼえてますか？」そう尋ねながら、一枚の写真をテーブルに差し出す。マルティンは背後にのけぞり、両腕がいっぱいに伸びる。手錠が食い込み、手首の皮膚に皺が寄る。

荒く息をつきながら、両目をギュッと閉じる。

それは、少女の遺体を捉えた鮮明な写真だった。フラッシュに照らされ、細部にいたるまでくまなく写し取られている。

雨滴は空中で静止し、ヤンヌ・リンドの周囲で輝いている。

顔面のほとんどを覆う濡れた髪の毛は、ラッカー塗りされたオーク材の色に見えた。髪の毛のあいだに、顎と開いた口が覗いている。鋼鉄のワイヤーが首の皮膚に食い込み、そこから流れ出た血液がワンピースを黒に近い色に染めていた。

アーロンは写真をフォルダーに戻す。マルティンの息づかいは次第に落ち着きを取り戻していく。

しばらくして、のけぞらせていた上半身をようやく元に戻したとき、両手の色は失われて白くなっていた。蒼白の顔面がじっとりと湿り、両目は血走っている。

マルティンはテーブルを見つめたまま、静かに座っている。涙をこらえてでもいるかのように、顎が震える。

「僕なんです。僕が彼女を殺しました」そう囁くと、再び呼吸が速くなる。

「なにが起こったのか、あなたの言葉で話してください」とアーロンが言う。

だがマルティンは首を振り、不安げに身体を前後に揺すりはじめた。

「落ち着いて」アーロンはそう言い、無理にあたたかい笑みを浮かべる。「腹の中のものをぜんぶ出してしまったら、ぜったいに気分が良くなる」

マルティンは身体の動きを止めるが、鼻から漏れる息はあいかわらず荒い。

「マルティン、なにがあったんです？」

「思い出せない」マルティンはごくりと唾を呑み込む。

「そんなことはないでしょう——被害者の写真を見たとき、強く反応したじゃないですか。しかも、殺したのは自分だと教えてくれたばかりですよ」アーロンはそう言い、深々と息を吸い込む。「あなたのことを怒ってる人は一人もいないから安心して。でも、なにがあったのか話してくれなきゃ」

「はい、でも……」

マルティンの声はそのまま尻つぼみになった。そして、またしても肩越しに背後を見やり、テーブルの下を覗き込む。

「あなたは、遊び場で少女を殺した。そう認めましたね」

マルティンはうなずき、手錠の鎖をつつきはじめる。

「なにも思い出せないんです」と静かに漏らす。

「しかし、先ほど殺人を自白したことはおぼえてるんでしょう？」

「はい」

「被害者がだれなのか、わかりますか？」

マルティンは首を振り、ちらりと扉を見やる。

「具体的には、どうやって彼女を殺したんです？」

「え？」マルティンは、ぽかんとしてアーロンを見つめる。

「あなたはなにをしたんです。それとも、手伝ってくれた人がいたんですか？」

「わからない」

「でもどうして殺したのか、理由はわかるんでしょう？　それは教えてくれますね？」

「思い出せない」

深くため息をつきながら立ち上がったアーロンは、そのまま言葉を発することなく退室する。

二四

ヨーナは、ノールマルム警察署の長い廊下を歩きながら、サングラスをシャツのポケットに差し込む。

私服や制服の警察官たちが、さまざまな方向に急ぎ足で通り過ぎていく。

コーヒーマシンの脇に立っているアーロン・ベックを見つけた。両足を大きく開き、両手は背中に回している。

「こんなところでなにしてるんです？」アーロンが訊く。

「事情聴取に同席したいんだ」

「そいつはもう、時すでに遅しだ。自白したんです」笑みを抑えながら、アーロンが伝える。

「それはよかった」

アーロンは首をかしげて、ヨーナをじっと見つめる。

「マルゴットと話しました。そろそろ検察に引き継がせようということでした」

「少し性急な気がするな」とヨーナは言い、食器棚からカップを取り出す。「精神の病を患っているわけだからね」

「でも犯行時刻に現場にいて、しかも自白したんですよ」

「動機は？　被害者との関係は？」ヨーナはそう尋ねながら、エスプレッソを淹《い》れる。

「思い出せないと言ってます」

「なにを思い出せないって？」

「あの夜のことはなにも思い出せないんです」

ヨーナはカップを持ち上げ、アーロンに手渡す。

「なら、どうして殺害を自白できるのかな」

「わかりませんね」アーロンはそう言い、手にしたカップを見つめる。「でも、わりとすぐに自白したんです。録画を見たらわかります」

「そうしよう。だけど、まずはきみ自身が供述内容をどう捉えたのか聞きたくてね」

「え？　どういう意味で？」そう聞き返し、アーロンはコーヒーをすする。

「いったいなにに関しての自白だったのか、それについてきみの側が誤解したという可能性はあるかな」

「誤解？　あいつは、自分が少女を殺したと話したんですよ」

「自白の直前のやりとりは？」

「どういう意味です」

「自白の直前にきみが口にしたのは、どんな言葉だったのかな」

「今度はこっちが取り調べられる番ってわけですか？」アーロンは、口角を下げながら尋ねる。

「いいや」

アーロンは空のカップをシンクに置き、両手をジーンズで拭うと、

「被害者の写真を見せました」と不服そうに言う。

「犯行現場の?」

「彼が思い出そうとしてたもんで、手助けをしたかったんです」

「わかるよ。でも写真を見せたことで、首を吊られた少女の事件だと彼はわかってしまったわけだね」とヨーナは話す。

「八方塞がりになってて、やむを得なかったんです」アーロンはぶっきらぼうに言い返す。

「きみが自白だと解釈した言葉が、別の意味を持ってるということはあり得るかな」

「おれが間違ってたと言いたいんですか？」アーロンが尋ねる。

「間接的に殺してしまった、という意味だったりはしないかなと思っただけさ。彼女を救えなかったことでね」

「やめてくださいよ」

「ウィンチを支柱に固定する暇はなかったわけで……もちろん、もっと早い時間帯にあらかじめ設置していたという可能性はある。そのためには、階段を使うルートを使い、監視カメラ映像に映り込まないようにしながら遊び場まで下りていく必要がある。でもだとしたら、実際に殺す段になってなぜあのルートで現場に近づいたのかがわからない」

「ああもう、ならあいつと話してみてくださいよ。あいつが――」

「いいとも」とヨーナは口を挟む。

「あいつがどんなに扱いやすいか、わかってくれるはずです」

「暴力的だったり攻撃的だったりしたことは？」

「あいつは残酷な殺人を自白したんです。おそろしく冷酷な犯罪だ。できることならウィンチを使って、自分で首を吊ってやりたいくらいだ」

二五

ヨーナは、扉をノックしてから取調室に足を踏み入れた。体格のいい看守がマルティンの向かいに腰を下ろし、携帯電話のゲームで遊んでいた。

「休憩したらいい」ヨーナはそう告げ、看守のために扉を開けたまま押さえた。

マルティンの顔は淡い黄色で、浮腫《むく》んでいた。うっすらと生えている無精髭が、さらに弱々しい印象を与える。毛髪は逆立ち、目には疲労があった。両手を組み合わせ、傷だらけのテーブルの上に載せている。

「私の名はヨーナ・リンナ、国家警察の刑事です」ヨーナはそう伝えながら、向かい側の椅子に腰を下ろした。

マルティンがかすかにうなずく。

「鼻をどうしたんですか？」ヨーナが訊く。

マルティンは手を伸ばし、おそるおそる鼻に触れる。血塗れの詰め物がテーブルに落ちた。

「だれか、あなたの健康状態について尋ねた者はいましたか？　薬の服用が必要かどうかといった質問です」

「はい」マルティンが囁く。

「手錠をはずしてもいいですか？」

「どうかな」マルティンはそう言うと、肩越しにさっと背後を見やった。

「暴れますか？」

マルティンは首を振る。

「これから手錠をはずします。でもあなたには、その椅子に座ったままでいていただきたいんです」ヨーナはそう言いながら手錠をはずし、自分のポケットの中に収める。

マルティンはゆっくりと手首を揉みながら、視線をヨーナの背後の扉へと彷徨《さまよ》わせる。

ヨーナは紙切れを一枚取り出し、組み合わされたマルティンの手の前に置く。そして、視線を下ろすマルティンを観察する。そこには、ヤンヌ・リンドの後頭部に押されていた烙印が写っていた。

「これはなんですか？」ヨーナが尋ねる。

「知りません」

「よく見てください」

「見ました」とマルティンは静かに応える。

「あなたが複雑性ＰＴＳＤをお持ちだということはわかっています。記憶と発話に問題があることも」

「はい」

「先ほど私の同僚と話していたときに、若い女性を殺害したと自白されましたね」とヨーナが続ける。「その女性の名前を教えていただけませんか？」

　マルティンは首を振る。

「その女性の名前を知っていますか？」

「いいえ」マルティンが囁く。

「あの夜のことでおぼえていることは？」

「なにも」

「では、どうしてあなたは、ご自分が殺したと断言できるんですか？」

「僕がやったって言うんなら、自白して罪を償いたいんです」とマルティンが言う。

「自白したいと思われるのはいいのですが、そうするためには、ほんとうのところなにが起こったのか、われわれがきちんと把握《はあく》する必要があるんです」

「わかりました」

「女性が殺された晩、あなたが現場にいたことはわかっています。でも、だからといって必ずしも、彼女を殺したのがあなただということにはなりません」

「そうなるんだと思ってました」そう話すマルティンの声は、かろうじて聞き取れる程度の大きさだった。

「それが違うんですよ」

「でも……」

マルティンの両頰を涙が伝い下り、テーブルに置いた両手のあいだに滴る。ヨーナがティッシュペーパーを一枚引き抜いて手渡すと、マルティンは静かに鼻をかんだ。

「どうしてそんなに小声で話すんですか？」

「そうしなきゃいけないんです」そう言いながら、ちらりと扉を見る。

「だれかのことがこわいんですか？」

マルティンはうなずく。

「だれが？」

答えることなく、自分の背後に視線を送る。

「マルティン、だれか思い出す手助けになってくれそうな人はいますか？」

マルティンは首を振る。

「サンクト・ヨーラン病院の精神科医はどうですか？」

「もしかしたら」

「試してみましょう――それでいいですか？」

マルティンはかすかにうなずく。

「記憶が欠けることはよくあるんですか？」

「思い出せません」とマルティンは冗談を言い、ヨーナが笑うと目を伏せる。

「それはそうですよね」

「こういうふうに記憶が欠けることはよくあります」とマルティンが小声で言う。

だれかが外の廊下を通りかかった。鼻歌を口ずさみながら、鍵束をジャラジャラさせている。取調室の前を通り過ぎるとき、その人間の警棒が扉に当たった。

マルティンはビクリとし、怯えた表情を浮かべる。

「あの夜、あなたはなにかひどいものを目にしたのだと思います」マルティンの表情を観察しながら、ヨーナは言う。「思い出すのも嫌なくらいひどいものを……でも、あなたも私も、その記憶があなたの頭の中にあることはわかっている。そこでまずは、思い出せることから教えてもらいたいんです」

マルティンは視線をテーブルに下ろす。まるで大昔に忘れてしまった言葉を思い出そうとするかのように、唇が動きはじめる。

「雨が降っていました」とヨーナが言う。

「はい」マルティンがうなずく。

「傘を打つ雨の音はおぼえていますか？」

「立っていた彼女の姿はまるで……」

鍵がカチリと鳴り、扉が勢いよく開く。マルティンは口をつぐみ、アーロンがずかずかと部屋の中に入ってくる。

「聴取は終わりです。検察官が予備捜査を引き継ぐことになったので」咳払いをしながら、そう説明する。

「マルティン」アーロンを完全に無視したまま、ヨーナは話しかける。「なにか言いかけてましたね？」

「え？」

マルティンはうつろな顔でヨーナと目を合わせ、唇を舐める。

「さあ、いいかげんにしてくださいよ」入ってくるようにと看守に合図を送りながら、アーロンが言う。

「あなたはちょうど、見たもののことを話そうとしかけていたんです」ヨーナは、マルティンの視線から目を離さずに続ける。

「思い出せません」

アーロンは看守の持っていた書類を奪い取り、移送許可書に署名する。

「アーロン、少しだけ時間をくれないか」

「無理です――もう僕の管轄を離れましたから」と応える。

看守はマルティンを立たせ、これから留置場に戻されること、そして食事はそこで与えられることを説明する。

「マルティン」ヨーナはもう一度試みる。「あなたの傘は雨に打たれていた。あなたは遊び場のほうを眺めていて、若い女性を見かけた。彼女が立っていた姿はまるで……どうだったんですか？　なにを話そうとしかけていたのか、教えてください」

マルティンは首を振る。質問そのものが理解できないようだった。アーロンは、連れ出すようにと看守に指示を出す。

「雨の中で彼女を見たんですね」ヨーナは食い下がる。「彼女はどんなふうに立っていたんですか？　マルティン、なにを言いかけていたのか、知りたいんです」

マルティンは口を開くが、出てくるものはなにもない。看守はその腕をつかみ、取調室の外へと導く。

二六

パメラは、カロリンスカ病院の前に車を駐《と》めて道路を渡り、北墓地への入り口を通り抜けた。

何年ものあいだ、頻繁にここを訪れている。それで、墓石や霊廟《れいびょう》のあいだを走る小道の広大な網の目の中から、無意識のうちに最短の道筋を選び出すことができた。

金曜日にパメラを壁に押しつけた警察官は、マルティンの移送先について明かすのを拒んだ。全身をわななかせながら階段を上ると自宅の扉は全開で、砕かれた錠前の破片が床に散乱していた。

それらを一つひとつ拾い上げ、扉を閉め、内側にある鉄格子入りの防護ドアに施錠した。そしてマルティンの鎮痛剤を一錠飲み下し、パソコンの前に腰を下ろした。まもなく矯正局の問い合わせ番号を見つけ出し、マルティンがクロノベリ刑務所に収容されたことを知った。

手早くマルティンの服と財布をバッグに収め、タクシーに飛び乗った。だが到着してみると、入り口の警備員は彼女の立ち入りを許さなかった。バッグは受け取ったもののの、マルティンの心の病と服用薬、そして治療の必要性について責任者に伝えることは拒絶した。

パメラはその日、刑務所の外で三時間待った。警備員の最初のシフトが終わり、次の勤務当番がはじまったときにもう一度かけ合ってみたものの、最終的にはあきらめて帰宅することになった。

その夜遅く、マルティンはヤンヌ・リンド殺害容疑で再勾留されたことを知った。五年前に消息を絶ったあの少女だ。

直後に感じた強いいらだちは、すでに薄れている。今は、置かれている状況の不条理さに、驚きながらもうんざりする気持ちでいっぱいだ。

マルティンはあの夜、死んだ少女を遊び場で目撃した。そしてもしかすると、その死をも。ところが、彼の話に耳を傾け、ほんものの犯人につながるかもしれない手がかりを集めようとすることもなく、警察は殺人容疑で起訴したのだ。

パメラは、楡《にれ》の木陰に入る。その木の枝に、折りたたみ式の椅子を引っ掛けてあるのだ。それをアリスの墓石まで運ぶ。

黒みがかった花崗岩《かこうがん》に太陽の光が反射する。手前にはスミレの花と、ステッキ型キャンディ《キャンディケイン》の入った小さなボウルが供えられていた。

北礼拝堂近くのどこかから、芝刈り機のうなりが聞こえてくる。そして高速道路からは、遠くの雷鳴に似た響きが伝わってくる。

パメラは、ここ数日のことをすべてアリスに話した。ヤンヌ・リンドがストックホルム中心部で首吊りにされたこと、マルティンが犯行現場のスケッチを描いたこと、そして捜査の助けになると考えたパメラ自身がそれについて警察に通報したこと。

歩行器の女性が小道を通りかかり、パメラは声を先細りにする。そして、自分の声が届かない距離までその女性が離れてはじめて、続きを話そうという気持ちになる。

「愛してるよ、アリス」とパメラは口を開き、深々と息を吸い込む。「でも、話しておきたいことがあって……誤解しないで聞いてもらいたいんだけど、今日、十七歳の女の子と話したの。その子はイェヴレの施設で暮らしていて……うちに引っ越してもらいたいと考えてる。安全な生活環境で暮らせるように……」

パメラは芝生に膝をつき、掌を押しつけた。墓石の周囲に広がる地面は、日光であたたかくなっている。

「その子があなたの身替わりになるんだなんて考えないで――そんなことのできる人間はいないんだから。あなたを悲しませたくはないけど、その子にとってもわたしにとっても、それにもしかするとマルティンにとっても、そうするのが良いことのような気がして……ごめんなさいね」

パメラは目元を拭う。泣き出しそうになるのを必死でこらえているうちに、喉が痛みはじめた。立ち上がり、狭い小道を急ぎ足で歩く。赤い薔薇を抱えた老人とすれ違ったときには、見られないように顔を伏せた。

ツバメが空中を横切る。刈られたばかりの芝生を上空から偵察しているのだ。そして、やおら急上昇していく。

パメラは並木道を足早に通り抜けた。不意に、椅子を戻し忘れたことに気づく。だが、引き返す気力はとうてい湧かなかった。

駐車場に向かって歩道を進んでいると、自分の身体の動きがギクシャクしているように感じられた。涙がこみ上げ、両手で顔を覆いながら車に急ぐ。すすり泣きに身体が痙攣した。

しばらくするとようやく呼吸が落ち着き、エンジンをかけられる程度に気持ちが鎮まった。短い距離を自宅まで運転し、ガレージに駐車する。そして、涙の跡が残る顔を足元に向けたまま、建物の中を歩き抜ける。

自宅に着くと、寒さで身体が震えていた。防護ドアを施錠し、内側のフックに鍵を掛けてから、まっすぐ浴室に向かった。服を脱ぎ、シャワー室に入ると、湯が全身を包み込むのにまかせる。

身体がゆっくりと温まりはじめて緊張が解け、目を閉じる。

浴室を出ると、夕陽が寄木張りの床に明るい筋を描いていた。

寝室のフックにタオルを掛け、全裸のまま鏡の前に立つ。腹をへこませてつま先立ちになると、自分の身体を観察する。膝小僧の皺、太腿、赤褐色の陰毛。熱い湯を浴びていた肩はピンク色だった。

パメラはバスローブで身を包み、キッチンに移動する。そして、iPadを手にテーブルにつく。

新聞記事は、ヤンヌ・リンド殺害に関するさまざまな憶測を展開している。それを読み進めるうちに、パメラの心臓は高鳴りはじめる。警察側の声明は出されていない。だが、再勾留についての情報は、すでにマルティンの名前と写真入りでネット上に出回っていた。

メーラーを開くと、社会福祉局からのメールが届いている。

パメラはそれをクリックした。

社会福祉法第十一章第四条に基づく決定事項について

社会福祉委員会による本日付の決定に従い、一時的もしくは継続的な未成年者受け入れに関する、パメラ・ノルドストレームによる申請についてはこれを却下します。

マルティン・ノルドストレームに関する情報に鑑みて、里親候補の家庭は、児童

の安全に関する直接的な脅威となり得る、というのが委員会の判断です（保健福祉庁所管の法令第四章第二条）。

パメラの全身をゾクリと寒気が走った。立ち上がり、食器棚に向かう。アブソルート・ウォッカのボトルを手に取り、大きなグラスになみなみと充たして飲みはじめる。マルティンが収監されたせいで、二人の申請は却下されたのだ。社会福祉局が却下するのも当然だ、と考えながらもう一口飲む。彼らの立場からすればあたりまえの判断だ。だが、あまりにも性急かつ不当な決定ではないか。マルティンは無実なのだ。今すぐにでも釈放されるはずなのに。

二七

震える手でグラスを再び充たし、もう二口飲み下すと、口のまわりが麻痺した。テーブルに向きなおったはずみに、ボトルとグラスを倒してしまう。

ウォッカが胃の中を焼く。すでに目の焦点が合わなくなりはじめていた。意識を集中させ、委員会の決定をもう一度読み直す。そして、関連する法令の条項を検索する。そして、行政裁判所に不服を申し立てるという選択肢が残されていることを知る。

パメラはグラスに残ったウォッカを飲み干し、ミアに電話をかける。

「こんにちは、ミア。パメラよ。わたし――」

「ちょっと待って」とミアは言葉を遮り、別のだれかに向かって言う。「いいからやめて。この電話には出なくちゃいけないの……あ、そ。わかった。わたしもあんたが大嫌い……もしもし？」

「どうしたの？」とパメラが訊く。

「ポントゥス――窓の外で歌ってるの」ミアは陽気に答える。

「インスタで写真を見たけど、かわいいじゃない」とパメラは言う。自分でもやや呂《ろ》律《れつ》がまわらなくなっているのがわかった。

「そうだね。わたし、彼と恋に落ちるかなんかすべきなのかも」とミアはため息をつく。

パメラは窓のほうを向き、公園を見下ろす。芝生の上には日光浴をしている人びとがいて、子どもたちが小さなプールのまわりで遊んでいる。

「伝えたいことがあったの。ほかの人の口から聞かされる前に」パメラはそう言い、考えをまとめようとする。「ミア、社会福祉局はわたしの申請を却下した」

「うん」

「でも、誤解を根拠に下された判断なの。だから、不服を申し立てるつもり。まだなにも決まってないし、あなたにも終わったことだと考えてほしくない」

「わかった」とミアが口の中で言う。

二人のあいだに沈黙が訪れる。パメラは空いているほうの手でボトルの栓を抜き、再びグラスを充たしはじめるが、ゴボゴボと音がして止める。グラスに入っている少量のウォッカを空けたあと、今度はボトルから直接ゴクゴクと飲む。

「ぜったいにうまくいく。約束する」とパメラは囁く。

「みんな約束はするんだよね」ミアは平坦な口調で言う。

「でも今回のことは、ぜんぶ馬鹿げた誤解のせいなの。マルティンが殺人にかかわってるって、みんな思い込んでるのよ」

「ちょっと待って。それって、あの話題になってる人の話なの？」

「でもマルティンは無実なの、ぜんぶ馬鹿げた誤解」とパメラは訴えかける。「誓ってそうなの。だって、あなただって自分の経験から、警察が間違うってこと知ってるでしょ？」

「もう切らなくちゃ」

「ミア、いつでも電話して、あなたは……」

カチリという音がして、パメラは口をつぐむ。ふらつく足で立ち上がり、ボトルをつかんで寝室に持ち込む。サイドテーブルの上に置くと、倒れ込むようにしてベッドに寝転がる。

マルティンが弁護人依頼権を行使しなかったことは、知っていた。おそらく警察は証言の内容を誘導し、都合の良い写真を選ばせたのだろう。本人は、意味もわからずそれに従ったのだ。

パメラはボトルに手を伸ばし、もう一口飲む。流れ込んできた液体を、胃がはねつけようとする。だがそれを抑え込み、懸命に呼吸をコントロールする。

専門医の同席なく、精神を患っている人間を取り調べる。そんなことが合法的かどうかも怪しいではないか。

ベッドの上で上半身を起こして携帯電話を手にすると、連絡帳をスクロールし、発信ボタンを押す。

「デニス・クラッツです」

「もしもし」とパメラは言う。

「マルティンはどうなってるんだい？」

「記事読んだでしょ——完全にイカレてる……」

パメラは、呂律が怪しくならないように全力を尽くしながら、マルティンのスケッチ画とその後起こったことについてなにもかも説明する。

「それで考えたんだけど……警察に話してくれないかな？」と彼女は尋ねる。

「もちろん」

「だって警察は……複雑性PTSDを患ってる人間を尋問する技術なんて……持ってないと思うから」

「明日話すよ」

「ありがとう」とパメラは小声で言う。

「で、きみは元気なのかい？」少し間を空けてから、デニスが訊く。

「わたし？ つらい状況」と言い、突然あふれ出た涙を拭う。「実は、気持ちを落ち着かせるために一杯飲んだとこ」

「だれかに相談しなくちゃ」

「わたしは大丈夫だから、心配しないで……」

「そっちに行こうか？」

「うちに？」とパメラは訊き返す。「正直言えば、だれかと話したい……このわたしですら、ちょっと抱えきれないくらい」

「わかるよ」

「でも心配しないで。ぜんぶちゃんとするから。きっと大丈夫……」

電話を切ると、頬が紅潮した。立ち上がり、よろめいてドアにぶつかる。肩を揉みながらふらふらと浴室に入り、便器を抱え込む。喉の奥に指を二本突っ込むと、ウォッカが少しだけ出てきた。それから口をゆすぎ、歯を磨く。

部屋がぐるぐると回転している。いちだんと酔いが回っていた。脇の下を洗い流し、
生地の薄いベルトの付いた青いワンピースを身に着ける。

デニスはいつ到着してもおかしくない。

メイクを確認し、イヤリングを着ける。

キッチンに移動すると、テーブルの上にiPadがあった。それを見て、不安が胸の内にこみ上げる。

こんなこと、なんの意味があるんだろう? ミアといっしょに暮らせるだなんて、どうしてそんなことを考えられたのだろうか。今回の却下の理由は不当だったかもしれないが、パメラも腹の底ではわかっていた。自分たちは却下されて当然の二人なのだ。パメラ自身は深刻な飲酒問題を抱えているし、マルティンの強迫観念と妄想性障害は良くなりそうな徴候もない。

そんな現実を度外視できただなんて。人生をやりなおそうだなんて、痛々しい妄想でしかない。

こんなめちゃくちゃな中に引きずり込んでも、ミアをがっかりさせるだけだ。しかも、そうやって自分をごまかすことで、アリスを失望させたことにもなる。

パメラは寝室に戻り、ベッドにもぐり込む。ミアに電話をかけて真実を告げたかっ

た。自分とマルティンには、だれかの親になる資格などないのだということを。

部屋全体が動いているようだ。壁も窓も高速で通り過ぎていく。

パメラはひとり考える。バルコニーに出て、クリスマス飾りの古い電気コードを首に巻いてから飛び降りるべきなのではないかと。

目を閉じ、暗闇に身をまかせる。目覚めると玄関の呼び鈴が鳴っていた。パメラはふらつく足でベッドを離れながら、自分がデニスに電話をかけ、家まで来てくれと頼んだことを思い出す。

二八

何時間も寝たような感覚だったが、廊下を歩いていると生あたたかい風のように酔いが身体の中を流れていった。

鉄格子のある防護ドアを解錠し、破壊された玄関扉を開ける。デニスを招き入れ、ハグをしてから施錠する。

彼は、青いシャツの上にチャコールグレーのツイード・ジャケットを着ていた。白髪まじりの髪の毛は刈りたてのように見える。そして、パメラと視線を合わせるその目はあたたかい。

「こんなとこまで来させてしまって、申しわけない気分」とパメラは言う。

「でも僕は、きみのハンサムな親友でいるのが好きなのさ」そう応え、ニヤリとする。

デニスは片手を壁につき、靴紐を解く。そしてパメラのあとからキッチンに入る。

「ワイン、飲む？」

「それくらいはもらおうかな」とデニスは答える。

笑い声を上げたパメラは、自分の声がぎこちなく響くのをはっきりと意識している。

そして、ワインラックからアメリカ産のカベルネ・ソーヴィニョンを一本取り出す。

リビングに移動すると、パメラはフロアランプを点ける。黄色い光が部屋を充たし、
その明かりは、カーラ通りを見下ろす背の高い窓にも反射する。

「ここに来るのは久しぶりだな」とデニスが言う。

「そうね」

「最近はずっと、気分が鬱々としてくるようなホテルの部屋でばかり過ごしてる気がするよ」

パメラは、キャビネットからワイングラスを二個取り出す。その手が震えていた。

いまだに、信じられないくらいひどく酔っている。

「調子はどう？」デニスが慎重に問いかける。

「ぼろぼろ。ほんとのことを言うと」

デニスの視線を感じながら栓を抜き、グラスにそそぐとそれを彼に手渡した。

デニスは静かに礼を言い、顔を窓に向けて外を眺める。

「あの緑の建物はなに?」と彼が尋ねる。

「なにそれ、いきなり」パメラはそう言いながら笑う。

デニスのそばに移ると、急に近づいた彼の身体からはチクチクするようなあたたかさが伝わってくる。

「ずっとあそこにあったっけ?」デニスは、ほほえみながらそう尋ねる。

「少なくとも、過去八年間はね……」

デニスはワイングラスをコーヒーテーブルに置き、口元を拭ってからパメラに向きなおる。

「似合ってるよ、そのイヤリング」そう言うと、手を伸ばして片方に触れる。「すごくきれいだ」

二人はソファに腰を下ろす。そして、デニスはパメラの肩に腕を回す。

「もしマルティンがほんとうにやってたとしたらどうしよう。警察が言ってるようなことを」パメラは静かに漏らす。

「でもマルティンはしてない」

「前からあなたにはそうなるかもよって言われてたけど、社会福祉局には申請を却下された」そう明かすと、パメラはワンピースの裾を伸ばす。

「不服の申し立てはできるよ」デニスはおだやかに指摘する。

「もちろんそうするつもり。でも……どうしたらいいか、もうぜんぜんわからない」

そう話しながら、デニスの肩に頭を載せる。「却下された理由はマルティン。でも実際には、わたしたちはもうばらばら。結婚なんて名ばかりなのに」

「それで、きみはその状態を今も望んでいるの？」

「え？」パメラはデニスを見上げる。

「僕は友だちとして訊いてるんだ。きみは大切な人だからね」と彼は言う。

「なにが訊きたいの？」

「結婚当時の気持ちは、今でも変わらない？」

「だって、あなたはもう取られてるでしょ」パメラは、笑みを浮かべてそう言う。

「きみのことを待ってるあいだはね」

パメラは上半身を伸ばし、デニスの唇にキスする。そしてすぐに謝罪の言葉を囁く。

二人はお互いの目を見つめ合う。

パメラはごくりと唾を呑み、深い動揺が自分の内側に広がるのを感じる。自分は酒を飲み過ぎていて、ほんとうは望んでもいないことを望んでいる。デニスには、帰ってもらうべきなのだ。だがパメラの中にあるなにかが、そうはさせなかった。

二人は再び、ためらいがちに、やさしくキスをする。

「こうしてるのは、今起きている現実への反応からなのかもしれないってこと、きみもわかっているんだろう？」デニスがかすれ声で尋ねる。

「なんなの、急に心理学者らしいこと言って」

「あとで後悔するようなことはしてもらいたくないだけさ……」

「そんなこと……」

パメラはそこで声を途切れさせる。今まさにマルティンを裏切ろうとしていることに気づき、心臓が早鐘を打ちはじめる。

デニスは、コーヒーテーブルに深く刻まれた傷に指を走らせる。それは、マルティンがすべての家具を階段室に引きずり出そうとした晩に付いたものだった。

「ちょっと待ってて」パメラは早口にそう言い、デニスをリビングに残したまま部屋を出る。

ワイングラスを廊下のテーブルに置き、浴室に入ると鍵をかけた。不安と欲望の混ざり合ったものを抱えたまま、便器に腰を下ろす。

太腿の内側の皮膚が、チクチクした。

放尿を済ませると、いつも歯ブラシを入れているコップを手に取り、生あたたかい水を充たす。そして股間をすすいだ。水分を拭き取り、下着を引き上げる。

口紅を整え、シャネルの香水を手首に数滴垂らしてから、リビングへと戻る。
デニスは立ち上がっていた。バルコニーへのガラス扉から外を眺めている。そして
パメラの足音を耳にすると、振り返った。
「このドアハンドル、僕は好きだな」そう言いながら手を伸ばし、ドアに付いている
金属の部品に触れる。
「エスパニョレットっていうの」パメラはそう言いながら、デニスの手に自分の手を
重ねる。
二人は、しばらくそのまま互いの手に触れあいながら立ち尽くす。二人の目が合い、
ほほえみ合う。だがデニスは真顔になり、なにか言いかけるように口を開く。
「わたし、ちょっと緊張してる」デニスが話しはじめるよりも先に、パメラが言う。
そして、顔にかかっていた髪の毛を神経質に払いのける。
二人は再びキスをする。パメラはデニスの顔を撫でる。そしてデニスが背中に触れ、
腰から背骨に沿って手を下ろしていくと、わずかに口を開く。
パメラは、デニスが固くなるのを感じ、息を荒らげながら自分の身体を彼に押しつ
ける。あたたかく、脈動するような感覚が自分の脚のあいだに広がる。
パメラは、昂奮しやすい自分に気後れするのが常だった。
デニスは喉と顎にキスし、ワンピースのボタンを外しはじめる。パメラは、こちら

をじっと見つめる彼の目つきと、震える指先を眺めた。

「寝室に移る？」と彼女は囁きかける。

デニスは自分の口に付いた口紅を親指で丁寧に拭うと、彼女のあとについて廊下を抜け、寝室に入る。パメラはベッドに歩み寄り、クッションを移動し、ベッドカバーを折りたたむ。足はグニャグニャとして力が入らない。

デニスはシャツを脱ぎ、床に投げ捨てる。胸の左側には、深い傷痕が走っていた。まるで砂の上に引いた線のように見える。

パメラは、脱いだワンピースを肘掛け椅子の背もたれに掛ける。それからブラジャーのフックを外し、そのうえに載せる。

「きみはすごく美しい」デニスはそう言い、キスしようと近づく。

片方の乳房をつかみ、パメラの首筋に唇を付ける。そしてかがみ込むようにして乳首を吸い、乳房で口をいっぱいにする。デニスは身体を伸ばし、ズボンのボタンを外しはじめる。

「コンドーム、持ってる？」パメラが小声で尋ねる。

「買ってくるよ」

「気をつければ大丈夫」避妊リングを装着していると説明する代わりに、パメラはそう言った。

下ろした下着でひそかに自分自身を拭ってからそれを床に落とすと、ベッドの下に蹴り込んだ。そうしてシーツの上に横たわる。

デニスがそのあとに続くと、マットレスが揺れた。パメラの上ににじり上がり、唇にキスをする。それから、乳房のあいだと腹に口を寄せていく。

パメラは、脚を開かれるにまかせる。指はデニスの髪の中を彷徨い、彼が舐《な》めはじめると呼吸が速くなる。

デニスの柔らかな舌がクリトリスに触れるのを感じ、自分がすでにオーガズムに達しかけていることに気づく。飢えきっていたと思われるのが嫌さに、デニスの頭を押しのけて太腿を閉じると、横向きになる。

「あなたを中で感じたい」とパメラは囁き、デニスを仰向けに倒していく。

両手をその上につき、デニスの身体にまたがる。

デニスがするりと中に入り、パメラはうめき声を上げる。もう長くは持たない。

パメラは尻を揺すりながら、歯を食いしばる。鼻から荒々しく息を漏らし、全身に打ち寄せるオーガズムを隠す。

デニスの太腿が震えていた。パメラは身体を前に倒し、ヘッドボードで身体を支える。オーガズムに達し続けている彼女を、デニスが激しく突き上げはじめる。

ヘッドボードが壁を打ち、頭上に架かっている天使像から埃が舞い降りる。涙のかたちをしたアクアマリンが、パメラの耳元で前後に揺れる。

パメラは、デニスの額に汗が噴き出てくるのを見て、彼の絶頂が近いことに気づく。不意に彼は動きを止め、引き抜こうとする。

「中でいって大丈夫よ」とパメラは囁く。

デニスの動きが激しさを増す。彼はうめき声を上げながら彼女の尻を両手でつかむ。そして、力強い射精を自分の内側で感じたパメラは、まるでオーガズムを迎えたのが自分であるかのように大きく喘ぐ。

二九

国家警察本部庁舎の大会議場には、ジャーナリストたちが集まりつつあった。言葉を交わす人びとの声と、椅子を引く音が部屋を充たしはじめている。テレビ局とラジオ局のマイクが、正面中央に設置されている狭いテーブルの上に並んでいる。

マルゴットは、演壇の隅の壁際に立ったまま、携帯電話を覗き込んでいた。そこにヨーナが入ってくる。マルゴットの黒い制服は胸部をきつく締め上げ、肩章に留められているオークの葉や王冠は頭上の明かりに輝いていた。ヨーナは、彼女に歩み寄る。

「容疑者を逮捕したと発表するつもりでなければいいのですが」とヨーナが言う。

「自白がある」視線を上げることもなく、マルゴットは応える。

「わかってます。だが彼の自白は複雑でわかりにくい。記憶と発話に深刻な問題を抱えてるんです。アーロンに圧力をかけられたとき、求められていると感じたことを話しただけです。辻褄《つじつま》があっていません」

ようやく視線を上げたとき、マルゴットの顔はいらだちに歪んでいた。

「あなたの言うことはわかる。しかし……」

「彼が現在もなお、精神科病棟の患者だということはご存じでしたか？　自宅にいたのは、試験外泊にすぎないということは？」

「つまり再発したということかしら」マルゴットはそう言い、携帯電話をバッグの中に入れる。

「ただし彼の病歴には、暴力を伴う症状はいっさい見られない」

「あきらめなさい、ヨーナ。この事件はあなたの担当ではないの」

「検察官に話してください。マルティンと話をさせてほしいんです。あともう一度だけでいい」

「ヨーナ」マルゴットはそう言い、ため息をつく。「この段階まで来たら、これから先の展開はあなたもよくわかっているでしょう」

「わかっています。しかし裁判をはじめるのは時期尚早です」

「かもしれない。でもそうだったとしても、すべては裁判であきらかになる――検察官はそのためにいるのだから」

「わかりました」とヨーナは言う。

壇上の広報官がマイクを叩き、場内が静まる。

「この先の展開を教えましょう」マルゴットは、ヨーナに向かって早口に説明する。「ヴィオラの挨拶が済んだら、わたしはこう発表する。検察は、ヤンヌ・リンド殺害の容疑で、一人の男性の勾留を求めた。それが済んだら、次は地方警察本部長が呼び込まれる。ノールマルム警察の、骨身を惜しまぬ捜査の甲斐あって早期逮捕に結びつき……」

その言葉が終わる前にヨーナは踵を返し、出口へと向かう。ジャーナリストたちのあいだを通り抜け、会場の扉に達したところで、広報官の挨拶がはじまった。


騒音をたてて往来する人や自動車のはるか上空で、ヨーナは肘掛け椅子の背もたれに両手を載せて立っていた。黒いシャツのボタンは外れ、白いインナーと黒いジーンズの上に裾がだらりと垂れている。

ナータン・ポロックは遺言により（前巻参照のこと。）、〈コーナー・ハウス〉と名づけられているマンションの一室をヨーナに残したのだった。高層ビルの最上階にあるその部屋には、寝室が二間備わっている。ここを所有しているということすら、ヨーナは聞いたことがなかった。自宅の存在しか知らなかったのだ。

ヨーナは、大きな窓を通してアドルフ・フレドリク教会を見下ろす。ドーム型の屋根を覆う茶色の銅板屋根はちらちらと光り、緑の樹冠がそのまわりを囲んでいる。

ヨーナは、取調室でのマルティンと、強迫的な仕草の数々を思い起こす。それを目にしてしまったひどいものと、折り合いを付けられないでいるようだった。それで何度も何度も、テーブルの下と自分の背後を確認せずにはいられないのだ。

まるで、何者かに追われてでもいるかのように。

ヨーナはもう一枚の窓に移動する。ハーガ公園のなだらかな丘と、その上に広がる明るい空。そこには満月がかかっていた。

目をつむり、検視台に横たわっていたヤンヌ・リンドの遺体を思い浮かべる。不自然なまでに青白い肌と、鋼鉄のワイヤーによって刻まれた深い傷の黒ずみ。全体がモノクロ写真のように感じられた。

黄色い目と煙草を思わせる色の髪の毛は思い出せるが、どういうわけか、ヨーナの中にあるヤンヌの記憶からは、色が洗い流されてしまったようだった。無色で孤独に、虚無を覗き込むその姿。

ヨーナは、犯人を捕まえるとヤンヌに誓った。確実に。

事件の担当からは外されたが、ヤンヌ・リンドのことを頭の中から拭い去ることはできない。

ぜったいに。

警察を離れるべきではないかと感じつつも辞められないでいるのは、彼の内側で燃えたぎるこの炎のせいでもあった。

ヨーナは整理だんすに歩み寄り、携帯電話を手にするとルーミに発信する。呼び出し音のあとで、不意に娘の鮮明な声が聞こえてきた。まるですぐそばにいるように感じられる。

「はい《ウィ》、ルーミです《セ・ルーミ》」

「とうさんだよ」

「パパ？　なにかあったの？」ルーミは不安げに尋ねる。

「いいや……パリはどうだい？」

「なにもかも順調。でも今は話してる時間がないの」

「話しておきたいことがあってね……」

「うん、でもわかってくれたと思ってたんだけど、電話はあまりかけてきてほしくない。喧嘩《けんか》したいわけじゃなくて、まだ放っておいてもらいたいの」

ヨーナは口元に手を当てて、ごくりと唾を呑み込む。整理だんすの上に敷かれているひんやりとしたガラス板に体重をかけ、息を深く吸う。

「ルーミが正しかったと伝えたかったんだ。とうさんにも、ようやくそのことがはっきりとわかったよ……今、新しい事件を捜査している――細かい話は省略するけれど、そのおかげで、とうさんは警察官を辞められないとわかったんだ」

「辞められると思ったことは一度もないよ」

「おまえが、とうさんの生きている世界から遠く離れて生活しているのは、良いことなんだと思う……この仕事のおかげでとうさんは変わってしまったし、心が傷んでしまった。でもとうさんは――」

「パパ、ちょっとのあいだ放っておいて、ってお願いしてるだけなの」とルーミは父親の言葉を遮る。今にも泣き出しそうな声だ。「わたしはパパのイメージを理想化して、何年間もずっと抱えてた。今は、どうにかして現実と折り合いを付けようとしてるところ」

ルーミは電話を切り、ヨーナは静寂の中に取り残される。

娘がヨーナに背を向けたのは、父親を駆り立てているものの正体を目の当たりにしたせいだった。ルーミは、間近で父親の行動を目撃した。身を守る術もない男を殺すヨーナの姿を見てしまったのだ――裁判にかけることもなく、情け容赦なく。

ルーミが理解することはないだろう。あの冷酷な行為こそ、ヨーナが支払わねばならない代償だったということを。それは、ユレックによって強いられた犠牲だったのだ。

ユレックの最後の言葉、落下する直前のあの謎めいた囁きこそが、その証だ。あの瞬間に、ヨーナは変わった。そしてそれから一日ごとに、自分が変化を遂げたという事実を、より強く認識するようになっていった。

完全にうつろな気分のまま、ヨーナは手にしている携帯電話を見下ろす。そして、二度とかけることはないだろうと考えた番号に発信する。まもなくして、ヨーナは部屋をあとにした。

ヨーナは地下鉄のヴェーリングビー駅で降りて、午後の熱い太陽の下に出た。サングラスをかけ、巨大な円環模様の描かれている石畳の広場を横切る。ショッピングセンターは、数棟の低い建物とレストラン、スーパー、さらには宝石店と煙草屋、賭け屋で構成されていた。

新聞の売店にはマルティンの顔写真が派手派手しく並び、見出しが〈〝処刑人〟、逮捕される〉と声高に伝えていた。

警察官の仕事はときに、どこまでも広がる血塗れの戦場を、たった一人で孤独に歩き渡るのに似た作業と感じられることがある。出くわす死体一つひとつの前で立ち止まり、犠牲者の苦悩を追体験し、犯人の残虐さを理解することを強いられるのだ。モダンな外観の教会の外にいる数名の若者たちが目に入った。彼らは、水泳パンツ姿で煙草を吸っている。

ヨーナは高層ビル二棟の脇を通り過ぎ、あるマンションの前で立ち止まった。壁面が、汚れた発泡ゴムのような色と化している。

クムラ刑務所の塀とおなじ色だ。

地面とおなじ高さに並ぶ小さな窓には、鉄格子が取り付けられている。ヨーナはその内側を覗き込んだ。カーテンは引かれているが、生地を通して中の明かりが見える。

ヨーナは入り口の呼び鈴を鳴らす。

「ライラ、ヨーナだ」とおだやかな声でインターフォンに告げる。

ブザー音とともに解錠され、ヨーナは扉を開ける。すると、頬が落ち窪み土気色になった男が階段で寝ている。着ているTシャツの首元は、汗で濡れていた。扉が閉まり、男が半目を開く。そして、大きく開いた瞳孔でヨーナを見つめた。

ヨーナは地下へと向かう。扉の隙間に挟んであった箒を動かし、背後で扉を閉めると、オートロックがかかった。

金庫室のように重厚なつくりだ。

さらに階段を下りていくと、やがて広い部屋に出る。コンクリート壁は薄い黄色で、足元にはビニールの床材が敷かれている。

漂白剤と吐瀉物の臭いが漂っている。

ライラはパソコンに向かい、化学のテストを採点していた。彼女は、地元の高校で時間給の臨時教員として働いている。

七十に達しようかという年齢で、鉛色の髪の毛を短くしている。頰には深く皺が寄り、目の下には黒々とした隈《くま》がある。黒のレザーパンツを穿き、ピンクのブラウスを身に着けていた。

壁にぴたりと押しつけるようにして、茶色のコーデュロイ生地を張ったソファベッドがある。そのダブルサイズのマットレスには、緑色の防水シートがかけられていた。カーテンで覆われた小さな窓が天井近くに並んでいるが、その外にある世界ははるか彼方に感じられる。

床には、プラスティックの皿に載せられた食べ残しの寿司と箸がある。デスクチェアをキイと鳴らしながら、ライラが振り返る。そして、明るい茶色のおだやかな瞳で、ヨーナをじっくりと観察する。

「またはじめたいということね」とライラが尋ねる。

「うん、そうだと思う」上着と肩ホルスターを掛けながら、ヨーナは応える。

「では、横になって」

ヨーナはベッドに移動し、防水シートの下にあるクッションを整える。脇にあるシーツを手に取り、それを広げてから端をマットレスに挟み込む。

ライラはパントリーの換気扇を回し、シンクの下からバケツを取り出すと、ベッドのそばの床に置く。

ヨーナは靴を脱ぎ捨て、身体の下で防水シートがガサガサと音をたてるのを聞きながら、横になる。ライラは、先の尖《とが》った金属の排気筒が備わっているオイルランプに火を灯し、ヨーナの傍らにあるサイドテーブルに載せる。

「時計店のほうがかんじはよかったな」と言いながら、ヨーナは笑みを浮かべようとする。

「ここもいいかんじよ」ライラは応え、パントリーへと戻る。

そして冷蔵庫を開け、セロファンの包みとともに戻って来ると、ベッドの端に腰を下ろす。パソコンの画面がスリープモードに入ると、オイルランプだけが光源として残された。ゆらめく明かりが部屋の隅々で踊り、射し込んだ陽光が細長い筋となって天井を横切っている。

「苦痛を感じているの?」ライラが尋ね、ヨーナの目を見つめる。

「違う」

長いあいだ、ライラのところに行きたいと感じることはなかった。いつものヨーナなら、自分の感覚を麻痺させることなく、苦痛と悲しみに対処することができる。だが今は、自分が変わってしまったという事実と、どのように向き合えばよいのかがわからなかった。認めたくはなかったが、目をそむけ続けることもできなかった。それが真実だと認識はしている。ルーミは、その変化を間近で目撃してしまったのだ。

パイプのボウル部分はライムほどの大きさで、煤《すす》だらけの瘤《こぶ》のように見える。ライラはしばらく時間をかけてその状態を確認してから、樺の木でできた柄に取り付ける。

「ただリラックスしたいだけなんだ」ヨーナが囁く。

ライラは首を振り、青銅色の生阿片《あへん》を包んでいたビニールの包みを開く。そして、少量をつまみ取る。

ヨーナは、身体を横向きに倒し、下にあるクッションの位置を調整する。それから、防水シートにできた皺を伸ばそうとする。

ヨーナの生きてきた世界は、ヨーナを大きく変えてしまった。それゆえ、その世界を抜け出すこともできない――たとえ娘のためであっても。

〝あの子の目からすると、おれは善をなそうとしながら、実際には悪をなしている勢力の一部なんだ〟とヨーナは考える。

〝いや、おれの意志など関係ないのだろう。要するにおれは、悪をなす力の一部でしかないんだ〟

ヨーナは、どうにかしてくつろごうとする。

〝進むべき道を見つけ出すには、自分自身から抜け出さなければ〟と自分に言い聞かせる。

ライラは、粘つく阿片の玉を人差し指と親指で丸め、それを黒い針の先に押しつけてからランプで炙《あぶ》る。柔らかくなると、パイプのボウルに開いている小さな穴に詰め込み、縁をきれいに均《なら》す。

慎重に針を抜き取り、パイプをヨーナに手渡す。

最後にライラのところにかよっていたときは、パイプを吸いながら一日過ごすごとに身体の力が弱まっていった。生命力が失われていると自覚していたが、それでもやめたいとは思わなかった。

やがてライラは、ヨーナに語りはじめたものだった。やめてしまう前に、死の老女ヤブメアッカ（スカンジナビア半島最北部のラップランドに生きる先住民族、サーミ人の神話における死の女神。）に会うべきだ。ヤブメアッカなら、すばらしいものをヨーナに見せてくれるだろう、と。

やがてヤブメアッカの夢を見はじめたことを、ヨーナはおぼえている。背中がねじ曲がり、顔は皺だらけだった。おだやかな仕草で、さまざまな種類の織り方を目の前で見せてくれた。ヨーナは、織物から目を離すことができなかった。

自分がどのようにして生の世界に戻ってきたのかはわからない。

戻ってこられたことに、いつでも深い感謝の気持ちを抱いていたものだった。ところが今、ヨーナはこうしてここにいる。パイプを手にしながら。

オイルランプの排気筒から立ち昇っている細い熱気の筋にパイプをかざすと、突き刺すような不安がヨーナの中を駆け抜けた。

もう二度と踏み越えまいと考えていた境界線を、今また渡ろうとしているのだ。ヴァレリアにこの姿を見られたら、悲しむに違いない。

黒い物質が泡立ち、パチパチと音をたてはじめる。ヨーナはパイプを口元まで持ち上げ、阿片煙を吸い込む。

たちまち効果が現れた。

息を吐くと、疼《うず》くような恍惚《こうこつ》感が全身に広がる。ヨーナはパイプを火の上に戻し、再び肺を充たす。

すでになにもかもが美しく見えていた。ヨーナは、パイプを手にすることでしか得られない心地よさを感じる。すべての瞬間がたのしく、思考は自由に調和をもって流れはじめる。

ライラが新しい阿片の玉を丸めはじめる。それを見たヨーナはほほえむ。

もうひと吸いし、目を閉じる。手もとのパイプを、ライラが受け取ったのを感じる。ヨーナは子どものころの風景を蘇らせる。放課後、オクスンダ湖まで友人たちと自転車で出かけ、泳いだこと。

ちらちらと輝くトンボが何匹か、さざ波一つない湖の上をスッと飛んでいく。

記憶には、独特の静まり返った美しさがある。

ヨーナは、ぶくぶくというパイプの音に耳を傾けながら吸う。最初にトンボの交尾を見かけたときのことを思い出す。二匹の細い身体が、いわゆる車輪型という体勢になり、数秒間だけハートのかたちになった。

ヨーナは目を覚まし、再びパイプを手にする。熱気にかざし、パチパチという音を聞きながら甘い煙を吸い込む。

ヨーナはほほえみ、目を閉じる。そしてトンボ模様のカーペットの夢を見る。

満月のように青ざめた色だ。

光が変わり、一匹のトンボは繊細な十字架に似ているということに気づく。そこへもう一匹が加わり、輪のかたちになる。

パイプを八本分吸う数時間のあいだ、ヨーナは横たわったまま夢から出たり入ったりする。だがそのすばらしい夢うつつの状態はやがて、不安に満ちた吐き気へと変わっていく。

汗まみれになったヨーナは、寒さに震えている。

起き上がろうとするが、たちまちバケツの中に吐く。それから崩れ落ちるように横たわり、目をつむる。

部屋全体が回転し、ありとあらゆる方向に傾いていくようだ。

じっと横になったまま、気持ちを落ち着けようとする。そしてベッドから立ち上がると、とたんに部屋が逆さまになり、横向きに投げ出される。サイドテーブルをひっくり返し、肩から床に激突した。どうにか四つん這いになるが、嘔吐する。そのまま這い進み、再び倒れ込んだ。身動きできないまま、空気を求めて喘ぐ。

「もう一本くれ」ヨーナは囁く。

そして再び吐く。だが今回は、頭を持ち上げる力も残っていない。

ライラがやって来て、ベッドに戻る手助けをする。吐瀉物だらけのシャツを脱がせ、それを使って顔を拭う。

「あと少しだけ」そう懇願するヨーナは、ぶるぶると震えている。

だがライラは、なにも応えることなくブラウスのボタンを外しはじめる。デスクの椅子にそれを載せてからブラジャーを脱ぎ、ヨーナの背後に横たわる。自分の体温を使って彼を温めるためだ。

ヨーナの胃がひきつれるが、もう吐きはしない。

ライラはヨーナをやさしく抱きかかえ、ぐねぐねとねじれる部屋の動きに抗おうとする彼を鎮めようとする。その身体は細かく震え、冷たい汗でぐっしょりと濡れていた。ライラの乳房は、その濡れた背中にあたりつるつると滑る。

ライラは、フィンランド語で話しかける。

静かに横たわっているヨーナは、窓の前をだれかが通りすぎるたびに、光が翳《かげ》ることに気づく。

少しずつ、ライラの体温がヨーナの身体に伝わっていく。

震えがやみ、吐き気が消えていく。ヨーナの身体に腕を回したまま、ライラは歌を口ずさんでいる。

「自分自身の中に戻ってきたわね」と彼女は囁く。

「ありがとう」

ライラは起き上がり、ブラウスを身に着ける。その間ヨーナはベッドに残り、コンクリートに敷かれた分厚いビニールシートを見つめていた。窓の下の片隅には、赤いバケツとモップがある。デスクの近くの床には、容器に入った残りものの寿司。そのプラスティックの蓋が光を反射し、かすかな白い筋を天井に描き出している。

青ざめたトンボの夢と夢のあいだに思いついたことを、思い出そうと努める。それは、殺人に関連したことだ。

目を閉じ、数年前にたまたま目にした三枚の写真について考えはじめる。

エレブロー市の監察医が撮影したものだった。

検視台の上に、少女の遺体が載っていた。

自殺だ。

その中の一枚を、立ち止まってじっくり見つめたことをおぼえている。少女はうつ伏せになっていた。撮影した角度が悪かったのだろうと考えたことも思い出せる。なにか金属製のものに反射したフラッシュの光が、黒髪の少女の後頭部に当たっているように見えたのだ。

だが、もしあれが反射光でなかったとしたらどうだろう――ただ髪の毛が白かっただけなのだとしたら？

ヨーナはどうにか起き上がり、行かなければとライラに告げる。よろめきながらキッチンへと移動し、顔を洗い、口をゆすぐ。

写真はノーレンの机の上にあり、傍らには手紙と開けられた封筒が転がっていた。少女の正確な死因については聞かずじまいだった。これは自殺体なのだとノーレンが説明しているときに、同僚のサムエル・メンデルが部屋に入ってきたのだ。

「行かなきゃ」ペーパータオルで顔を拭きながら、ヨーナはそう繰り返す。

ライラは、段ボール箱から白いTシャツを取り出して手渡す。ヨーナは礼を言い、それを着る。白い生地が、胸に付着していた水滴を吸ってグレーに変わる。

「あなたにはここに来てもらいたくない。わかってるでしょ?」とライラは言う。「ここはあなたの居場所ではない。あなたにはもっと大切な、やるべきことがあるんだから」

「もうそんなに単純ではなくなったんだ」とヨーナは応えながら、ソファの背もたれで身体を支える。「おれは変わった。説明できないけど、おれの中には自分でもコントロールできないなにかがあるんだ」

「それだけはわかったわ……もしまた必要になったら、わたしはここにいる」

「ありがとう。でも今は仕事に戻らなければ」

「それがいい——あなたはそうすべきだと思う」ライラはうなずく。

ヨーナは壁のフックにかかっていたホルスターを手に取り、それを右肩に装着すると、上着を身に着けた。

三〇

ヨーナはタクシーに乗り、まっすぐクングスホルメンの警察庁舎に向かった。マルゴットと検察官に話さなければ。エレブローの監察医が撮った、少女の遺体が写っているあの写真のことだ。

これは、マルティン・ノルドストレームが自白して済む事件ではない。事態は一刻を争う。

タクシーはバスを追い抜いてから右車線に戻り、舗道の上でタイヤを鳴らしながら、年式の古いメルセデス・ベンツの背後に停車する。

ヨーナは長時間眠った。だが、トリップの影響で身体はぐったりと疲れている。離脱とともにはじまった両手の震えは、まだ止まっていない。

ヤンヌ・リンド事件を手放すつもりはない。そうマルゴットに告げるわけにいかないことは承知している。

マルティンの事情聴取——そしてそれに続く自白——が、あらゆる点において誤りだと指摘するつもりもない。マルティンはあきらかに、あの晩のことをまったくおぼえていなかった。アーロンの意向に沿って話したにすぎないのだ。

小石が跳ねてフロントガラスに当たる。薄い青色のかすり傷が残った。

ヨーナは写真のことを思い返す。あのときは、犠牲者の頭部の白い部分はたんなる反射光だと考えて疑わなかった。だが今は違う。

少女の死は自殺とされた。だがあの子は凍結烙印を押され、ほぼ間違いなく殺害されていたのだ——ヤンヌ・リンドとおなじだ。

謙虚な態度を見せ、ノールマルム警察の仕事を尊重すれば、マルゴットを説得できるかもしれない。ヨーナはそう自分に言い聞かせる。そうすれば、この事件の資料にもう一度目を通す機会が得られるかもしれないのだ。自分はあきらめの悪い人間だと認め、最後にもう一度だけ確認させてもらいたいと懇願する。自分の気持ちにけりを付けたい一心のことなのだと。

古い事件の捜査資料を閲覧する許可を取ればいいだけのことだ。電話一本で済む。

〝だが、それも拒まれたらどうする？〟とヨーナは自問する。

タクシーが方向を変える。すると、高層ビルが舗道に長い影を落とした。ヨーナはシートに背中を預ける。めまいが消えない。まるで頭のまわりで、滑らかなボールベアリングが回転し続けているようだ。

ヨーナは携帯電話を取り出し、バリスラーゲン警察に発信する。しばらくして、フレドリカ・フェーストレームと名乗る人物につながった。

「ヨーナ・リンナさん？」ヨーナの自己紹介を受けて、彼女はそう訊き返した。「どんなご用件でしょう？」

「十四年前、一人の少女がエレブローで自殺しました。詳細は思い出せませんが、更衣室でのことだったと思います――もしかするとプールだったかもしれません」

「ピンとは来ませんね」フレドリカが応える。

「実は、検視調書と解剖時の写真を引っぱり出してもらえないかと思いまして」

「で、その子の名前はわからないんですね？」

「事件の担当ではなかったんです」

「大丈夫——見つかるはずです。いずれにせよ忙しいわけでもないので……ちょっとログインさせてください」とフレドリカが告げる。「十四年前と言いましたね？ だとしたら……」

電話の向こうでなにごとか呟きながら、キーボードを叩く音が聞こえてきた。

「これだ」と彼女は咳払いをして言う。「ファンヌ・ホエグ……女子更衣室で縊死《いし》。場所はエレブローのスポーツセンター」

「首を吊ったんですね？」

「はい」

「写真にはアクセスできますか？」

「まだデジタル化が済んでないんです……でも事件番号はあるので、少し時間をください。こちらからかけなおします」

ヨーナは電話を切り、目を閉じる。タクシーの軽い揺れが伝わってくる。これは重要な手がかりかもしれない——予備捜査を左右する可能性すらある。だがヨーナは、これが自分の思い過ごしであることを願っていた。

なぜならもしヨーナが正しく、犯行にパターンが認められるとしたら、犯人が以前にもおなじ行為に手を染めていたことを意味し、ということは連続殺人犯、もしくは連続殺人犯になりつつある人間を相手にしていることになるからだ。

電話が鳴る。ヨーナはまだ携帯電話をつかんだままだった。目を開き、応答する。

「もしもし、フレドリカです」と彼女は言い、咳払いをする。「解剖はされませんでした。遺体の外面を検分しただけです」

「しかし写真はありますよね？」

「ええ」

「何枚ありますか？」

「合計三十二枚。クローズアップも含めて」

「今、目の前にありますか？」

「はい」

「奇妙に聞こえるかもしれないんですが、写真におかしなところはないですか？　現像ミスとかおかしな反射光とか」

「どういう意味ですか？」

「色が薄れていたり、部分的に明るくなっていたり、反射光が映り込んでいたり」

「いいえ、どの写真もおかしなところはまったくないですね……ん？　ちょっと待ってくださいよ。小さな白い点の写ってる写真が一枚あります」

「どこに？」

「上の端です」

「いや、ファンヌの遺体のどの部分に、という意味です」

「後頭部ですね」

「ほかに後頭部の写ってる写真は？」

「ないです」

タクシーがスピードバンプを乗り越え、バックミラーにかかっている数珠《じゅず》が揺れる。

「調書にはどう書かれていますか？」

「たいしたことは」

「読み上げてください」

タクシーは縁石に寄せて減速し、ポールヘム通りのゴツゴツとした石壁に沿って停まった。降車したヨーナは、家族連れを通すため脇に身を寄せる。彼らの押している乳母《うば》車には、空気で膨らませるフラミンゴや水鉄砲、そして傘が山積みになっていた。

道路を渡り、ガラスの扉を抜けて警察本部の建物に足を踏み入れる。そのあいだも、少女の死について作成された薄い検視調書を読み上げる、フレドリカの声に耳を傾けていた。

十四年前、ファンヌ・ホエグという名の十八歳の少女が首を吊った状態で発見された。スポーツセンター内にある女性用更衣室でのことだった。ファンヌ・ホエグは、サイエントロジー教会との接触があった。それで家から出たときにも、娘は入信しただけだと両親は考えた。警察は少女を見つけ出せなかった。そして六カ月後、彼女の十八歳の誕生日に、捜索を止めた。やがて少女が姿を現したときには、両親は休暇中だった。行方不明になってから一年以上が過ぎていた。教会から抜け出すために、助けを必要としていたのかもしれない。ところが両親は不在だった。そのため、彼女は絶望的な孤独に陥ったのだろうか。捜査官たちの仮説はこうだった。最後の望みを託して、少女はスポーツセンターに向かった。サッカーのコーチに会えるのではないかと期待したのだろう。ところが願い叶わず、首を吊ったのだ、と。鑑識も監察医も自殺と断定し、警察は捜査を終了した。

ヨーナはその医師の名を尋ね、フレドリカの協力に感謝する。

エレベーターにたどり着いたところで、ヨーナは立ち止まった。震えが全身を走り抜けていくあいだ、壁にもたれてバランスを保つ。

エントランスの巨大なガラス扉が開閉し続ける。

一団の人びとが、声高におしゃべりをしながら足早に中庭に向かっていった。

夢の中にいるような気分でその声に耳を傾けながら、ヨーナは気分を落ち着かせようとする。それから、ようやくボタンを押す。口元を拭い、髪の毛に手を走らせる。ほかの三十数枚の写真には、光っている部分はない。フレドリカはそう断言した。光が写っているのは、ファンヌの後頭部を捉えた写真だけだと。トリップ中に考えたことは正しかったのかもしれない。少女は、凍結烙印を押されていたのだ。

それから処刑された。首を吊られて。

おなじ行動パターンを持つ、おなじ犯人かもしれない。

ヨーナはエレベーターに足を踏み入れながら、十四年前にファンヌ・ホエグの遺体を検視した監察医に電話をかける。当時、彼は法医病理学研究所に勤務していた。そこは現在では、エレブロー大学病院の臨床検査医学科に統合されている。

扉が開き、廊下を歩きはじめたところで、しわがれ声の男性が電話に出た。

「クルッツです」

ヨーナは立ち止まる。阿片による昂揚感の残滓《ざんし》が、再び執拗に押し寄せるのを感じながら、電話をかけた理由を伝える。

「もちろんおぼえてますよ」クルッツはそう告げる。「あの子は、うちの娘と高校の同級生だったんです」

「部分的に白髪がありましたね」

「そのとおり」そう応える声には驚きの響きがあった。

「でも髪を剃りはしなかったんですよね？」とヨーナが続ける。

「そうする理由がなかった。起こったことに疑いの余地はなかった。あの子の家族のことを考えると……」

クルツは口をつぐみ、苦しそうに息をついた。

「部分的なブリーチの跡だと判断したんです」と彼は続けた。

「ほとんどあらゆる面において、あなたの判断は誤っていましたね」

自分のオフィスの前を通りすぎながら、犯人が二人の女性を監禁したのちに殺害したという事実について考えた。そこから導き出せるのは、新たに誘拐を企てているか、すでに三人目を監禁しているという可能性だ。マルゴット・シルヴェルマンのオフィスに着き、扉をノックしてから中に入る。

「長官」視線が合ったところで、ヨーナはそう切り出した。「私があきらめの悪い人間だってことはご存じでしょう？　自分の中でいろんなことのけりを付けられなくて、いつまでも引きずるタイプなんですよ。でも、もしかしたらヤンヌ・リンドの殺害と関係があるかもしれない過去の事件を見つけたんです。それで、その件についての情報を収集する許可をいただきたいと思いまして」

「ヨーナ」マルゴットはそう言いながらため息をつき、充血した目で彼を見上げた。
「予備捜査が検察官の手に移ったことはわかってます」
「このメールを見てちょうだい」とマルゴットは言い、パソコンの画面をヨーナに向けた。

近づいて見ると、それは〈rymond933〉というアドレスからアーロンに送られ、そこから転送されたメッセージだった。

新聞で処刑人と呼ばれてるクソ野郎を捕まえたと聞いた。おれに言わせれば、あんなやつは国外追放にして終身刑にすべきだ。
とにかく、おれはタクシー運転手なんだが、あの晩はスヴェア通りのマクドナルドにいた。ヘンな動きをしてるカラスを、窓越しに動画で撮ってたんだ。ところがあとでその動画を見たら、背景にあの野郎が映ってる。そういうわけで、こいつを汚い弁護士どもに見せてやろうかと思った次第。せいぜいあいつを救ってやったらいいさ。

ヨーナはマウスをつかみ、添付されている動画ファイルをクリックした。ファーストフード店内が、ガラスに明るく映っている。その向こうには、水のない池と壁、そして大学の建物があった。

店の前の歩道にはピザの箱が転がっていて、そのまわりにカラスが何羽か集まっている。

カラスと池の彼方に、マルティンの姿が見える。立ったまま微動だにしない。片手には傘があり、もう片方の手には犬のリードがある。

この角度からでは、遊び場は見えない。マルティンはリードを落とし、一歩前に進む。

つまり、この時点の時刻は三時十八分ということだ。

このたった二分後に、ヤンヌ・リンドはジャングルジムで首を吊る。マルティンは、監視カメラ映像では死角になっていた地帯に足を踏み入れ、濡れた芝生の上を進んでいく。

これまでほかの映像では確認することのできなかった、短い時間帯だ。

これでついに、マルティンが遊び小屋を回り込み、薄暗い遊び場にあるジャングルジムのほうへと向かったのかどうかがあきらかになる。ウィンチまで行き、ハンドルを回しはじめる時間はまだ残されている。

マルティンは遊び小屋のそばで立ち止まり、ジャングルジムをまっすぐに見つめる。さらに何歩か進み、止まる。傘はさしたままだ。

白い光が木々を照らす。

傘から流れ落ちた雨は、マルティンの背中を濡らしている。

カメラが揺れる。

協力し合っていたカラスたちが、ピザの箱を開けることに成功する。

マルティンはしばらくのあいだじっと立ち尽くしてから踵を返し、プレスビーロンのほうへと戻っていく。

マルティンはただ見ていただけだったのだ。ヤンヌには近づいてすらいなかった。

マルティンが立ち去ったのは、三時二十五分のことだった。ヤンヌが死に、すでに五分が過ぎている。

リードを引きずりながら歩いていくマルティンを犬が追いかけていき、やがて画面から消える。地下鉄駅のほうへと向かったのだ。

カメラはしばらくその位置に留まる。そしてピザの欠片をくわえて飛び立つカラスを追ってパンしたかと思うと、急に録画が終わる。

「ヨーナ、事件を引き継ぐ気はある？」マルゴットがしゃがれ声で尋ねる。

「正しいのは私でしたね」

「どの部分について？」

「単独の殺害事件ではないという点です」

三一

パメラは、パントリーから新しいアブソルート・ウォッカのボトルを取り出し、蓋についているプラスティックのシールを剝がす。グラスをつかみ、キッチンのテーブルにつく。

飲んではいけないという認識はある。平日に飲むのはやめなければ。だがそれでも、グラスをなみなみと充たす。

透明の液体と、それがテーブルに落とすまだらな影をじっと眺める。これが最後の一杯だと自分に言い聞かせていると、電話が鳴る。

〈デニス・クラッツ〉という表示が画面に光っている。

不安が身体を走り抜ける。昨日デニスを招き入れたときは、信じられないくらい酔っていた。昨夜から今朝にかけての断片的な記憶が、頭の中で明滅する。二人はセックスをし、息を切らしながらベッドに並んで横たわった。

デニスとともに、マルティンを裏切ったのだ。

パメラは天井のシャンデリアを見つめていた。部屋全体が、渦巻きに捉えられた筏《いかだ》のように回転していた。いつのまにかまどろみはじめたが、突然の深い危機感に衝《つ》かれて目を覚ましたのだった。

部屋はほぼ漆黒の闇に包まれていた。

シーツの下で、パメラは全裸だった。自分のしたことを懸命に思い出そうとした。身動きせずに、クローゼットの古い通風口のたてるすすり泣きのような音に耳を傾けた。

カーテンは閉じていたが、隙間から灰色の外光が射し込んでいた。パメラはまばたきをし、目の焦点を合わせようとした。すると、窓に子どもの手形がついているような気がした。

背後で床板が軋んだ。

首をめぐらせると、部屋の真ん中に立っている背の高い人影が目に入った。片手で彼女のブラジャーをつかんでいた。

それがデニスだとわかるまでに数秒かかった。そしてすぐに、なにがあったのかを思い出した。

「デニス?」パメラは囁いた。

「シャワーを浴びたんだ」デニスはそう言いながら、ブラジャーを椅子の背に掛けた。

パメラは身体を起こし、脚のあいだのべたつく感覚に気づいた。デニスは、肘掛け椅子の近くに落ちていたワンピースを拾い上げ、裏返しになっていたのを元に戻した。

「そろそろ帰ってもらわなくちゃ」とパメラは言った。

「わかった」

「睡眠を取らなくちゃいけないから」と補足する。

デニスは服を着ながら、こんなことをした自分にがっかりしてほしくないし、後悔はいっさいしてもらいたくないとパメラに話しかけた。

「だって僕にとっては、ぜんぶ筋の通ったことなんだからね」シャツのボタンを留めながら、彼はそう言った。「僕はずっときみを愛してた——自分自身がその感情を認められない時期にもね」

「ごめんなさい。今はそういう話は無理」とパメラは応えた。口の中が乾燥していた。

「自分のしたことが信じられない。わたしはあんなことをする人間じゃないと思ってたのに」

「いつでもいちばん強い人間でいる必要はないんだよ。そのことは認めなくちゃ」

「ほかにだれが強い人間でいてくれるの？」

デニスが出ていくとどうにかして立ち上がり、扉に施錠した。それからコンタクトレンズを外し、ベッドに戻ったのだった。

眠りは深く、目覚ましが鳴るまで夢も見ずに寝た。シャワーを浴び、ワイングラスを片づけ、シーツを替えた。昨夜の服を洗濯籠に入れ、犬を散歩させてから慌てて出勤した。

せわしない一日だった。ナルヴァ通りの建設現場での打ち合わせを済ませると、屋上に上ってスケッチを何枚か描いてから工事用のエレベーターに乗った。狭苦しい金属の檻は、やかましく音をたてて揺れながら、パメラを地上へと降ろした。ヘルメットを脱いだとたんに、頭の中が裏切りのことに戻った。マルティンには、いずれすべてを話さなければならないだろうという事実に。

そして今パメラは、キッチンテーブルのところにいる。目の前にはウォッカのグラスがあり、手の中では携帯電話が鳴っている。

「パメラです」と応える。

「ちょうど警察と話したところなんだ。検察は起訴を取り下げたから、マルティンは釈放される」とデニスが伝える。

「今すぐ?」

「たいていの場合、決定が下されてからは早い。二十分かそこらのうちに釈放されるはずだよ」

「ありがとう」

「きみの調子はどう?」

「大丈夫……でも話してる時間がないの。すぐにマルティンを迎えに行かなくちゃ」

二人は電話を切り、パメラはウォッカをボトルに戻そうかと迷いながらグラスを持ち上げる。だが、今の自分にそんな余裕はないと判断し、中身をシンクに流した。それから慌ただしく廊下に出て、バッグと鍵をつかみ、扉に施錠してからエレベーターに飛び乗る。

軋みとともに降下がはじまると、扉の格子の向こうでは、床が次々とせり上がっては消えていく。階段室の明かりは消えているが、五階の扉の前に乳母車があるのに気づいた。

マルティンが釈放される前に、刑務所に到着していたかった。

身体の向きを変え、エレベーターの壁に取り付けられている鏡で自分のメイクを確認する。そして四階を通り過ぎながらコンパクトを取り出す。

その瞬間、明るい光がエレベーター内を充たした。同時に、カメラのシャッター音を耳にする。

パメラは振り返るが、下降してゆくエレベーターの中からは、かろうじて黒いブーツが見えただけだった。

心臓が早鐘を打っている。だがパメラは、自分自身がなぜそういう反応をするのかがわからなかった。ストレスのせいで、なにもかもが脅威に感じられる精神状態なのだろう。さっきのも、おそらくは不動産屋が建物の写真を撮っていただけなのだ。

地上階に着くと、扉を押し開けて外に出る。ガレージまで駆け下りて、車に飛び乗った。そして出口へと急ぎ、ゲートの開閉ボタンを押す。

「早く」とパメラは呟いた。ガレージのゲートが、ゆっくりと片方に折りたたまれていく。

斜面を上り、歩道を乗り越え、カーラ通りに出ると加速する。

パメラの頭は高速回転していた。

起訴は取り下げられ、マルティンは釈放されるのだ。社会福祉局の決定に不服の申し立てができるし、ミアにも電話をかけて、なにもかもうまくいくと伝えることができる。

信号が黄色になるが、パメラは減速することなくアクセルを踏む。ブルカをかぶった女性が交差点で両手を上げ、別のところからはけたたましくクラクションが鳴り響く。

カールベリ通りからダーラ通りに折れた瞬間、バイクにまたがった警察官が脇に現れ、停車するようにと合図をする。

縁石に寄せて停車したパメラは、警察官がバイクを降り、ヘルメットを脱いでからこちらに向かって歩いてくるようすを見つめる。

警察官が近づいたところでウィンドウを下ろす。目つきは疑り深そうだが、日に焼けた親切そうな男だった。

「ちょっとばかりスピードの出し過ぎです――気づいてました？」と彼が尋ねる。

「ごめんなさい。ストレスがひどくて」

「運転免許証を見せてもらえますか？」

パメラはバッグの中をかき回し、鍵と眼鏡ケースを助手席にぶちまける。財布が見つかり、それをどうにか開けられたものの手に力が入らず、免許証を取り出せない。クレジットカードを何枚か引っぱり出すと、ようやく出てきた。

「どうも」と警察官は言いながら、免許証の写真と本人の顔を見比べる。「学校の前の通りで、七十四キロ出てましたよ」

「そんな……気づいてなかったんです。標識を見落としたんだと思います」

「まあ、いずれにせよ免許証は預かることになります」

「わかりました」そう応えながら、背中が汗まみれになっていることを意識する。

「でもほんとうに急いでるんです。しばらくのあいだだけ、免許を使わせてもらえませんか？　今日一日だけとか」

「最低でも四カ月の免許停止を覚悟してください」

パメラは警察官をじっと見つめながら、その言葉の意味を理解しようとする。

「でも……車はここに放置しなければならないんですか?」

「お住まいは?」

「カーラ通りです」

「で、駐車場はお持ちですね?」

「ガレージがあります」

「では、ガレージまでごいっしょしましょう」

三二

マルティンは両腕で膝を抱きかかえたまま、寝棚の傍らの床で縮こまっている。刑務所で支給された緑色の制服を身に着けているが、与えられたサンダルはシンクの下に転がっていた。一晩中一睡もしておらず、両目がチクチクと痛む。ビニールで包装されたシーツとタオルは、石鹸と歯ブラシの入った袋の横に手つかずのまま放置されている。

一九七〇年代に刑務所が建てられるまで、この場所には王太子妃ロヴィーサの貧困児童養護施設があった。つまり、死んだあの子たちは昨夜、ほかのおおぜいの子どもたちの仲間入りをしたということだ。みんなして通路をうろつき、すべての扉を叩いてまわり、最終的にはマルティンの独房の前に集まったのだった。さかんに扉に体当たりをしたり引っぱったりしたあと、全員で床に寝転がって扉の下の隙間からこちらを凝視した。中には入ってこられなかったが、じっと見つめ続けた。それでマルティンは反対側を向いて、耳を覆ったまま夜明けを待ったのだった。

外の通路を近づいてくる重い足音が聞こえた。それから、ゆっくりと鍵の鳴る音。両目を固く閉じていると、看守が扉を開いた。

「こんにちは、マルティン」その言葉にはフィンランド語のアクセントがあった。

マルティンは視線を上げる勇気がないが、その男の影が床を横切るのは見える。部屋に足を踏み入れ、彼の前に立ったのだ。

「ヨーナ・リンナです。取調室で短い時間お話ししました」と男は続ける。「検察はあなたへの追及を中止しました。起訴を取り下げたのです。あなたはただちに釈放されます。あなたの身に起こったすべてのことに謝罪させてください。ただ、ここを出ていかれる前に、ヤンヌ・リンドを殺害した人物を見つけ出す手助けをしていただけませんか？」

「僕にできるなら」相手の靴とズボンの裾を見つめながら、マルティンはぼそぼそと答える。

「おしゃべりがあまりお好きでないことは承知しています」とヨーナが言う。「しかし前回お会いしたとき、あなたはなにかを伝えかけていました。わたしの同僚が遮ってしまいましたが、雨の中に立っていたヤンヌ・リンドのようすについて、なにか教えてくれかけていました」

「思い出せない」とマルティンが囁く。

「またあとでやりましょう」

「はい」

床から立ち上がろうとすると、マルティンの身体はこわばっていた。

「釈放されることを、どなたかに伝えましょうか？」

「いえ、大丈夫です」

パメラの名を告げる気にはなれない。通路への扉が半開きだからだ。もし彼女の名を口にしてしまったら、死んだ子たちがそれを奪おうとする。自分たちの墓石にパメラの名を刻めないと、怒り狂うだろう。

フィンランド語訛《なま》りの警察官は、マルティンを看守に預ける。すると手続きカウンターへと導かれ、服と靴、そして財布の入った袋を渡される。

五分後、マルティンはバーリ通りに出てくる。背後でモーター音とともにゲートが閉まり、通りを歩きはじめる。路肩には、陽光を浴びて輝く車の列があった。

遠くで吠える犬の声がする。

巨大な通風口に取り付けられた格子のそばに、灰色の顔をした少年が立っていて、こちらをじっと睨んでいる。髪の毛から灰色の上着に水が滴り、薄汚いジーンズの膝は抜けている。

片手の拳は開いていて、指が外側に反り返っている。

マルティンは踵を返し、反対方向に歩きはじめる。背後から急速に迫る足音を耳にする。そしてだれかが服をつかむ。それを振り払おうとするが、後ろにいる人間はマルティンの頬を強く殴る。片側によろめき、バランスを崩す。倒れながら手をつこうとして、歩道で擦り剝く。

耳の中で轟音が鳴っている。ちょうど氷を踏み抜いて水中に落下したときとおなじだ。

氷の下で突然感じた冷たさは、殴られたときの感覚に似ていたことを思い出す。起き上がろうとすると、目を見開き、口元をこわばらせた男が、顔面を殴り付ける。拳は鼻のすぐ上に当たった。

マルティンは身を守るために両手を上げながら、立ち上がろうとする。片目が見えなくなり、血が唇を伝い下りる。

「あの子に五年間もなにをしたんだ?」男が叫ぶ。「五年も! 殺してやる。おまえなんか……」

男は息を荒らげながら、マルティンの上着を引っぱる。二人はそのままバランスを崩し、よろよろと車道に出る。

「答えろ！」

ヤンヌ・リンドの父親だった。

マルティンには、テレビで見たおぼえがあった。妻とともに、誘拐犯に向かって娘の釈放を懇願していた。

「誤解があったんです。僕は決して……」

だが男は再び彼を殴る。今度は口の上に命中し、たたらを踏みながら後退したマルティンは、電柱に結びつけてある自転車の上に倒れかかった。ベルがチリンと鳴る。

近くのプールにいた警察官が二人、芝生の上を駆け寄ってくる。

「こいつは娘を誘拐したんだ。娘を殺したんだ！」男はそう叫びながら、ゆるんでいた歩道のタイルを引き剝がす。

マルティンは顔の血を拭い、背の低い少年が黄色い草むらに立っているのを見る。携帯電話でこちらを撮影していた。

停まっている車のミラーに太陽が反射し、マルティンの目を射る。顔を逸らしながら、氷を通して射し込んでいた淡い光のことを考える。

警察官たちは、舗石を地面に置いて落ち着くようにと、男に向かって叫んでいる。

苦しげに息をつきながら、男は手もとのタイルを見やり、どこからやって来たのか見当もつかないという顔でそれを歩道に落とす。

一人の警察官がマルティンを脇に引き寄せ、病院での治療が必要かどうかをたしかめる。もう一人のほうは、男の運転免許証を確認し、暴行罪で告訴されることになると告げる。

「ぜんぶ誤解なんです」マルティンはそう呟きながら、足早に立ち去る。

三三

二人は、地面が掘り返される音を一日中聞いていた。手押し車に当たる砂利の音だ。世界の終わりに備えてシェルターを作らなければならない。シエサルがそう決めたのだ。そのせいで、彼はいつにも増してピリピリしている。昨日など、動きがのろすぎるとお婆を突き倒したくらいだった。

檻の中は暑かったが、ブレンダに指で髪をとかされはじめると、キムの身体には震えが走った。キムは、人に背後に回られるのが嫌いだった。それで、扉の下から射し込む光の筋に意識を集中させた。

檻と檻のあいだの通路には、パンと干し魚の入ったバケツが置かれていて、その上を蠅《はえ》が飛び回っている。昨日、お婆がそこに放置していったのだ。二人はまだ食事を与えられていない。

「顔を見せてちょうだい」とブレンダが言う。

二人とも喉が渇いていた。だがブレンダはかまうことなくペットボトルを手に取り、残っていた数滴を掌に受けると、それでキムの顔を洗いはじめた。

「ほおら、きれいにしたら、ちゃあんと女の子が姿を現すんだから」ブレンダはほほえみながらそう言う。

「ありがと」とキムは囁きながら、口元の水滴を舐める。

キムはマルメの出身で、ハンドボールの選手だ。ソルナ市での試合に赴く途中、キムのチームはブラーヘフスで昼食を取った。トイレには長い行列ができていて、キムは待てなかった。

そこでナプキンをつかむと、森の中に駆け込んだのだった。使用済みのティッシュの塊がいたるところに散らばっていた。キムはさらに奥へと足を伸ばし、建物も車も見えなくなるところまで進んでいった。

あの空き地の光景は今でも思い出せる。ブルーベリーの茂みや苔の上に陽があたたかく差していて、キラキラ輝く蜘蛛の巣や黒ずんだ松の木もあった。ズボンと下着を下ろすと、両脚を大きく開いてしゃがみ込んだ。

地面からの跳ね返りを浴びないように、片手で服を押さえた。

どこか近くで枝が折れた。

だれかが付近にいるのだと気づいたが、とにかく放尿を済ますほかなかった。

背後に足音が近づいてきた。松ぼっくりと小枝が踏み潰され、ズボンの裾を擦る枝の音が聞こえた。

すべてはあっという間のできごとだった。

いきなり男がそこにいて、布きれでキムの口元を覆うと、そのまま仰向けに引き倒した。どうにか逃れようとしたが、太腿を伝う熱い尿を感じた瞬間に意識を失っていた。

それが二年前のことだ。

最初の六カ月は地下室で過ごした。だがやがて母屋に上がることを許された。捜索は打ち切られたとお婆に告げられた瞬間のことは、よくおぼえている。キムはブレンダとおなじ部屋で暮らしていたことがある。ブレンダは、キムよりもはるかに長いあいだここにいる。金のブレスレットをしていて、トレーラーの運転を仕込まれていた。二人の部屋は二階にあり、ともに掃除と洗濯を担当していたが、ほかの女性たちとの接触はなかった。

中庭で手押し車が軋み、お婆の怒鳴り声が聞こえた。きちんと仕事をしなければ食事抜きだと、アマンダに告げている。

「あの人たちのこと、知ってる？」キムが小声で尋ねる。

「知らない」とブレンダは答える。「でも、アマンダは退屈で家を飛び出て、世界中を見て回ろうとしてたって聞いた。ヨーロッパを旅して、バンドで歌おうとしてたんだって」

「ヤシーヌは？」

「あの子はセネガル出身で……それ以外はよく知らない。フランス語で罵《ののし》るんだよ」

ヤンヌ・リンドが脱走を図って以来、なにもかも変わってしまった。全員がポラロイド写真を見せられた。そこには、死を目の前にしたヤンヌがあがく姿と、死体が写っていた。今では女の子たち全員が特権を剝奪され、家の中で寝ることを禁じられている。

窮屈な檻の中で、動物のように暮らしているのだ。

ブレンダがキムの髪の毛を編みはじめたところで、扉の横木が上がり、シエサルが小屋の中に足を踏み入れた。

まぶしい陽光に目をしばたたかせた二人は、シエサルの腿のあたりで揺れている山刀に気がつく。鈍い刃が重そうに見える。

「キム」とシエサルは言い、檻の前で立ち止まる。

キムはお婆に教えられたとおり、目を伏せる。呼吸が速くなっていた。

「なにも問題はないかい？」とシエサルが尋ねる。

「はい、ありがとうございます」

「おれといっしょに食事をしないか？」

「とても素敵です」

「今からアペリティフにしよう。どうだい？」そう言いながら、檻を解錠する。

キムは這い出し、床に降りる。そうして、藁《わら》や土をスウェットパンツから払い落としてから、シエサルのあとに続いて日当たりの良い庭に出る。

足に突然血が流れはじめ、爪先がチクチクした。

手押し車がひっくり返っていて、砂利が散乱している。ヤシーヌはその傍らに横たわっていた。お婆は無言のまま、杖で彼女を打ち据えている。アマンダがそこに駆け寄り、手押し車を立て直すと、鋤を使って砂利を元に戻しはじめる。

「どういうことだ」山刀で指し示しながら、シエサルが尋ねる。

「事故なんです」アマンダはそう答え、彼を見上げる。

「事故？　なぜ事故が起こる？」とシエサルが問い詰める。

お婆は打擲《ちょうちゃく》する手を止め、口を開けて荒く息をつきながら数歩後ずさりする。ヤシーヌは地面に横たわったまま、ぼんやりと前方を見つめている。

「暑くて、水が必要だったんです」アマンダが答える。

「水を手に入れるために砂利をぶちまけたのか？」とシエサルが訊く。

「いいえ、それは……」

アマンダは、汗まみれのブラウスの上のほうのボタンをいくつか留める。その手は震えている。

「少し目を離しただけで、おまえたちにはルールなんかどうでもよくなるんだからな」とシエサルは続ける。「おまえたち、いったいどうしたって言うんだ。自分たちだけでやっていけるのか？　食糧を手に入れたり、服を買ったり、自分たちでぜんぶできるのか？」

「ごめんなさい——わたしたち、水が必要なんです」

「主が、おまえたちの必要としているものをご存じないと言うんだな？」シエサルは声を張り上げる。

「もちろん神様は——」

「おまえたちは自分が不幸だと決めつける」とその言葉を遮る。「そして不幸だと決まったら、今度は脱走を考えはじめるんだ」

「そうじゃないさ」とお婆が口を挟む。「その子は——」

「おれがこんなに厳しく罰してるのは、おまえたち自身のせいなんだぞ」とシエサルが吠える。「こんなこと、おれだってしたくない。おまえたちを閉じ込めたいだなんて思ってないんだからな」

「ぜったい逃げません」とアマンダが誓う。

「おまえは犬か?」とシエサルは言い、唇を舐める。

「え?」

「犬ってのは逃げないもんだろう?」そう言いながら、アマンダを睨みつける。「犬なら、そんなふうに立ってるものか?」

アマンダは無表情のまま鋤を手押し車に立てかけ、シエサルの目の前で四つん這いになる。

ブラウスの裾がスカートからずり上がり、背中の汗が太陽の光でギラギラと輝く。

「ファンヌは逃げようとした。ヤンヌも逃げようとした――ほかに逃げたいやつはいるのか?」シエサルが問いかける。

そしてアマンダの髪の毛をつかむとその頭を後ろに引いてから、山刀を首に振り下ろす。斧《おの》がまな板に当たるような音がした。アマンダはそのままうつ伏せに倒れ込んだ。全身が痙攣し、すぐに静止する。

「わたしが処理しとくよ」お婆は手でネックレスに触れながら、そう呟いた。

「処理だと？　埋葬してやる価値なんかないぞ——道端で腐れ果てればいいんだ」シエサルはお婆にそう告げると踵を返し、家のほうへと歩み去った。

キムは、まだ震えながら中庭に立っている。傍らにはアマンダの死体があった。シエサルは延長コードを延ばし、アングルグラインダー（角度のついた研削盤。研削砥石を回転させることで、研磨や切断をおこなう。）をつなぐ。

そこからの一時間は、霞《かすみ》がかかったようにぼんやりとしている。シエサルがアマンダの身体を切断し、キムとヤシーヌがそれを小分けにしてビニール袋に詰めていった。袋の口を締めてから、すべてをトレーラーの荷台に運ぶ。

シエサルは、水のペットボトルと宝石をいくつか、それからハンドバッグを、最後の数袋の中に放り込む。そこにはアマンダの首と右腕が入っていた。そうして、どこか遠くに捨ててこいとお婆に指示を出す。

三四

ミア・アンデションは、施設の一階にある一室で、ケースワーカーの向かい側に座っている。

両手で挟んでいるマグカップの中のコーヒーは、冷えてしまっていた。

どこに行っても、孤独感がつきまとってきた。

幼いころ、面倒を見てくれる者はだれもいなかった。身ぎれいにしておくのと、食糧を調達するのは自分自身の仕事だったのだ。七歳のときに、浴室で死んでいる両親を見つけた。フェンタニル（主に麻酔や疼痛緩和に用いられる強力な薬剤。日本では麻薬に指定されている。）の過剰摂取だった。社会福祉局に引き取られ、二週間後にサンドヴィーケン市の里親の元で暮らしはじめた。だがまもなく、そこにいた別の子どもとの争いごとがはじまった。

ミアは、母親同様ブロンドだ。しかし、ピンクと青に染めている。眉毛を黒く塗りつぶし、アイラインもマスカラも派手に使っている。顔つきはかわいらしかったが歯並びが悪く、笑うときつく見えた。黒いジーンズとブーツ、それからだぶだぶのセーターを身に着けている。

人間は親切ではない。ミアはそう理解するようになっていた。人はお互いを利用し合っているだけなのだ。愛などというものは存在しないし、純粋な共感も然りだ――なにもかも表面的な謳い文句にすぎない。

両親が死んでからの人生は、《健康生成論》に基づいて組み立てられてきた――パンフレットによれば、実証的な方法論に基づいて生み出されたものなのだそうだ。問題の原因ではなく、どうすれば人の健康を支えていけるかということのほうに焦点を当てる考え方だ。

ミアはこの理論が大嫌いだった。

この世には、だれからも望まれない子どもというのが事実として存在する。それはしかたのないことだ。そして、そういう子どもを望む数少ない人びとがいるとすれば、彼らはもちろん、まったくもって子育てにふさわしくない連中ということになる。

さっきもパメラから着信があったが出なかった。その五分後にもう一度かかってきたので、着信拒否設定にした。

「ミア、今はなにを考えてるの？」

「なにも」

ケースワーカーは五十代の女性だ。グレーの髪の毛をショートカットにし、金の鎖につないだ眼鏡を巨大な乳房のあいだにぶら下げている。

「腹を立ててるのはわかるわ。委員会は、パメラとマルティンの申請を却下したのだから」

「そんなこと関係ない」

家族ができたとほんとうに感じられたのは、ミッケといっしょにいたときだけだった。だがその後、彼が刑務所に入ってしまうと、あの男を愛していた自分が信じられなくなった。ミッケがやさしくしてくれたのは、ミアがドラッグや窃盗で金を稼いでいたからにすぎなかったのだ。

「あなたはここに来てから、二つの家族のもとで暮らしてきたわね」

「で、両方ともうまくいかなかった」とミアが応じる。

「どうしてなのかしら」

「あの人たちに訊いてよ」

「わたしはあなたに訊いてるの」

「ここにいるのはいつでもやさしくてかんじのいい子たちだとみんな期待してるけど、わたしはそういう人間ではない。ときには頭に来ることがあるから。たとえば、こっちのことなんかなにも知らないくせに、みんなしてわたしのことを勝手に決めようとするときとか」

「あなたには、もう一度精神鑑定を受けてもらいます」

「わたしは狂ってなんかいない、ほんとだって。割り当てられた家族と合わなかっただけ……ありのままのわたしでいたら」

「まあ、あなたにはここがあるから」ケースワーカーはにこりともせずにそう言った。

ミアは額を掻《か》いた。施設のスタッフは彼女のことを大切に思っていると言う。だが家族ではない。家族になりたいとも思っていない。自分たちの子どものことを心配するので手一杯だからだ。施設でのことは仕事でしかない。生活の糧《かて》だ。スタッフが悪いわけではないが、ミアの悩みごとなど所詮彼らにとっては、給料の元でしかない。

「ほんものの家で暮らしたいの」とミアが言う。

ケースワーカーはノートに視線を落とす。

「あなたの名前は、すでに順番待ちリストに載っているし、ぜったいにこのまま載せておくべきだと思う。でも正直なところを言えば、あなたはもうすぐ十八になるから、可能性は高くはないでしょうね」

「なるほどわかった。そういうことね」ミアはきっぱりと現実を受け入れる。

立ち上がり、礼を言いながらケースワーカーと握手をし、退出した。廊下を歩き、階段に腰を下ろす。

自分の部屋に戻る気力は残っていない。ロヴィーサがまた癇癪《かんしゃく》を起こしているのだ。携帯電話をせわしなくスクロールし、インターネット上の情報を漁っていると、ニュース通知が現れる。ヤンヌ・リンド殺害事件の捜査を指揮しているアーロン・ベック刑事によれば、マルティン・ノルドストレームの逮捕は検察による判断の誤りだった。疑いの晴れたマルティンは、進行中の捜査における重要な証人とされる。記事はそんな内容だった。

ミアは階段を下り、正面玄関に向かう。外気はあたたかく、芝生やルバーブ、そして首をうなだれているライラックからは水蒸気が立ちのぼっていた。

外に駐まっている二台の車の脇を通り過ぎ、急ぎ足に私道を進む。左に折れて長く伸びた草むらを抜ける近道を選び、ヴァルヴ通りに出る。

ミアは、肩越しに後ろをふり返る。

灰色の髪を長く伸ばしている年配の男性が、道端に立っている。背の高いルピナスのまわりを飛んでいる蜂の写真を撮っているのだ。

ミアは木の幹のあいだを覗き込みながら、茂みのきわを進む。監視されているという感覚が消えない。

道は小さな雑木林を回り込み、工業地区に入る。金物や工具の卸売り業者、そして自動車修理工場がぎっしりと並んでいる。

古いガスプラントを通り過ぎる。ドーム型の屋根の上で、熱気が揺らめいていた。

背後から接近する車に気づく。

砂利を踏むタイヤの音が近づいてくる。

目に入る太陽光を片手で遮りながらふり返ると、それはタクシーだった。車は二十メートルほど離れたところに停まる。

フェンスに沿って足早に歩きはじめると、車はミアのあとを追いはじめた。そして徐々に加速すると、彼女の横に並ぶ。

フェンスをよじ登って波止場まで駆け下りようかと考える。だがそのとき後部座席のウィンドウが下がり、パメラの顔が現れる。

「こんにちは、ミア」と彼女が言う。「話したいことがあるの」

タクシーは停車し、ミアはパメラの隣に乗り込む。

「マルティンが釈放されたんだってね」とミアは言う。

「もう報道されてるの？　なんて書かれてた？」

「無実だって……でも、重要な証人になるって」

「わたしは最初からそう言ってたのに」とパメラがため息をつく。

パメラはきれいな顔をしていた。だが目はすごく悲しげだ。額には細かな皺が走っている。

「何回か電話したの」

「そうなの？」とミアは驚いたふりをする。

タクシーは再び動きはじめる。ミアは窓の外を眺めながら、心の中でほほえむ。電話に出なかっただけで、パメラはストックホルムからタクシーで駆け付けたのだ。

「弁護士に相談して、社会福祉局の決定に不服の申し立てをすることにしたわ」

「うまくいくのかな」そう尋ねながら、ミアは側面からパメラの表情を観察する。

「マルティンのことをどう見られるのかはわからない……すごく繊細な人だし、精神疾患を抱えてるから――このことは話したでしょ？」

「うん」

「心配なのは、閉じ込められてたことでどんな影響が出てるかってこと」とパメラは説明する。

「本人はなんて言ってるの?」

イェヴレの町をゆっくりと走り抜けながら、マルティンのことを話す。彼は刑務所を出たところで、ヤンヌ・リンドの父親に襲われた。パメラは午前二時まで探しまわり、治療を受けている可能性のある病院すべてに電話をかけた。だがマルティンは翌朝早く、クングスホルム通り近くに繋留《けいりゅう》されていたボートの中で眠っているところを発見された。警察に保護されたとき、彼は混乱状態で、そこにいた理由を尋ねられても答えられなかった。

「あの人のいる精神科の緊急病棟に行ったんだけど……マルティンは話してくれなかった。ほとんどひと言もしゃべらないうえに、いっしょに家に帰るのがこわくてしかたないみたいだった」

「かわいそうな人」とミアが言う。

「気持ちを整理して、自分の身に起こったことはぜんぶ間違いだったと理解できるまで、あと何日かはかかると思う」

タクシーは中央広場に差しかかる。三人の幼い少女たちが、シャボン玉を追いかけて石畳の上を駆けていった。

「どこに向かってるの？」ミアは窓の外を眺めながら言う。

「実はわかんないの。どこに行きたい？」パメラが笑みを浮かべる。「お腹すいてる？」

「すいてない」

「フールヴィークに行きたい？　遊園地のある？　わたし、もうすぐ十八なんだよ？」

「わたしは四十。でもジェットコースターが大好き」

「わたしも」とミアはほほえみながら認める。

三五

パメラがカーラ通りでタクシーを降りたときには、夜の九時になっていた。まっすぐ建物の中に入り、エレベーターで六階に上る。

太陽光のせいで頬はわずかに色づき、髪の毛は乱れている。ミアといっしょに、十回以上はジェットコースターに乗った。ポップコーンと綿菓子、ピザも食べた。

パメラは防護扉を開き、床に落ちている郵便物を拾い上げる。そして施錠してからフックに鍵を掛けた。靴紐を解きながら、シャワーを浴びてからベッドにもぐり込み、読書をしようかと考える。

郵便物にざっと目を通していると、不意に寒気が走る。封筒のあいだに、ミアを写したポラロイド写真が挟まっていたのだ。

青色の髪の毛は耳にかけられ、しあわせそうな顔をしている。背景には、遊園地にあった幽霊屋敷のエントランスが見えた。

ほんの数時間前に撮られたばかりの写真なのだ。

ひっくり返してみると、小さな文字でなにか書かれている。読み取れないほど小さい。

ポラロイドを持ってキッチンに移動し、テーブルの上に置く。そしてうちのなかで最も光量のある明かりを点ける。パメラは眼鏡をつかみ、写真の上にかがみこんだ。

〈彼が話せば、罰せられるのは彼女だ〉

心臓が早鐘を打ちはじめた。意味を理解しようと努める。脅迫であることに疑いの余地はない。だれかが、パメラとマルティンを脅そうとしている。

マルティンが警察にとっていかに重要な証人であるのか。ニュース・サイトやネットの掲示板は、そういう見出しや拙速に書かれた記事でもちきりだった。

だれかがパメラを怯えさせようとしている。マルティンの供述を止めようとしているのだ。犯人のしわざに違いない。

そいつはこちらを見張っている。住所を把握しているうえに、ミアのことも知っている。

そう考えると、恐怖に吐き気がこみ上げた。

パメラは携帯電話を手に取る。状況を説明し、ミアの警護を求めようと考えるが、すぐにそれはできないと判断する。警察は調書を取ったうえで、特別な警護を手配する段階ではないと説明するだろう。

理解できることでもある。所詮、写真が一枚と、漠然とした脅迫文しかないのだ。名前を含めて具体的な情報はなにもない。

だが、ヤンヌ・リンドを殺した人物は、マルティンが証言することをおそれている。それだけはわかった。そしてマルティンが目にしたことを明かせば、ミアに危害が加えられる。

パメラは携帯電話を下ろし、写真をもう一度じっくりと見つめる。

ミアはすごくたのしそうだ。耳に何個も着いているピアスが、明るい陽光に輝いている。

パメラは写真を裏返し、文字を指で擦りはじめる。それが薄れ、やがて光沢のある写真の表面から消えていくのを眺める。

指先は青くなり、文字は消え失せた。

パメラは立ち上がり、震える手で食器棚からウォッカのボトルを取り出す。一瞬のあいだそれを見つめてからシンクに空け、匂いが消えるまで水を流し続ける。テーブルに向きなおり、ミアに電話をかける。用心するようにと伝えるために。

三六

カッペルファール港までは、車で一時間以上かかった。ヨーナはそこから水上タクシーに乗り、イーデ島を目指す。島の北東岸を占める、立ち入りを制限された軍管理下の施設が目的地だ。

オーランド海は鏡のようにおだやかで、まぶしく輝いている。小型船が接岸すると、コンクリートの桟橋からカモメが飛び立った。

ヨーナは、コールタールを塗られた木造のモダニズム建築に歩み寄り、ブザーを鳴らす。受付係に身分証を提示し、ひんやりとした待合室の椅子に座る。

ここは、高い地位にある政治家や軍高官、そして各種組織の幹部たちが必要に応じてさまざまな種類の療養生活を送るために用いられる施設だった。

五分後、制服を着た女性が現れ、八室ある特別室の一つへとヨーナを案内する。

そこにはサーガ・バウエルがいた。ミネラルウォーターのペットボトルを片手に、肘掛け椅子に座っている。いつものように、サーガはただ巨大な窓から水平線を見つめている。

「サーガ」とヨーナは言い、彼女の隣に腰かける。

クリニックでの最初の数カ月のあいだ、サーガは檻に閉じ込められた獣のように、部屋の中を行きつ戻りつしながら死にたいと繰り返し訴え続けた。

最近ではほとんどなにも話さない。ただ窓際に座り、海を見ている。

ヨーナは定期的に会いに来ている。最初のうちは朗読して聞かせたが、やがて自分のことを語るようになった。そのうち、たまたまある事件のことに言及すると、サーガが耳を傾けていることに気がついた。

それからは、担当している捜査についてすべてを話してきた。その際にはいつも、頭の中にある仮説を披露した。サーガはヨーナの話を聞く。そして最近の訪問では、かすかな笑みさえ浮かべたのだった。それは、凍結烙印の発見について話したときのことだ。

ヨーナは、殺人現場を目撃したマルティン・ノルドストレームのことを語る。マルティンは複雑性ＰＴＳＤと偏執性妄想を抱えていて、殺人を自白するように圧力をかけられたのだが、今では疑いが晴れたと説明する。

「刑務所を出たところで暴行を受け、現在のところ精神科の緊急病棟に逆戻りしてるんだ」とヨーナは続ける。「事情聴取をするのは難しいだろうな……なにもかもが足踏みしているように感じられる。それでも、今回の事件とつながりがあると思われる過去の事件を見つけたんだ……」

サーガは話さない。ただ水面を眺めている。

ヨーナは写真を二枚、サーガの傍らのテーブルに置く。

ファンヌ・ホエグが、陰鬱で夢見るような目をこちらに向けている。ヤンヌ・リンドはまっすぐカメラに視線を向けている。その表情は、笑いをこらえているように見える。

「ファンヌは首を吊られていた。ヤンヌとおなじだ。ただし、十四年前の出来事だ」とヨーナは補足する。「烙印の部分をクローズアップにした写真はない。だけど、ファンヌもあきらかに凍結烙印を押されていた。黒い髪の毛の、後頭部の一部が真っ白になっていたんだ」

二人の女性はほぼ同年齢だと話す。ともに学校では人気者だが、恋人はいない。そしてどちらもSNSをさかんに使っていた。

「体つきは異なる。目の色も違うし、一人はブロンドだがもう一人は黒髪だった」とヨーナは言う。「ヤンヌが拉致されたときには、無作為に選ばれたのだろうとだれもが考えた。だが、ファンヌの写真と見比べてみると、どこか共通する点があるようだ……鼻や頬、それから髪の毛の生え際のあたりとか……」

サーガは、ヨーナの見せるものにはじめて反応を示す。写真を見るためにふり返ったのだ。

「もちろん、この犯人とのかかわりがありそうな事件がないかと、ほかの殺人や自殺、それから失踪事件については調べている」とヨーナは話し続ける。「だが、ここまでに知り得たことから判断するなら、犯人はそれほど活動的ではないようだ──連続殺人犯にすら、まだなっていないのかもしれない。それでも、おなじ行動パターンには従っているし、独自のやり口を持っている……それに、犯行をやめないだろうということもわかっている」

帰路、ヨーナは遠回りをしてリンボに立ち寄った。馬を飼育している、イェレナ・ポストノーヴァという人物と話すためだ。狭い道路の両側から茂みが迫っていた。やがてその先に駐車スペースが現れる。すぐ近くには木製の柵があった。銀灰色のメルセデス・ベンツにもたれかかっていたアーロン・ベックは、ヨーナが車を停めて降り立つと、携帯電話から顔を上げた。

「ここまで出向いて謝罪するようにと長官に言われまして」とヨーナに話しかける。「ほんとうに……すみません。馬鹿みたいな行動でした。検察に引き渡す前に、あなたにマルティンの事情聴取をまかせるべきだったんです」

ヨーナはサングラスをかけてから、赤く塗られた木造厩舎《きゅうしゃ》に目をやる。パドックでは、若い男が黒の雄馬に乗っていた。乾いた地面から舞い上がる砂埃で、馬の脚が茶色になっている。

「僕が捜査班に残るかどうかは、あなたに判断してもらえと言われてます。もちろん、外されてもしかたないですが」とアーロンが続ける。「でも、名前を売ることなんかどうでもいいと思ってることをお伝えしたくて。ただ、このクソ野郎を捕まえたいだけなんです。もう一度チャンスをもらえたら、やめろと言われるまで死に物狂いで働きます」

「そいつはいいね」とヨーナが言う。

「ほんとですか？　うわあ、よかった」アーロンの声に安堵《あんど》が滲む

ヨーナは、厩舎に向かって砂利道を歩きはじめる。アーロンはそのあとに続き、横に並んで捜査の進捗状況を話し合う。

国家警察の捜査班は、過去二十年分の記録を洗い直した。だが、特徴の合致する殺人や自殺、あるいは死亡事故は見つかっていない。

スウェーデンでは、年に平均四十人の若い女性が自ら命を絶つ。そのうちの約二十五パーセントが縊死だ。

だが首を吊るという方法を用いた殺人の件数は、それとは比べものにならないほど少ない。ヤンヌ・リンドとファンヌ・ホエグをのぞけば、この時期の女性被害者は三人いる。全員が虐待関係の中にいた。

すべて綿密な検視がおこなわれていたが、どの調書も凍結烙印や色素形成の変化には触れていなかった。

砂利道は、大きな建物と八頭の馬がいる放牧地に挟まれ、カーブしながら伸びている。明るい陽光の下では暑かった。水路のバッタがチキチキと鳴き、頭上高くでツバメが羽ばたいている。

「誘拐を疑われる女性の事件については、もっと厄介です」とアーロンは話し続ける。「人身売買で国外に連れ出されたとはっきりしている少女たちの事件を除外すると、数百人が残ります」

「一人一人について調べる必要があるな」とヨーナが言う。

「ところが、純粋な誘拐のように見えるのは六人だけなんです」

片手に鞍《くら》を下げた年配の女性が、厩舎から現れた。彼女はそれを錆だらけになったピックアップトラックの荷台に放り込むと、二人のほうに向きなおって陽光に目を細める。

白髪を短く刈り、汚れた乗馬ズボンと革のブーツ、そしてウラジーミル・ヴィソツキー（旧ソ連時代に大きな影響力を持ったシンガーソングライター。）のTシャツを身に着けている。

「馬の飼育のことならなんでもご存じだとうかがいました」身分証を掲げながら、ヨーナが話しかける。

「まあ、専門は馬場馬術だけど、それ以外のことも少しはね」

「お知恵を拝借できると、とてもありがたいのですが」

「いいですよ──わたしにできることなら」そう応え、女性は二人を厩舎へと案内する。内部は外よりわずかにすずしい。

足を踏み入れたとたんに、馬と干し草の強烈な臭気が二人の鼻孔を打つ。ヨーナはサングラスを取り、二十ほど並んでいる馬房を見渡した。棟木に取り付けられている強力な送風機が回転し、その下の馬たちは鼻を鳴らしたり、地面を踏み鳴らしたりしている。

三人は馬具置場と湿った洗い場の横を通り過ぎ、一頭の馬の前で立ち止まる。

薄汚れた小窓が並んでいて、そこから日の光が射し込んでいる。

「馬にはどうやって印を付けるんですか？」とヨーナが尋ねる。

「競走馬について言えば、凍結烙印の代わりにマイクロチップを使うようになっているわね」とイェレナが答える。

「凍結烙印をやめたのはいつごろのことですか？」

「八年くらい前かしら……でも、今でも三角印には使ってる」

「それはなんですか？」とアーロンが訊く。

「馬が負傷や老衰で乗馬に使えなくなったら、処分するのではなく、獣医が凍結烙印を押すの」

「なるほど」

「エミーを見て」イェレナはそう話しながら、厩舎の奥の馬房へと二人を導く。

彼らが覗き込むと、高齢の雌馬が鼻を鳴らしながら首を持ち上げた。赤みがかった茶色の毛に覆われた左太腿の上部に、白い三角形が輝いている。

「この子は引退したという印。今でものんびり歩き回るし、ときどきはわたしが乗って森まで出かけたりもするけれど」

目の端に蠅が一匹たかり、馬が重い頭を振る。蹄を鳴らし、脇腹が壁に当たった。身体に装着されているくつわや手綱、あぶみがチリンチリンとやさしい音をたてる。

「烙印の押しかたを教えてください」

「いろいろあるけど、うちが使ってるのは、零下二百度くらいになる液体窒素。局所麻酔を打ってから、皮膚に約一分間押し当てる」

「こういう印を使ってる人をご存じではないですか？」ヨーナは、ヤンヌ・リンドの後頭部をクローズアップにした写真を見せながら尋ねる。

イェレナは身体を傾けてそれを見る。眉間に深い皺が寄った。

「いいえ」と答える。「そもそも、こういう印を馬に使ってる人はいないと思う。スウェーデン国内だけでなく、どこにも」

「では、これはなんだと思いますか？」

「まったくわからないわね」とイェレナは言う。「外国の食肉産業の仕組みは知らないけど、こういう印で動物に識別番号を振るようなことはないんじゃないかしら」

「そうですね」

「むしろ、アメリカの畜産業者がかつて家畜に使っていた焼き印に近い気がする」と彼女は続けた。「この写真の印みたいなものも、中にはあったはず。まあ、これよりもう少し素朴なかたちだったと思うけど」

車に戻りながら、イェレナの話していたことはおそらく正しいのだろうとヨーナは気づく。被害者に付けられていた印は、識別ではなく所有を表すものだったのだ。犯人は、烙印を押した女性たちは自分の所有物だと示したがっている。たとえ彼女たちが死んだあとであっても。

「われわれの捜査はのろすぎる。早く犯人を見つけ出さなければ、もっとおおぜいの女性が死ぬことになる」ヨーナは、車のドアを開けながら、アーロンにそう告げる。

「まったくです。胸糞《むなくそ》が悪い」

「すでに次の被害者を手に入れてるかもしれない」

三七

パメラは支払いを済ませ、サンクト・ヨーラン病院の前でタクシーを降りる。エントランスIを通り抜け、だれにも尾けられていないことを確認してからエレベーターで四号病棟まで上る。受付で署名し、携帯電話を預ける。

マルティンは談話室にいた。車椅子に乗った体格の良い男とトランプをしている。パメラにも見覚えのある相手だった。ほかの患者からは〈預言者〉と呼ばれていて、この病棟に入退院を繰り返している男だ。すべての指先に、小さな十字架のタトゥーが入っている。

「こんにちは、マルティン」と声をかけながら、二人のテーブルのところに腰を下ろす。

「こんにちは」とマルティンが呟く。

手を伸ばして前腕に触れると、ようやく一瞬だけマルティンと視線を合わせることができたが、彼はすぐに目を逸らしてしまう。額にはまだ絆創膏《ばんそうこう》が貼られていた。だが、頬の青痣《あざ》はすでに黄色くなりかかっている。

「気分はどう？」とパメラが尋ねる。

「気分などない」預言者が膝を叩いてそう応える。

「わたしはマルティンに訊いてるの」

預言者は分厚い眼鏡を押し上げ、トランプをかき集めてからシャッフルしはじめる。

「あんたもやるかい？」カードを切りながら、パメラに問いかける。

「あなたはトランプがしたいの？」パメラはマルティンに訊く。

マルティンがうなずき、預言者はカードを配る。筋骨隆々の用務員が一人、近くにある別のテーブルのそばに立っている。高齢の女性患者が曼陀羅《まんだら》に着色する様子を、見守っているのだ。

テレビの前では、灰色の顎髭をたくわえた男がうたた寝している。クイズ番組の歓声が、スピーカーからかすかに聞こえていた。

「十をぜんぶ」ガラス扉のほうにすばやく視線を走らせながら、マルティンが囁く。

「わたしの持ってる十がほしいの？」とパメラがほほえみながら言う。

「それでいいのかな？　九でもいいんだぞ……」と預言者が言う。

マルティンが勢いよく首を振り、パメラは手持ちの十を三枚手渡す。

時計を見上げたパメラは、不安にギュッと締めつけられるのを感じる。もうまもなくマルティンは、叫び声を上げたり身もだえしたりしはじめるのだ。

「ゴー・フィッシュ（相手にほしい数字のカードを要求しながら、おなじ数字のカードを四枚集めてセットを作るゲーム。要求された数字を持っていない場合、こう応える。）、ゴー・フィッシュ」扉が開くのと同時に、預言者がそう言う。

パメラが視線を上げると、用務員を従えて談話室に足を踏み入れるプリムスの姿が見えた――前回ここに来たとき、いやらしくからんできた男だ。灰色の髪の毛がだらしなく垂れ、肩にはスポーツバッグがかかっている。

プリムスは預言者に向かって深々と頭を下げ、ぴったりしたジーンズの股間をいじってからパメラの椅子の背後で立ち止まる。

「今日入院して、今日退院さ」ニヤニヤしながらプリムスが言う。

「言ったとおりにするんだぞ」トランプに視線を落としたまま、預言者が言う。

「セックスしまくってやるぜ」プリムスは、人差し指を吸いながらそう囁く。

「こっちに来るんだ」と用務員が言う。

「わかったたって。でも今何時だ？」

用務員が腕時計を確認する隙に、プリムスは濡れた指をパメラの首筋に走らせる。

「出ていく時間だぞ。さあ、お別れをするんだ」と用務員が命じる。

「おれは歩かなくていいんだよ。飛べるからな」とプリムスが応える。

「だがおまえに自由はない」預言者が、重々しい声でそう宣言する。「おまえはシェサルの召使いにすぎんのだ。王のまわりをうるさく飛び回る蠅だ……」

「うるせえ」プリムスが不安げに囁く。

パメラは、用務員に従って歩み去るプリムスを眺める。用務員は通行証を通してから暗証番号を打ち込み、扉を開ける。

マルティンは、隅を折った手持ちのカードを握りしめている。

「三をぜんぶ」と彼が呟く。

「私の三か」と預言者が言い、テーブルの上の自分のカードを取り上げる。

「そう」

「ゴー・フィッシュ」預言者はそう応え、パメラに向きなおる。「あなたの七をもらえるかな」

「ゴー・フィッシュ」

「ガイノイドの研究がさかんなのはご存じかな――つまり、女性型のアンドロイドのことだが」そう言いながら、預言者はカードで顎を掻く。「マクマレンという研究者など、こちらの言うことに耳を傾け、記憶することができるというセックス・ロボットを作った。話したり、顔をしかめたり、微笑したりできる」

　預言者はトランプを置き、両手を上げる。パメラは目を逸らそうとするが、どうしても指に彫られた十個の小さな十字架を見てしまう。

「あなたのキングをぜんぶ」とマルティンが言う。

「まもなく、ガイノイドとほんものの女性を区別することはできなくなるだろう」と預言者は続ける。「そうすれば、レイプや売春、小児性愛もなくなる」

「さあ、それはどうかしら」パメラはテーブルから視線を上げ、そう呟く。

「新しい世代のロボットは叫んだり泣いたり懇願したりできるようになるだろう」と預言者が言う。「反撃をし、恐怖の脂汗を流し、嘔吐し、尿を漏らすだろう。それでも……」

　預言者は口をつぐむ。顔の幅が広く、口のまわりに笑い皺のある看護師が入ってきたのだ。彼女は、マルティンとパメラに同行を求める。

「今日はまだなにも食べてないわね?」マルティンが待合室のベッドに横になると、看護師はそう尋ねた。

「うん」と彼は応え、パメラを見上げる。

　マルティンの顔色はひどかった。看護師が左腕に針を刺すと、彼は目を閉じる。その後、看護師は部屋を出ていった。

　電気痙攣療法の内容は、デニスから聞いていた。電流を流すことで人為的に痙攣を起こさせ、脳内のバランスを取り戻そうというものだ。

ほんの数日帰宅しただけで病棟に戻らなければならなかったことを考え合わせ、精神科医たちはこれが最善の治療法と考えたのだった。

「プリムスが……僕は……刑務所に戻るんだって言ってた」

「違うの、それは刑事のアーロン。あなたをうまくごまかして、してもいないことを自白させた人よ」とパメラは説明する。

「そうだったね」とマルティンが囁く。

パメラがその手を軽く叩くと、マルティンは目を開ける。

「もう警察には話さなくてもいいんだからね、言っておくけど……」

「大丈夫」

「でも、あんな目に遭《あ》わされたんだから、断ってもいいのよ」

「でも話したいんだ」とマルティンが呟く。

「警察を助けたいのはわかるよ、でもね……」

そこでパメラは口をつぐむ。看護助手が二人現れ、処置を開始すると告げたのだ。

パメラはストレッチャーで運び出されるマルティンに付き添い、治療室に入る。

黄色のコンセントとモニターの列のあいだで、コードが何本もとぐろを巻いている。

部屋の片側では、灰色の眉毛をした麻酔科医がスツールに腰かけていて、画面の角度を調整している。

マルティンが定位置に運びこまれると、麻酔看護師がさまざまな機器につないでいく。

マルティンの不安げなようすを見て取り、パメラは手を握る。

「十分ほどで終わります」と別の看護師が説明し、麻酔薬の投与を開始する。

マルティンは目を閉じ、手から力が抜ける。

看護師は数秒の間をあけてから、筋弛緩《しかん》剤を注射する。

マルティンは今、深い睡眠状態にあり、口元がわずかに落ち窪んでいる。パメラは手を放し、後ずさりした。

麻酔看護師が、マルティンの鼻と口に非再呼吸式マスク（高濃度の酸素を供給するために、弁が備わっているタイプのマスク。）をかぶせ、酸素を供給しはじめる。

精神科医が入室し、ただちにパメラのもとへやって来る。目は深くくぼみ、頬骨が高い。喉には赤い剃り跡があり、白衣の胸ポケットには透明なボールペンが五本差さっている。

「立ち会っていただくのはまったくかまいません」とその医師は説明する。「しかしご家族の中には、患者さんの筋肉が電流に反応するのを見て、不安を感じられるかたもいらっしゃいます。痛みは伴いませんが、そういう現象が起こることはお伝えしておきます」

「大丈夫です」パメラは、医師の目をまっすぐに見つめながら言う。

「わかりました」

看護師は、マルティンの脳内の酸素濃度を高めるため、過換気状態に持っていく。それからマスクを外すと、歯にマウスピースをはめ込む。

精神科医は電気痙攣療法《ECT》装置を起動させ、パルス幅と周波数を調整する。そして一歩踏み出すと、マルティンの頭部にひと組の電極を当てる。

天井の明かりが明滅し、突然ひきつけをおこしたように、マルティンの両腕が胴のほうに曲がる。

両手が不自然な動きを見せ、背中が反り上がる。顎に力が入り、胸に押しつけられる。口角が下がり、首の腱がピンと張る。

「神様」パメラが囁く。

マルティンは、まるで歪んだ面をかぶったような状態だった。目はきつく閉ざされ、見たことのない新しい皺が顔面に現れている。

脈が激しい。

看護師が酸素を追加する。

両脚が痙攣しはじめる。

身体の下のベッドが軋み、防護シートがずり上がる。そして、その下に隠れていたひび割れだらけの人工皮革を剝きだしにする。

マルティンの痙攣は突然終わる。まるで、だれかが炎を吹き消したようだった。煙が一筋、渦を巻きながら天井に向かって立ちのぼる。

三八

マルティンは首をめぐらせて窓を見る。するとランプの明かりは、水が流れるように視界の外へと漂い出ていった。

麻酔から目覚めたときに、チーズサンドイッチとストロベリージュースを与えられた。それ以降なにも口にしていない。

パメラはベッドの傍らに腰を下ろし、しばらくは付き添ってくれていたが、やがて慌てて仕事に出かけていった。

足に力が戻ったと感じるとすぐ、マルティンはセラピールームで絵を描きはじめた。芸術家というわけではないが、彼の生活において、絵を描くことが重要な位置を占めるようになっていたのだ。

マルティンは筆と絵の具をパレットの脇に置き、一歩さがってキャンバスを眺める。

赤い色の小さな小屋を描いたのだが、理由は思い出せなかった。一つの窓のカーテンの背後には、だれかの顔がある。

マルティンはアクリル塗料を両手と両腕から洗い落とし、セラピールームをあとにした。

厳密に言えば、患者は間食を許されていない。だがマルティンはときどき、食堂に忍び込んで冷蔵庫の中を漁ることがある。

マルティンは無人の廊下を歩きはじめた。

多目的ルームは静まりかえっている。だが戸口に通りかかると、椅子が並べ替えられていた。まるで目に見えない観衆がそこに腰を下ろし、演《だ》し物を見物しているようだった。

あの子たちは、ここに来てから鳴りをひそめている。夜中に、あの子たちのたてる物音を聞いたことすらない。もしかすると、マルティンが病棟に戻ったのでご満悦なのかもしれない。

マルティンは立ち止まり、扉のガラス窓をとおして精神科医のオフィスを覗き込む。ミラー先生はうつろな表情のまま部屋の中央に立ち尽くして、淡い色の瞳で前方をにらみつけている。

扉をノックして、家に帰りたいと申し出るべきだろうかとマルティンは迷う。ところが、急に自分の名前すら思い出せなくなった。

医師の名はマイクだ。それは思い出せた。みんなにM&Mと呼ばれている。

なにが起こっているのだろう? 自分が四号病棟の患者であることはわかっている。そしてパメラと結婚していて、カーラ通りに住んでいることも。

「マルティン。僕の名前はマルティンだ」と自分に言い聞かせながら、廊下を再び歩きはじめる。

頭の中に新たなめまいの波が押しよる。大型の金属製キャビネットが、今にも回転しながら廊下の角へと吸い込まれ、消えてしまいそうに感じられる。

新しく入った用務員を追い越す。背が低くて上腕の肌が青白く、口の端には厳めしい皺が刻まれている。彼女は、マルティンに気づきもしなかった。

患者向けの食堂までたどり着いたところであたりを見まわすと、多目的ルームの外に拘束ベッドがある。

一瞬前にはなかったものだ。

マルティンは身震いし、それからゆっくりと扉を開ける。

厚いカーテンが引かれ、日光を遮っていた。食堂は濁った薄暗がりに沈んでいる。

三つの円卓のまわりに、プラスティックの椅子が並べられている。テーブルには花柄のオイルクロスがかかり、リングでまとめられた薄手のナプキンがその上に並んでいる。

どこか近くでカチッという音がする。そしてかすかな軋り。上がったり下がったりしているシーソーを思わせる音だ。

低い長椅子には、ステンレスのトレイが備え付けられている。そしてその背後には、冷蔵庫がある。

マルティンは、光沢のあるラミネート材の床を横切る。だが、離れた片隅で動くものに気づき、立ち止まる。

息を凝らして、そろりそろりとそちらのほうを向く。

不自然なまでに背の高い人物が目に入った。両腕を上げ、全身の中で指だけが動いている。

マルティンは、それが預言者だと気づく。スツールの上に立って、食器棚からなにかを下ろそうとしているのだ。

マルティンはゆっくりと後ずさりながら、預言者が砂糖の容器を片手にスツールから降り、車椅子に座るところを見つめる。

預言者の身体の下で、シートがミシミシと鳴った。

マルティンは扉にたどり着き、それを押し開く。すると蝶番《ちょうつがい》がかすかに軋んだ。耳元で飛ぶ蚊ほどの音量だ。

「あれは、神による奇跡の一つだと考えるがいい」預言者がマルティンの背後で言う。

マルティンは立ち止まり、ドアから手を放すと踵を返した。

「退院の前にいくつか回収したいものがあってね」預言者はそう話しながら、シンクに回り込む。

シンクに砂糖をあけ、中から携帯電話の入ったビニール袋を取り出す。容器の底のほうに隠れていたのだ。表面の汚れをさっと払い落とし、それをポケットに入れてから水道を流しはじめる。

「一時間以内に退院するのさ」

「おめでとう」とマルティンが囁く。

「人はみな、使命を持ってこの世に生まれてくる」預言者はそう言いながら、マルティンのほうへと移動してくる。「プリムスは肉蝿だ。卵を産みつけるための死体を必要としている。わたしはと言えば、人の心に卵を産みつける……そしてきみだ。きみは電気の力を使い、この世から己を消し去ろうと力を尽くしているのだ」

三九

午後五時、パメラはひとり事務所に残っていた。カーテンを閉めてパソコンに向かい、窓の図面を仕上げる作業を進めている。青々とした緑の茂る、グリーンルーフに面して並ぶ予定のものだ。そこへ電話が鳴る。

「ロース建築事務所です」とパメラは言う。

「国家警察のヨーナ・リンナです。なによりもまず、謝罪をさせてください。私の同僚たちは、あなたとあなたのご主人をたいへんな目に遭わせてしまいました。まことに申しわけありません」

「はい」パメラはこわばった声を絞り出す。

「きっと警察に対する信頼を、すべて失われたことと思います。われわれとは話したくないとおっしゃったことも存じています。しかし、どうか被害者とその遺族のことをお考えください。事件に関する手がかりを伏せることでほんとうに苦しむのは、彼らだけなのですから」

「わかってます」と言い、ため息を漏らす。

「ご主人は唯一の目撃者です。間近からすべてを見ていました」とヨーナが言う。

「そんな記憶を頭の中に抱えたまま暮らしていくのは、だれにとっても難しいものだと思います——」

「今ごろになって、夫のことを気づかってるとでも言うつもり？」パメラがヨーナの言葉を遮る。

「申し上げたいのは、凄惨な殺人事件だということ、それからマルティンさんはその現場の光景を、すさまじい重荷として背負わされてしまったということです」

「そういうことじゃなくてわたしは……」

パメラの言葉は尻つぼみになっていった。ミアへの脅迫のことを考えたのだ。パメラ自身、しょっちゅう肩越しに背後を確認するようになってしまった。マルティンのしていることとおなじだ。実際、ミアのために催涙スプレーを何本か買いもした。だれかに襲われても身を守れるようにと。

「犯人はヤンヌ・リンドを五年間監禁してから殺害した。われわれはそう考えています」ヨーナはそう続けた。「失踪した当時のことをおぼえていらっしゃるかわかりませんが、あのときにはマスコミがいっせいに報道しました。両親はカメラの前に立ち、犯人に向かって娘の解放を訴えかけました」

「おぼえてます」パメラは素直にそう応える。

「結局両親は、死体安置所で娘と対面しなければならなかったんです」

「今は話せません」こみ上げる恐怖を感じながら、パメラは言う。「あと五分で打ち合わせがはじまるんで……」

「ではそのあとで――三十分だけでも」

パメラは不承不承、六時十五分に〈エスプレッソ・ハウス〉で会うことに同意した。電話を切りたい一心だった。トイレの個室に鍵をかけてこもるころには、すでに涙が頬を流れていた。

脅迫について刑事に話す気にはなれない。そんなことをすれば、ミアとマルティンを危険に晒すことになるかもしれない。アリスの生きられなかった人生を、ミアには生きてもらいたいと願っただけなのに、そのせいでむしろ彼女を殺人犯の標的のど真ん中に押し出してしまうだなんて。

ヨーナは、パメラのほうをちらりと見る。彼女はコーヒーをすすると、両手で持ち上げていたカップをソーサーの上に戻した。手が震えすぎるのを防ぐためだ。到着したときから、気が気でないようすだった。そして、三階の奥のテーブルに移りたいと強く主張した。

赤褐色の髪の毛が、肩の上でゆったりとカールしている。メイクで隠してあるが、泣いていたことはわかった。

「ミスが起こることはわかります」とパメラは言う。「でも今回のことは……圧力をかけて殺人を自白させたんですよ。そのせいで、良くなりかかっていた容態がどれほど悪化したか、あなたたちにはわからないでしょう」

「まったくです。起こってはならないことでした。検察は、内部調査を開始する予定です」

「ヤンヌ・リンドは……わたしにとっては特別な存在なんです……だから遺族にはほんとうに気の毒だと思ってます。でも……」

そこで言葉を止め、唾をごくりと呑み込む。

「マルティンと話をさせてください。居心地がよくて、本人も安心できる環境が必要です……理想を言えば、あなたにも同席していただきたい」

「マルティンは二十四時間体制の看護に戻ってしまったの」とパメラは言う。

「複雑性PTSDを抱えていらっしゃるんですね？」

「妄想性障害なんです。なのにあなたがたは、彼を閉じ込めて恐怖に晒したんですよ。マルティンみたいな病気の人にとっては、最悪の仕打ちです」パメラは窓に顔を向け、ドロットニング通りを行く人びとを見下ろす。

若い二人組の女性を目で追っていたパメラが、やさしくほほえむ。涙型のアクアマリンが耳たぶで揺れた。

パメラがヨーナのほうに視線を戻すと、それまで目の下に黒子が二つあるのだとばかり思っていたものが、実はタトゥーだったことに彼は気づく。

「ヤンヌ・リンドは、あなたにとって特別な存在だったとおっしゃいましたね」とヨーナが言う。

「あの子が失踪したとき、うちのアリスがおなじ年齢だったんです」そう応え、再びこみ上げてくるものを懸命に呑み込む。

「なるほど」

「それから何週間かして、うちの子は亡くなりました」

パメラは、刑事の淡い灰色の瞳を覗き込む。わかってもらえているような気がした。そういう喪失が人間にどういう影響を及ぼすのか、この人なら知っていると感じられた。

その理由を自問するよりも先に、カップを脇にずらすと、アリスのことを洗いざらいヨーナに語っていた。オーレへの旅行から、娘が溺死したあの日にいたるまでを話していると、涙がテーブルに滴り落ちた。

「ほとんどの人間が、人生のどこかで大きな喪失を経験する」とパメラは言う。「でもそれをくぐり抜けていく。最初はそんなことできる気がしないけど、いつかは乗り越えられる」

「そうですね」

「でもマルティンは……とてつもない衝撃を受けた最初の段階に留まったままのようなんです。だから、これ以上悪くなってもらいたくはないの」

「でも、もし本人にも良い影響を及ぼすとしたらどうでしょう？」とヨーナが問いかける。「私が病棟にうかがい、そこで話を聞きます。本人の調子に合わせて、すべてを慎重に進めます」

「でも、話しもしない人間の聴取をどうやってするの？」

「催眠術を試すのはどうでしょう？」

「それは良くないと思う」パメラはそう言いながら、無意識のうちに笑みを浮かべる。

「マルティンには、それだけは必要ない気がする」

四〇

ミアは服をもう一度ざっと確認し、髪の毛を耳にかける。半開きのままにされているオフィスの扉をノックしながら、笑顔を抑えきれなかった。

「どうぞ。座って」ケースワーカーが視線を上げもせずに応える。

「どうも」

す。ミアは軋む床を横切り、ケースワーカーの向かいにある椅子を引いてから腰を下ろ

今日も三十度を超えていた。その一日が過ぎたあとの部屋は、暑く息苦しい。木々に面した窓は開いていて、錆びた掛け金がかすかな音をたてている。ケースワーカーはそのままなにかの入力を済ませてから、検索をかける。

「さてと……福祉局に問い合わせました。パメラ・ノルドストレームは申し立てをしていないそうです」

「でも本人が……」

ミアはそこで無理に口をつぐんだ。うつむいて、親指の傷んだマニキュアをいじる。

「わたしの理解によれば」とケースワーカーが続ける。「却下の根拠は、家庭環境が安全ではないという事実です。彼女の夫のことね」

「でもあの人は無実なんですよ。マスコミでそう報道されまくってるでしょ」

「ミア、委員会の決定の詳細についてはわかりません。でも、不服の申し立てはされていないんです……ということはつまり決定は有効ということよ」

「わかった」

「だから、われわれにできることはなにもないの」

「わかったって言ったよ」

「でも、あなた自身の気持ちは大丈夫？」

「いつもとおなじことがまた起きたってかんじ」

「とにかく、これであなたはもう少しここでわたしたちといっしょに暮らすことになったのだから、わたしとしてはうれしいわ」

ミアはうなずき、立ち上がる。そしていつもどおりケースワーカーと握手をする。退出しながら扉を閉め、階段を上りはじめる。

ここまで離れていても、ロヴィーサが叫んだり罵ったりしながらものを床に放り投げている音が聞こえてくる。ロヴィーサはＡＤＨＤ（注意欠如・多動症。）だ。ミアとはいつも口論になり、それが大きな騒ぎに発展することもある。

ここのところ、もしかしたらロヴィーサに殺される可能性もあるのではと感じはじめている。昨日の晩も、物音に目を覚ますとロヴィーサが部屋の中にいて、忍び足で暗闇を動きまわっていた。聞こえていた足音はベッドの脇で止まり、彼女がたんすの傍らにある椅子に腰を下ろすのがわかった。

ミアは最上階に着き、自分の部屋に向かう。すると、たんすの最下段が引き出されたされたままになっている。それを覗き込み、

「なんなの」と呟くや、再び部屋を出る。

古い木の床板がブーツの下で軋んだ。ロヴィーサの部屋の扉を勢いよく開けたとこ

ろで、はたと動きを止める。ロヴィーサは膝をついた姿勢で、自分のハンドバッグの中身を床にぶちまけていた。髪の毛は結び目を作ってまとめてあり、手の甲には掻きむしった痕がある。

「どうしてわたしの下着を部屋から盗んだのか、教えてくれる？」ミアが尋ねる。

「なに言ってんの？　あんた病気だよ」ロヴィーサは語気鋭く言い放ち、立ち上がる。

「病気と診断されてるのはあんたのほうでしょ」

「うるさい」ロヴィーサは、そう言いながら頬を掻く。

「下着返してくれる？　お願いだから」

「泥棒はそっちでしょ。わたしのリタリン（ADHDの患者に処方される。）盗ってるんだから」とロヴィーサが言う。

「そうか、また薬を失くしたのか――だからわたしの下着を盗んだの？」

ロヴィーサは足を踏み鳴らして部屋の中をぐるぐると回りながら、ブラウスのくたびれた袖をさかんに引っぱる。

「あんたの気持ち悪いパンティなんか触ってない」

「でもあんたは、衝動を抑制することがこれっぽっちもできないじゃないの。だから――」

「だまれ！」とロヴィーサが叫ぶ。

「あんた頭がすっかりぶっ飛んでて、自分がなにしてるかぜんぜんわかってないんだから――」

「だまれ！」

「自分でどこかに薬をしまっておいて忘れただけなのに、見つからないからってわたしのせいにして――」

「地獄に堕ちろ！」

ミアは部屋を出て、階下に向かう。背後ではロヴィーサの声が響きわたっていた。だれもかれも殺してやるとわめいている。

外はあたたかい。だがミアはカーキ色のミリタリージャケットをはおって出かける。いつもの近道をとおって茂みの中を抜ける。工業地区に出ると、古いガスプラントのほうに曲がる。近年では、この二棟の円筒型レンガ建築は、映画の試写や芝居の上演、コンサートといったことに使われている。

心に忍び寄る失望を押しのけながら、最も大きなガスプラントの背後を歩いて波止場を目指す。

空き地のはるか手前から、ベースとドラムの音が聞こえている。

上着が茂みに引っかかるが、そのまま引き剝がすようにして歩き続ける。

マクスヴェルとルトゲルの姿が見えた。使い捨てのバーベキュー用グリルを見下ろしている。そこからは煙が立ちのぼっていた。二人は、いつの日か有名なラッパーになることを夢見ている、小さなグループのメンバーだ。

マクスヴェルは携帯電話にスピーカーを接続し、ビートに合わせてラップしようとするが、すぐにやめて笑いはじめる。

近くの砂地には、ビール瓶が何本か刺さっている。

ルトゲルは斧で小枝を尖らせるのに忙しい。

ミアは低い塀をまたぎ、二人に近づいていった。すると、古い線路の反対側にある茂みの中に、人影が二つあることに気づく。

歩き続けていると、そのうち一人はシャーリだとわかった。ペドロの前でひざまずいている。顔をそむける間もなく、シャーリの頰張るペドロのペニスがちらりと見えてしまう。

波止場のクレーンには、スポットライトが付いている。そのうちの一つが茂みを照らし、枝の影を落としていた。

マクスヴェルはミアを見つけると、再びラップしはじめる。ミアはゆったりとダンスしながら、二人に近づいていく。

彼らのラップは、聴いていて恥ずかしくなるようなものだと考えている。それでもミアは、いつも感銘を受けたようなふりをした。一節ごとに称賛してやるのだ。

ほんとうのところ、連中とつきあっているのは、施設から盗み出したわずかばかりのアッパー系薬物を驚くほど高く買ってくれるからにすぎない。

「そろそろ薬がなくなってることにだれかが気づくんじゃないかって、仲介人が心配してるの。でもあんたたちのことは大事にしたいんだってさ」そう説明しながら、リタリンが十錠入った袋を取り出す。ロヴィーサから盗んだものだ。

「ミア、その……なんて言うか、ちょっと高くなりすぎなんだよ」とマクスヴェルが言う。

施設内に仲介人がいるというかたちを擬装することで、これまでミアは、価格を馬鹿馬鹿しいまでの高水準に釣り上げてきた。

「その話、仲介人に伝えたほうがいい?」そう尋ねながら、ミアは袋をポケットに戻す。

「おまえをぼこぼこにしたら、そいつにも伝わるかもな」とマクスヴェルが応える。

「なんの騒ぎだ?」ペドロはそう尋ねながら、なにげない顔でバーベキュー・グリルに歩み寄る。

四一

新たなビートが、スピーカーから爆音で流れはじめる。ルトゲルは斧で顎髭を掻き、ペドロに向かってぼそぼそと話しかける。

ミアは心の中で静かに誓う。この連中にはもう二度とドラッグを売らない。こいつらはイェヴレの町でいちばんの間抜けかもしれないが、そんなやつらでも疑いはじめているのだ。

近づいてきたシャーリはミアに向かってなにげなくうなずきながら、しばらく視線を離さない。顎が口紅で汚れている。

かがみ込んで地面のビール瓶を持ち上げようとしたシャーリを、マクスヴェルは笑いながら片手を上げて制止する。

「おれのはやめてくれよ。あんなことしたあとのくせしてさ」

「笑える」

シャーリは地面に唾を吐いてからペドロの瓶をつかむと、グイと一口飲んだ。

「おれのはやめてくれよ」ルトゲルが声真似をしながら笑い声を上げる。

艀《はしけ》と艀のあいだの水面にはクレーンが映っていて、それがこまかく揺れていた。

「で、このネタほしいのほしくないの？」ミアが問いかける。

「値段をなんとかしてほしいね」とマクスヴェルは言い、半ダースのソーセージをグリルに載せる。

「値段は動かない」ミアはそう告げ、上着のボタンを留めはじめる。

「まあいいや、おれが払う」ルトゲルはそう言うと、黒い斧を手の中でくるくると回転させてから地面に落とす。砂地に当たった刃が、かすかにチリンと鳴った。

ルトゲルは財布を取り出し、紙幣を数える。だがミアが手を伸ばすと、それをさっと引っこめる。

「もう行く」とミアは言う。

ルトゲルは紙幣を高く持ち上げ、大人気で大忙しの売人はさっさと立ち去る、とラップしはじめる。ペドロがそこに手拍子を入れ、シャーリが尻を揺らしはじめる。それからマクスヴェルは、喉が渇きすぎてぜんぶの瓶から飲みたがる女の子、とどうにかフリースタイルでつなげる。

「馬鹿」とシャーリが呟き、マクスヴェルを小突く。

「おいらのボトルを吸ったらいいさ」と彼は続け、笑う。

ルトゲルが金を渡す。ミアはそれを数え、内ポケットに入れてから錠剤の入った袋を差し出す。

「あとでパーティーがあるんだけどさ、おまえも来るか？」とマクスヴェルが言う。

「それは光栄ね」

ミアには、もう二度と彼らのパーティーに行くつもりはない。そもそも、こうして誘ってくる理由すらはっきりしない。かつてマクスヴェルは、泥酔して正体不明になったままカウチに寝転がっているミアを、レイプしようとしたことがある。挿入されかけたところで目が覚めて、押しのけた。警察に行くと告げると、拒否しなかったのだからレイプ未遂ではないと主張した。

マクスヴェルは素手でソーセージをひっくり返そうとする。指先を火傷して、跳びはねながら悪態をつく。

「で、パーティーには来るのか来ないのか、どっちなんだ？」ソーセージに触れた手を振りながら、そう質問する。

「これ見なよ」ミアは携帯電話を取りだしてそう告げる。「刑法ではこうなってる。第六章の第一条を引用してあげようか、睡眠中もしくは酩酊状態の人間との性交を試みた場合――」

「正気かよ、このスベタ」とマクスヴェルがそれを遮る。「おまえは『ノー』と言わなかっただろうが。違うか？　じっと横たわったまま――」

「『イエス』と言わなかっただけで充分なの」ミアは携帯電話を突き出しながら、口を挟む。「読みなって。あんたはわたしをレイプしようとした。その場合、あんたの禁固刑の上限は――」

突如、マクスヴェルは力いっぱいミアを殴りつける。バランスを崩したミアは、砂地に頭を打ちつけ、目の前が真っ暗になる。身体を回転させてうつ伏せになると、荒い息をつきながら身体を持ち上げ、四つん這いになる。

「落ち着けって、マクシー」ペドロが声をかける。

ミアの視界が戻って来る。頰がヒリヒリしていた。どうにか携帯電話を見つけ、気持ちを鎮めようとする。

「おまえにはレイプする価値もないんだよ！」マクスヴェルがわめき立てる。

ミアは立ち上がり、ガスプラントのほうへと歩きはじめる。

「おまえなんかただの売女じゃねえか」彼女の背中に罵りが浴びせられる。

ミアは工業地区を通り抜け、南クングス通りにある広い駐車場のほうに進む。バーガーキングの屋外に立っている赤いパラソルが、そよ風に揺れていた。空き地を横切り、ガラスの扉から店内に入る。そして、溶けたチーズと熱された油の香りを吸い込む。

ポントゥスはレジにいた。半袖のシャツとキャップをかぶっている。

二人はおなじ施設で暮らしていたことがある。だがポントゥスは里親に引き取られて学校に戻り、この店でアルバイトをはじめた。

「どうしたんだよ」と彼が訊く。

それで、自分の頬が赤くなっていることに気づくが、ただ肩をすくめてみせた。

「ロヴィーサと喧嘩したの」

「あいつはほっとけって。ちょっとしたことでイラつく性質《たち》なんだからさ」

「わかってる」

「飯は？」

ミアは首を振る。

「店長は六時半にあがるんだってさ」ポントゥスは小声で彼女に話す。「なんか買う金があるんなら、中で待っててていいよ」

「コーヒー」

ポントゥスは注文をレジに打ち込み、ミアはマクスヴェルの紙幣から払う。そして、コーヒーカップを受け取る。

ポントゥスが働いているときには、ミアは毎晩ここに食べに来る。近くにあるガソリンスタンドの外で、彼のシフトが終わるまで待つのだ。たいていの場合、二人して下水処理場の横の公園まで歩いていき、壁に向かってボールを蹴って遊ぶ。昔は、いっしょに逃げ出してヨーロッパに向かおうと、いつも話し合ったものだった。だが家族ができた今では、ポントゥスはそんなことには興味がなくなっていた。

「ストックホルムのほうはどうなってるんだい？」とポントゥスが尋ねる。

「べつに」

「不服の申し立てをするって話してたじゃないか」

「しなかったの」そう話しながら、ミアは自分の耳が熱くなるのを感じる。

「でもなんで──」

「わかんない」とミアはきつい口調で言う。

「だからっておれにあたるなよな」

「ごめん。あの人が誠実な人間だったらよかったのに、だって思って。じっさい、彼女のことはすごく気に入ってたんだ。ほんとのことを話してるって思った」そう話しながら、わななく顎を見られないように顔をそむける。

「誠実な人間なんていないさ。おまえ自身はどうなんだよ」

「そうしたほうが都合のいいときはね」

「ならほんとのことを教えてくれよ。おれのことを愛してるかい？」

「正直なところ、だれかを愛する能力なんてわたしにはないんだと思う」そう応えながら、ミアは顔を上げてポントゥスを見る。「でも、もしわたしがだれかを愛することになるんだとしたら、その相手はあんた。だって、いっしょにいたいと本気で思うのはあんただけだから」

「でも、おまえはあのラッパーどもと寝てるじゃないか」

「そんなことしてない」

「どうだか」とポントゥスは言い、にやりとする。

「もしセックスだけのことを話してるなら、あんたとしたっていいんだよ」

「違うって。おまえもわかってるだろ」

ミアはコーヒーを持ってテーブルに移り、窓から通りの車を眺める。のんびり飲んでいると、まもなく一日の勤務を終えて帰宅する店長の姿が見えた。その十分後、ポントゥスはミアのテーブルに紙袋を置き、あと三十分であがれると伝える。

「ありがと」そう言いながらミアは袋をつかみ、宵の口の空気の中に出ていく。ミア
薄汚れたピックアップトラックが駐車場に進入し、店の入り口の前で停まる。ミアは、テールランプの赤い輝きの中を歩き、狭い草むらを横切る。

ガソリンスタンドの脇には大型のゴミ収集箱があり、そのそばにコンクリートブロックがある。ミアのいつもの席だ。そこに腰を下ろすと、袋の中を覗き込む。

用心深くコカ・コーラの紙コップを取り出して、地面に置く。ポテトフライの袋を膝の上に載せてバランスを取りながら、ハンバーガーの紙包みを開く。

ミアは空腹だった。呑み込もうとした一口が大きすぎて、喉が痙攣しそうになる。それで数秒間待ってから、次の一口を頬張る。

トレーラーが一台ガソリンスタンドに入ってきて、ゆっくりと給油機の前を通りすぎた。フロントガラスの内側は暗く、運転席が無人のように見える。片方のサイドミラーがはずれ、数本のコードの先にだらりとぶら下がっていた。

トレーラーは向きを変え、ミアのほうへ進んでくる。ヘッドライトが目を射り、なにも見えなくなった。

コカ・コーラを吸い上げてから、コップを地面に下ろす。

大型トレーラーはミアの前で停まり、背の高い荷台がガソリンスタンドの明かりを遮る。

軋みとともに車体が静止する。

エンジン音が止まる。

揺れている鎖が鋼鉄の車体にあたる、カタンカタンというかすかな音。

ブレーキがシュウと音をたてる。

運転手は出てこない。仮眠を取るために駐車しただけなのかもしれない。

垂直の排気筒からは、排気ガスがのぼり続けている。

ミアは、しなびたレタスの欠片をミリタリージャケットから払い落とす。

運転席の反対側のドアが開く。

運転手の降りてくる音。男はハアハアと息をきらしながら、ガソリンスタンドのほうへと歩きはじめる。

環状交差点を車が通り過ぎるたびに、側溝に散乱しているガラス瓶の破片が輝く。

ミアはフライドポテトを口に放り込み、小さくなっていく運転手の足音に耳を澄ます。

コカ・コーラに手を伸ばそうと前かがみになった瞬間、運転席の下になにかが落ちていることに気づく。

財布だ。紙幣で膨れ上がっている。

車から降りたときに、運転手が落としていったに違いない。

長い年月のあいだにミアは、こういうときに躊躇《ちゅうちょ》しないという習性を身に付けていた。ハンバーガーの残りを袋に戻すと、前輪のそばにかがみ込む。

埃だらけの車軸が見分けられた。土と油の匂いがする。

ミアは、煌々《こうこう》と照らされているガソリンスタンドのほうを見やる。そして正面に並ぶ給油機と、裏手のトイレを確認する。

人っ子一人いない。

ミアはトレーラーの下にもぐり込む。そして、財布のほうへと身をくねらせるようにして進む。あと少しで指先が届くという瞬間に、運転手の足音が聞こえてくる。

靴と舗装面のあいだで、砂利が砕ける。

ミアは、うつ伏せに横たわったままぴたりと静止するが、足先だけが車体からはみ出ている。

あいつが運転席に戻った瞬間に飛び出よう。ゴミ箱のあいだを駆けて小道に抜けるのだ。

ミアの呼吸は速い。耳の中で鼓動が鳴り響いている。

足音からすると、運転手は今、真横にいる。

だれかがミアの両足をつかむ。

ぜんぶ罠だったのだ。

乱暴に引きずり出されたミアは、地面で顎を擦る。

立ち上がろうとするが、突然肩甲骨のあいだに激しい一撃を喰らい、息が詰まる。

やみくもに蹴り続けていると、コカ・コーラのコップが倒れ、無数の氷がトレーラーの下に滑り込んだ。

ミアは、ずしりとした膝を背中に感じる。そのとたんに髪の毛をつかまれ、後ろに引っぱられる。

顔面にひやりと冷たい感触があり、とたんにミアの悲鳴は途切れる。

口元が燃えるようだ。次の瞬間、ミアは意識を失う。

目を覚ますと、漆黒の闇だった。吐き気がするし、奇妙な震えが繰り返し全身を走る。

どういうわけか、トレーラーの内側の床に横たわっているのだとわかる。

腐肉を思わせる臭気が漂っている。

口をきつく縛られていて、頬が痛い。身動きできないが、それでも足をジタバタさせようとする。だが力が入らず、すぐにミアは再び意識を失う。

四二

パメラは扉に施錠し、六時四十分に事務所をあとにした。あたたかい夕暮れのオーロフ・パルメ通りを歩きはじめる。これから上司と合流し、大口のクライアントたちとともに、レストラン〈エクステット〉で食事をする予定だ。

ポラロイドの脅迫を受けて以来、自分の用心深さが被害妄想ぎりぎりの域に入りつつあることはわかっている。とはいえ、監視されているという感覚は実際にあり、背筋に寒気が走ることもたしかだ。

大都市の慌ただしい日常が、パメラを包み込んでいる。カツカツと鳴る足音やエンジンのうなり。そうしたものすべてが、耳をつんざくばかりの騒音に感じられた。

ダメージジーンズを穿いた若い女性を追い抜くと、彼女は電話越しに延々と小言を聞かされていた。その途切れがちな息づかいと後悔の念に充ちた言葉が、自分の耳の中で鳴っているように聞こえる。

「でもわたしが愛してるのはあなただけなの……」

パメラは、その女性の顔を見ようとふり返る。すると、青いサングラスの若者に気づく。その男はこちらを見ながら片手を上げる。まるで手を振ろうとするかのように。

パメラは顔をそむける。

遠くでサイレンが鳴り響く。

風が吹き、綿毛のようなものが道路を移動していく。

パメラは足早になる。ショーウィンドウの反射を使い、通りの反対側にいる先ほどの若者を確認する。

さほど離れていない。

頭の中で考えが渦巻く。ミアのポラロイド写真とシンクに流れていくウォッカのことを考える。昨夜は、何者かに懐中電灯を向けられてなにも見えなくなるという夢を見た。

男に尾けられているというのは、気のせいかもしれない。それでも、タクシーが通りかかったら呼び止めようかと迷う。

煙草の吸い殻やソースの小袋が、レストランの裏口に面した歩道に散乱している。鳩《はと》が一羽飛び立つ。

車の信号が青になる寸前に、スヴェア通りを駆け足で渡る。けたたましくクラクションを鳴らされ、通行人がパメラのほうを見る。

人気チェーン店の〈アーバン・デリ〉を早足で通り過ぎ、ブルンケベリ・トンネルにつながる小道に入る。

今や、パメラは息を切らせている。

地下道へのスイングドアを開くと、ガラスに若者の姿が映る。

ドアが開いたり閉まったりする音を背後に聞きながら、急ぎ足で中に入る。

トンネルは、虫食い穴のように丸い。天井は銀色で、壁面は湾曲した黄色いパネルで覆われていた。

タイル貼りの床をすさまじい勢いで歩くパメラの足音が壁に反響し、鳴り渡っていく。

別の道を選ぶべきだった。

だれかがトンネルに入ってくる音を耳にし、パメラは肩越しに振り返る。扉が前へ後ろへと揺れている。

背後の人間は、傷だらけのガラス扉に浮かぶ黒々としたシルエットでしかない。

トンネルは右方向へとカーブしていき、パメラの姿は男の視界から消える。

出口まではまだあと二百メートルある。

前方に、ガラス扉から射し込むかすんだ光が見える。

パメラは自転車用の通行帯に入り、壁に身体を押しつける。

背後の男が駆け出したのがわかった。

足音が鈍く響きわたる。

パメラはハンドバッグの中を漁り、ミアのために買った催涙スプレーの小箱を探す。

両手が震えていることに気づき、涙が流れはじめる。

スプレー缶を見下ろし、どうやって使えばいいのかと必死に考える。

足音が急速に近づいている。

影が現れる。

サングラスを頭に載せた男が、トンネルのカーブを曲がってくる。

パメラは壁から離れ、スプレー缶を目の前に構える。そして男がこちらを向いた瞬間に噴射ボタンを押す。

鮮やかな赤色のスプレーをまともに顔面に浴びた男は叫び声を上げ、目を掻きむしる。よろめきながら後ずさりし、壁にもたれかかる。

男のバッグが音をたてて床に転がる。

パメラは男を追う。指先は噴射ボタンに当てたままだ。

「やめろ！」男はそう叫ぶや、片手で彼女を押しやる。

パメラはスプレーを手放すと、相手の股間を蹴り上げる。男は膝をつき、うめきながら横ざまに倒れ込む。両手は股間を押さえたままだ。

顔面は、スプレーで血のように赤く染まっている。

パメラは携帯電話を取りだし、男の写真を撮る。

トンネルの向こうから、高齢の女性がやって来る。そして男の顔を見ると、恐怖に息を呑んだ。

「ただの染料です」パメラはそう話しかけ、女性を安心させようとする。

男のバッグを拾い上げ、財布の中から身分証を取り出す。パメラはそれも写真に収めた。

「ポントゥス・ベーリ」と読み上げる。「警察に通報する前に、わたしを追って来た理由を教えなさい」

「パメラ・ノルドストレームさんでしょ？」とポントゥスはうめきまじりに言う。

「ええ」

「だれかがミアをさらったんです」そう言うと、ため息をつきながら上半身を起こした。

「さらったってどういう意味？　なんのこと？」パメラはそう尋ね、またしても背筋に寒気が走るのを感じる。

「へんな話に聞こえると思うけど、信じ――」

「なにが起こったのか、それだけ話して」パメラは声を張り上げて、ポントゥスの言葉を遮る。

「イェヴレの警察に五回も電話したんです。でもだれも話を聞いてくれなくて。昔いろんな馬鹿をやってたから、僕の名前はデータベースに記録されてしまってるんです……だから、どうしたらいいかわからなくて。申請はうまくいかなかったって聞いたけど、あなたはミアのことを気にかけてくれてるって、本人が言ってたから、それで――」

「教えて。どうしてミアがさらわれたと思うの？」とパメラは口を挟む。「これは正真正銘、冗談なんかじゃ済まされない話だって、わかってるんでしょ？」

ポントゥスは立ち上がり、服をはたいてからぎこちない動作でバッグを拾う。

「昨日の夜のことです。バイトが終わって、ミアと会うためにいつもの場所に行ったんです……たいてい、隣のガソリンスタンドで待っててくれるもんで」

「そうしたら、駐車場から出てきたトレーラーにあやうく轢かれそうになったんです……で、そいつが七十六号線に出る瞬間、側面のシートがめくれ上がって――ストラップが一つ外れてて――荷台の中がはっきり見えたんです。ほんの数秒間のことだったけど、床にミアが横たわってたんです。あれはミアだって、九十九パーセント確信してます」

「トレーラーの後ろに？」

「少なくとも服は見えた。あいつがいつも着てるミリタリージャケット、わかるでしょ？……あと、黒いテープで縛られてる手も見えたと思う」

「なんてこと」とパメラは囁く。

「追いかけたり叫んだりとかするには手遅れだった……自分の目が信じられなかったんだけど、いつもミアが腰かけて待っててくれるコンクリートブロックのところまで行くと、食べかけのハンバーガーやなんかがあったんです。コーラのコップはひっくり返ってたし……それから二十二時間経つけど携帯にも出ないし、昨日の晩は施設にも戻ってないんです」

「で、このことは警察にぜんぶ話したんでしょう？」

「問題は、僕がその直前に薬を飲んでたってことで、話してるときにちょうど効いてきて……依存症とかじゃなくて処方された薬なんだけど、飲んでから一時間前後はちょっとへんなかんじになるんです」そう話しながら、口元を拭う。「呂律が回ってなかったり、集中力が途切れたりしたことはわかってます……あとでもう一度電話してみたら、警察のほうでも調べてて、ミアが過去に何度も脱走したことをわかってたみたいでした……金がなくなったら戻って来るからって言われたんです。どうしたらいいのかわからなくて——でも僕が言ってもどうにもならないから、あなたから警察に話したら信じてくれるかもしれないって考えたんです」

パメラは携帯電話を取りだし、国家警察のヨーナ・リンナの番号に発信した。

四三

車がイェヴレ市に着いたのは、午後十時半だった。ヨーナに電話をかけたとき、パメラはすべてを話した。ミアのポラロイド写真と、自分に対するあきらかな脅迫のことを。

情報を伏せていたと責められるのではないかと心配したが、ヨーナはただ、写真と手書き文字、そしてメッセージの具体的な言葉遣いについて尋ねただけだった。

ストックホルムから北上する車中で、ポントゥスは自分が目にしたことをヨーナに説明した。そして、ヨーナの細かな質問に一つひとつ根気よく答えていった。その間、話の内容は一貫していた。ミアを心配する気持ちに偽りはなく、心から彼女を大切に思っていることは明白だった。

「ミアはきみのガールフレンドなのかい？」ヨーナが尋ねる。

「だったらいいんだけど」ポントゥスはミアの窓の下で歌うのが好きなの」とパメラが言う。

「ポントゥスは、ミアの窓の下で歌うのが好きなの」とパメラが言う。

「なるほど、それでわかってきたぞ」とヨーナが茶化す。

パメラは、努めて平静な調子を崩さず会話に参加したが、心の中では不安が渦巻いていた。すべてはちょっとした行き違いにすぎない。そう自分に言い聞かせようとした。ミアは今ごろ、施設に戻っているのだと。

「顔の染料を落とさないと家に帰れないよ」とポントゥスが言う。

「スパイダーマンみたい」パメラはそう告げ、どうにかほほえむ。

「ほんとに？」

「そんなにひどくはないさ」ヨーナはそう言い、バーガーキングの隣のガソリンスタンドに車を乗り入れる。

平屋根の縁を走る赤い線が、薄闇の中で光っていた。駐車場は無人で、埃っぽい。ミア・アンデションが誘拐されたかどうかは、すぐにわかるだろう。

もしそうだとしたら、犯人はおなじだ。

だがその場合、犯人の行動パターンが変化したことも意味する。

起点は、自殺に見せかけられていたファンヌ・ホエグの首吊りだ。十四年後、それよりもはるかに大きな危険を冒して、公共の場でヤンヌ・リンドを殺した。そして今、目撃者を沈黙させるために、三人目の女性を誘拐した。

パメラとマルティンに対する脅迫で、すべてが変わる。パズルの新しいピースだ。これによって突如、犯人は感情を持ったように見える――殺人は、血も涙もない行為というより、感情の爆破なのだ。

いずれにせよ、なにかが変わった。犯人は以前より大胆になり、より活動的になっている。おそらく、どこかで終わりが近いこともわかっているのだろう。だが、自分を止めようとするものや人間を、死に物狂いではねのけようとしている。

ヤンヌ・リンドが拉致されたときには、恰好の目撃者が一人いた。トレーラーの四十メートルほど後ろを歩いていたクラスメートだ。彼女は捜査員たちに対して、荷台の側面を覆う青いシートや、ポーランド・ナンバーのプレートについて供述することができた。

彼女が見たのは、がっしりとした体格で、こまかくカールした髪を肩まで伸ばした男だった。サングラスをかけ、レザージャケットを着ていた。そしてその背中には、柳の木を思わせるワッペンが付いていた。

ヨーナとパメラ、そしてポントゥスが車から降りると夜の空気はあたたかく、ガソリンの臭いがした。バスが環状交差点を巡っていく。そのヘッドライトが、ひび割れだらけのアスファルトを舐める。

「ミアは、いつもあそこにあるコンクリートの塊に座るんです」とポントゥスが言う。

「で、きみはあっちから来るんだね?」ヨーナが指さす。

「そう、草むらを横切って、あそこに並んでるトレーラーのあいだを通って。トレーラーが出ていくときに僕がいたのは、ここです」

「そいつはあっちのほうに曲がっていった。E4号線方面だね?」

「そう、今僕たちが来たのとおなじ方向だった」とポントゥスがうなずく。

三人は、ガソリンスタンドの売店に向かう。商品棚にはぎっしりとキャンディが並び、壁に沿って冷蔵庫やコーヒーマシンが設置されている。そしてガラスカウンターの背後には、シナモンロールと、回転するソーセージがあった。

ヨーナは上着のボタンを一つ外し、財布を取り出す。そして、レジのところにいた若い女性に身分証明書を見せる。

「ヨーナ・リンナといいます。国家警察の人間です」と彼は言う。「ご協力をお願いします」

「わかりました」と答える女性の顔には、好奇心旺盛《おうせい》なほほえみが浮かんでいる。

「僕も警察官になりたいんだよね」ポントゥスが、小声でパメラに話す。

「監視カメラの映像を見せてください」とヨーナが告げる。

「そういうことはよくわからないんです」女性は頬を染めながらそう答える。

「警備会社と契約されていますね？」

「〈セキュリタス〉、だったと思います……でも、上司に電話しましょうか」

「お願いします」

女性は携帯電話を取り出し、連絡帳をスクロールさせてから発信する。

「出ません」しばらくして彼女がそう言う。

パメラとポントゥスは、ヨーナに続いてカウンターの中に入る。若い女性はポントゥスのほうにちらりと目を向けるが、すぐに視線を下ろす。

レジの横には小さな四角いモニターが八台あった。それぞれが一台のカメラの映像を流している。カメラ二台は店内に向けられ、四台は給油機の周辺に配置されている。そして一台は洗車場を、もう一台はトレーラーの駐車スペースを押さえている。

「暗証番号は？」とヨーナが訊く。

「そのう、でもなんて言うか、人に教える権限がわたしにあるかどうかわからなくて」

「こちらで警備会社のほうに電話します」

ヨーナは電話をかけ、〈セキュリタス〉のオペレーターに事情を説明する。ヨーナの身分の裏付けが取れるとすぐに、先方はログインの方法を明かした。

サムネイルをクリックすると、そのカメラの映像が画面いっぱいに表示される。

平屋根を支えている柱と洗浄液ポンプのあいだに、青いゴミ収集箱が見えた。旗竿の一本も映っている。

その方向を捉えた唯一のカメラだ。

ヨーナは、ミアがさらわれた瞬間までその映像を遡っていく。ポントゥスが前のめりになる。

左端から画面に入ってくる人影があった。髪の毛をピンクと青に染めている若い女性だ。たっぷりとしたカーキ色のミリタリージャケットと、黒いブーツを身に着けている。

「ミアよ」とパメラが言い、固唾《かたず》を呑んで見守る。

考えにふけっているような表情で、ゆっくりと歩いている。並んでいるポンプの傍らを通り過ぎるときに一瞬姿が見えなくなるが、再び現れてコンクリートブロックに腰を下ろす。

紙コップを慎重に地面に置き、顔にかかった髪の毛を後ろに払う。袋からハンバーガーを取り出し、包装紙を開く。

「食べるときに、どうしていつもそこに座りたがるのか、わからないんだよな」ポントゥスが小声を漏らす。

ミアは道路のほうを見ながら、口の中にフライドポテトを放り込む。もう一度ハンバーガーにかじりついてから、ガソリンスタンドの出入り口に視線を向ける。

一瞬のあいだ、ミアの姿が見えなくなる。ヘッドライトが彼女の背後にある青いゴミ収集箱を照らし、それが明るく輝いたのだ。

ミアはコップを持ち上げてストローを吸う。それを地面に戻そうとした瞬間、トレーラーが画面に進入し、彼女の姿を完全に隠してしまう。

パメラは両掌を合わせ、ミアに悪いことが起こりませんようにと静かに神に祈る。なにもかも単なる行き違いでありますように、と。

トレーラーは完全に停止し、エンジンの換気口が熱気にゆらめく。

ミアの姿は、もはやどのカメラにも映っていない。

運転席は、ポンプやホースの影に隠れて見えない。ドアが開き、だれかが降りてくるのが見えた。だが、特徴までは見分けられない。

運転手の穿いているだぶだぶの黒いスウェットパンツが、トレーラーの側面を回り込む。

車体の下の地面で、なにかがキラリと光る。

しばらくすると男が再び現れ、運転席の脇を通り過ぎて荷台へと向かう。そして、覆いのシートを片手ではたく。

ナイロンの生地が震える。

男は車体の側面へと移動し、背中をカメラに向ける。

黒いレザージャケットの背中には、炎のようなかたちをした灰色のワッペンが貼ってある。

「この男だ」とヨーナが言う。

男は運転席に戻り、エンジンをかける。しばらくそのまま回転数を上げ、排気ブレーキの圧を高めてから発進する。

トレーラーは、進行方向を変えながらガソリンスタンドを出ていく。

ミアの姿はなかった。

彼女の飲んでいたコップは横倒しになり、コンクリートの地面の上で氷が輝いている。

「あれがヤンヌ・リンドを殺した犯人なの?」声を震わせながらパメラが尋ねる。

「ええ」ヨーナが応える。

パメラは息が詰まり、足早にカウンターの内側から出ていこうとする。はずみで棚に衝突し、キャンディの袋を床にぶちまける。それでもそのまま外に出て、ミアが座っていたコンクリートブロックへとまっすぐに向かう。

意味がわからない。

なぜミアを拉致したのか。

マルティンは警察に話していないのに。

しばらくするとヨーナも出てきて、パメラの傍らに立つ。二人は、環状交差点のほうを眺める。工業地区は黄色い明かりに包まれていた。

「全国に警戒態勢を敷きました」とヨーナは言う。

「あのトレーラーを追跡することはできるんでしょう?」

「努力はします。しかし、犯人には大きく先を越されています」

「全国に警戒態勢を敷いても、充分ではないと感じてるようね」

「そうです」

「すべてはマルティンにかかってるというわけ?」とパメラは言う。それはなによりも、自分自身への問いかけだった。

「法医学的証拠はなにもなし、監視カメラ映像から運転手を特定することもできない、そしてほかに目撃者はいないんです」

パメラは深々と息を吸い、どうにか声が震えないようにする。

「しかも、もしマルティンが捜査に協力したら、ミアは死ぬ」

「あの脅しは間違いなくほんものです。しかしそれは同時に犯人自身も、マルティンなら自分を特定できると確信していることを意味します」

「でもどうして――もしマルティンがいなかったら、警察はどうやって捜査するの？　だって、あなたがたは警察なんだから、ほかにも方法があるんでしょう？　ＤＮＡとか、トレーラーの走行記録とか、さっき見た映像とか……ひどいこと言いたくはないけど……ちゃんと警察の仕事をするとか」

「それがまさにわれわれのしていることなんです」

パメラがぐらりとよろめき、ヨーナは腕をつかむ。

「ごめんなさい。心配なの」彼女は静かに言う。

「大丈夫です。わかります」

「じゃあ、どうしてもマルティンと話さなければいけないのね？」

「マルティンは犯人を見ています」

「そうね」とパメラは言い、ため息をつく。

「すべて内密に進めます。病棟の中だけで――見えるところに警察官は配置しませんし、マスコミにはいっさい漏らしません」

四四

太陽が雲に隠れ、四号病棟の会議室の中は薄暗くなった。マルティンはソファに座り、脚のあいだで両掌を合わせたままうつむいている。パメラはそのそばに立っていて、ティーカップを手にしている。

ヨーナはゆっくりと窓に歩み寄り、救急車専用の駐車場と精神科緊急病棟のエントランスのうえにあるレンガ造りのファサードを眺める。

エリック・マリア・バルク博士は、椅子に座ったまま身体を前にずらし、ローテーブルの上に身を乗り出すようにしてマルティンと目を合わせようとする。

「なにもおぼえてないんです」マルティンは囁き、扉を見やる。

「医学的に言うとそれは……」

「ごめんなさい」

「あなたのせいではありませんよ。私たちは逆行性健忘症と呼んでいます。複雑性PTSDにはしばしば見られる症状です」とエリックは続ける。「とはいえ、的確な手助けさえあれば記憶は蘇りはじめますし、あなたはまた話せるようになります――そういう人をおおぜい見てきました」

「今のお話、聞いた?」パメラがやさしい声で問いかける。

エリック・マリア・バルクは、心的外傷と災害精神医学の専門家だ。また、急性トラウマやPTSDの患者に、助けの手を差しのべる医師のグループにも属している。厳密にいえば、エリックは現在、休暇中の身だ。日々の仕事から離れ、医療催眠の全体像を説く基本図書となる著作を書き上げるために取得したものだったが、友人であるヨーナのために例外を設けたのだ。

「催眠と聞くと、少し神秘主義の匂いがするかもしれません。しかし実際には、自然にくつろいだ状態で精神を集中させる、ということでしかありません」エリックは説明を続ける。「具体的な進め方についてはこのあとお話ししますが、要するに、身のまわりに向けられている意識を手放していくことになります──少しだけ、映画を観に行くときに似ています……ただし催眠においては、意識を自分の内側に向けます。スクリーン上の出来事ではなく……言ってしまえばそんなことにすぎないんです」

「わかりました」とマルティンが小声で言う。

「あなたがそういうくつろいだ状態に到達したら、そこから先は私がお手伝いしますので、記憶の整理をしていきましょう」

エリックは、マルティンのこわばり青ざめた顔を観察する。催眠は、本人にとってこのうえなくおそろしいものにもなり得るのだ。

「二人で力を合わせましょう」とエリックが言う。「私は最後までいっしょです。パ

メラもここにいてくれます。いつでも彼女のほうを向いて話しかけてかまいません
……あなたがやめたくなったら、いつでも催眠を解きます」

マルティンがパメラの耳元でなにごとか囁き、エリックのほうを見る。

「やってみたいそうです」とパメラが言う。

「マルティン、カウチに横になってください。そうしたら、次に起こることを説明します」とエリックが告げる。

マルティンはスリッパを蹴り飛ばしてから横になり、パメラもその傍らに移動した。

マルティンの頭は、居心地悪そうな角度で肘掛けに載っている。

「ヨーナ、カーテンを引いてくれるかい？」とエリックが声をかける。

カーテンリングが木製のレールを滑り、部屋の中はまもなく心地よい仄暗《ほのぐら》さに包まれた。

「できるだけ居心地良くしてください。クッションを首の下に入れるといいですよ」

エリックはほほえみながら話す。「足は交差させないで、両腕は脇に置いてください」

しばらく揺れていたカーテンが静止する。マルティンは仰向けになり、天井を見つめている。

「実際の催眠に入る前に、少しだけくつろぐ練習をしてみましょう。あなたの呼吸も気持ちよくおだやかになっていくはずです」

エリックはいつも、患者をくつろがせてから、徐々に深い催眠状態へと導いていく。けっして、どこから変化が起こるのかは伝えない。これには、厳密な境界線が存在しないからという理由もあるが、同時に、患者自身が変化を待ち構え、移行の瞬間を捉えようと神経を研ぎ澄ましている場合、導入の過程がはるかに複雑になるからでもある。

「後頭部のことを考えましょう。頭の重みと、それを押し返しているようにも感じられるクッション」エリックはおだやかな声で話しかける。「顔と頬、顎と口の力を抜いていきましょう……一呼吸ごとに、瞼が重くなっていきます。肩の力も抜いて、両腕はクッションに預けましょう。すると、だんだん両手が柔らかく重くなってきます……」

エリックは、静かに身体の各部を移動していく。その間、わずかな緊張の徴候もないことを確認しながら、マルティンの両手と首、そして口元に幾度か戻って来る。

「ゆっくりと鼻から息を吸ってください。目を閉じて、瞼の重みの気持ちよさを味わってください」

マルティンが犯人の人相風体を提供できるかどうか。それによって少女の命は左右される。エリックは、努めてその事実に引きずられまいとしていた。捜査報告書を読み、遊び場のそばにいるマルティンの映像は見た。マルティンが殺害を目撃したのは、あきらかだった。すべては、彼のエピソード記憶に保存されている。難しいのは、一貫性のある情報を引き出すことだろう。なぜなら心的外傷そのものが、記憶を蘇らせまいと抗うからだ。

エリックの声は次第に単調になっていく。マルティンがくつろいでおだやかな状態にあること、そして瞼がとても重いことを繰り返し伝える。そうして準備段階をあとにし、催眠誘導へと移行していく。

周囲のことを考えるのはやめるようにとマルティンに伝える。この部屋にいるほかの人たち、そして彼らがマルティンに期待していることを。

「私の声だけに耳を澄ますのです。今、あなたは身体の芯《しん》からくつろいでいます……ほかに気にかかることはなにもありません」とエリックは言う。「ほかの音が耳に入ってきても、あなたはさらにリラックスするだけです。私の声と言葉に、さらに意識が集中していきます」

淡い青色のカーテンの隙間から、細い一筋の夏空が見えている。

「これから私は、数字を逆方向に数えはじめます。番号の一つひとつに耳を澄ましてください。そして番号を一つ聞くごとに、あなたの身体からはさらに力が抜け、少しずつくつろぎが深まっていきます」とエリックは語りかける。「九十九……九十八……九十七……」

エリックは、呼吸とともにゆっくりと上下するマルティンの腹部を見守る。そして、その上下に合わせて数字を口にする。その速度も、わずかずつ緩慢になっていく。

「今あなたは、信じられないほど心地よい状態にあります。そしてあなたの意識は私の声だけに集中しています……階段を下りる自分の姿を思い描いてください。数字を聞くたびに一歩踏み下ろします。しだいに心は静まり、身体は重くなっていきます。五十一、五十、四十九……」

マルティンを深い催眠状態へと導き、強硬症《カタレプシー》（一定の姿勢を変更できなくなる状態。）すれすれの域に近づいていくと、エリックは自分の腹部が心地よく疼くのを感じる。

「三十八、三十七……あなたはまだ階段を下っています」

マルティンは眠りについているように見える。だが、エリックには彼がすべての言葉に耳を澄ましていることがわかる。一歩ずつ、二人は意識の内側に隠された領域の奥深くへと降下していく。

「私がゼロに到達したら、あなたはスヴェア通りで犬を散歩させています。商科大学のところで曲がり、遊び場に向かいます」エリックは単調な声を保ちながら、そう告げる。「あなたの心はおだやかで、くつろいでいます。まわりを見渡して、目に見えるものをすべて教えてください。あなたのペースでかまいません……危険なものやおそろしいものは、ここにはなにひとつありません」

マルティンの両足がぴくりと動く。

「五、四……三、二、一、ゼロ……あなたは歩道を歩いています。塀の横を通り過ぎ、芝生の上に足を踏み出します」

四五

マルティンの表情は動かない。まるでもう、エリックの声を聞いていないかのようだった。薄暗い会議室にいる人びとは、目を閉じたままソファに横たわっている彼の姿を、注意深く見守っている。ヨーナは窓に背を向けて立ち、パメラは椅子に腰かけたまま両腕で自分を抱きかかえるようにしている。

「私はゼロまで数えました」エリックは前かがみになり、マルティンに思い出させる。

「あなたは、商科大学の隣にある芝生の上に立っています」

マルティンはほんのかすかに目を開く。重い瞼の下で、眼球がヒクヒクと動く。

「あなたは心の底からくつろいでいます……そして、目の前になにが見えているのか、いつでも私に話すことができます」

マルティンの右手がかすかに上がる。瞼が閉じられ、呼吸の速度が落ちる。

パメラは、怪訝《けげん》そうな視線をエリックに送る。

ヨーナは微動だにしないまま立っている。

エリックは、マルティンの無表情な顔を観察し、なにが邪魔しているのかと考える。あたかも、最初の一歩を踏み出す力がないように見える。

婉曲的に指示を出すべきだろうかと、エリックは思案する。命令の機能を持つ暗示の言葉をかけるべきなのか。

「あなたは商科大学の隣に立っています」エリックは再び語りかける。「ここでのあなたを脅かすものはなにもありません。準備がよければ、見えているものを教えてください」

「暗闇の中で、なにもかもきらきら輝いている」マルティンがおだやかに言う。「僕の傘は雨に打たれていて、芝生も強い雨に打たれて音をたてている」

会議室は完全な静寂に包まれる。だれもが息を止めているようだ。

マルティンがこれほど一貫性のある話をしたのは、この五年間ではじめてのことだった。パメラの目に涙があふれる。こんなふうに話せるときは、もう二度と来ないだろうと考えていたのだ。

「マルティン」とエリックが呼びかける。「あなたは、夜遅くに犬を連れて遊び場まで出かけました……」

「僕の責任だからです」マルティンはそう言い、不自然に口をぽかんと開いた。

「犬を散歩させるのが？」

マルティンはうなずき、濡れた芝生に足を踏み出す。

雨が激しく降っている。

ロディーセンはもっと歩きたがり、リードをしきりに引っぱる。マルティンは、自分の手がわずかに持ち上がるのを見る。

「なにが見えていますか？」とエリックが尋ねる。

あたりを見渡したマルティンの目に、ホームレスの女性が映る。天文台へとつながる坂道には影が落ちていて、女性はその中に立っている。

「小道にだれかがいます……ショッピングカートに山ほど袋を積んでいます」

「遊び場のほうに視線を戻しましょう」とエリックが言う。「あなたはそこで起こることをすべて目撃しますが、恐怖はいっさい感じません」

マルティンの呼吸が浅くなり、額に汗の粒が浮かぶ。パメラは心配そうにその姿を見つめ、両手で自分の口元を押さえる。

「あなたは静かに呼吸しています。そして私の声に耳を澄ましています」エリックは、計算されたリズムを保ちながらそう伝える。「危険なものは一つもありません。あなたは完璧に安全です。あなたのペースでかまいません……なにが見えるのか教えてください」

「赤い遊び小屋が奥のほうにある。小さな窓がついてて、屋根に当たった雨が地面に流れ落ちている」

「そして遊び小屋の隣には滑り台がありますね」とエリックが続ける。「ブランコとジャングルジム、それから……」

「母親たちは、子どもたちが遊ぶのを見守っている」とマルティンが呟く。

「忘れないでください、今は夜の遅い時間帯です——街灯の明かりしかありません」とエリックは説明する。「あなたはリードを落として、遊び場に近づいていく……」

「僕は濡れた芝生を歩いて横切る」とマルティンが言う。「赤い遊び小屋にたどり着いて立ち止まる……」

雨の向こうに、薄暗い街灯の明かりに照らされた遊び場が見える。足元で光に照らされている水溜まりは、降りそそぐ大きな雨粒に泡立っている。

「なにが見えますか？　なにが起こっていますか？」とエリックが尋ねる。

マルティンは遊び小屋を観察し、暗い窓に花柄のカーテンがかかっているのを見る。

ジャングルジムのほうをふり向こうとした瞬間、すべてが真っ暗になる。

「ジャングルジムは何色ですか？」

傘を打つリズミカルな音は聞こえている。だがなにも見えない。

「わからない」

「あなたが今立っているところからは、ジャングルジムが見えています」とエリックが言う。

「違う」

「マルティン、あなたは今、冷静に受けとめるのが難しい光景を目にしています」とエリックは続ける。「しかしこわがる必要はありません。なにが見えているのか、それだけを教えてください」小さな断片でもかまいません」

マルティンはゆっくりと首を振る。唇の色が失われ、今や汗が頬を伝い下りている。

「遊び場にだれかがいます」とエリックが言う。

「遊び場なんてない」

「だとすると、なにが見えていますか？」

「ただ真っ暗なんです」

なにかが物理的にマルティンの視界を遮っているのだろうか、とエリックは考える。前方の視界が隠れるような角度で、傘を持っているのかもしれない。

「遠くに街灯があります」

「違う……」

マルティンは暗闇を見つめている。傘の角度を変えると、冷たい雨滴が背中を流れていく。

「もう一度遊び小屋のほうを見てください」とエリックが指示を出す。

マルティンはどんよりとした目を開き、天井を見つめる。パメラが身じろぎし、肘掛け椅子が軋む。

「最近、電気痙攣療法を受けたところなんです。それが記憶に作用してるんだと思います」とパメラは小声で伝える。

「受けたのはいつですか？」とエリックが訊く。

「一昨日です」

「なるほど」

電気痙攣療法の直後に、エピソード記憶が損傷を受けるのはよく見られる現象だ。だがその場合、マルティンのようにただ暗闇を見つめるということにはならない。ぼんやりとした記憶が脈絡なく浮かぶ中を、手探りする状態になるはずなのだ。

「マルティン、記憶は蘇るがままにしてください。あいだにある暗闇のことは気にしないで。あなたは滑り台の前に立っています。縄はしごがあり、ジャングルジムもあります……もしそういうものが見えなかったら、なにか別のものが見えていませんか？」

「なにも」

「もっと深くくつろいでみましょう……私がゼロまで数えると、あなたの心は開かれ、あの場所と関係のあるすべての光景が蘇ります。三、二、一……ゼロ」

なにも見えないと言おうとした瞬間、マルティンは背の高い男の存在に気づく。頭の上になにかおかしなものを載せている。

男は暗闇の中に立っている。街灯の投げかける青ざめた光の輪から、数歩離れた場所だ。

少年が二人、足元のぬかるみに座り込んでいる。

マルティンは金属音を耳にする。だれかが、機械仕掛けのおもちゃのネジを回しているようだ。

男はマルティンのほうをふり向く。

古い子ども向け番組から飛び出してきたような衣装を身に着け、シルクハットをかぶっている。

帽子のつばからは赤いベルベットのカーテンが垂れていて、顔が見えない。すり切れた縁の下からは、灰色の髪の毛が飛び出ている。男は興味を惹かれたように、マルティンのほうへと歩きはじめる。

「なにが見えますか?」とエリックが尋ねる。

呼吸が速まり、マルティンは首を振る。

「なにが見えるのか教えてください」

マルティンは両手を上げる。くり出されるパンチから身を守ろうとしているようだ。そしてソファから転げ落ち、重い音をたてて床を打つ。

パメラが悲鳴を上げる。

エリックはすでにその傍らにいて、ソファに戻るマルティンに手を貸す。

マルティンはまだ深い催眠状態にある。両目は大きく開いているが、視線は内側に向いているのだ。

「心配ありません。すべて問題なしです」エリックは、人の心を落ち着かせるおだやかな声でそう話す。そして床に落ちたクッションを拾い上げると、マルティンの頭の下に入れる。

「なにが起こってるの?」とパメラが囁く。

「目を閉じて力を抜いてください」エリックは続ける。「危険はなにもありません。ここでのあなたは、完璧に安全です……これからゆっくりと催眠状態から出ていきましょう。一歩ずつゆっくりと。それが済むと、あなたは気分が良くなり、疲れも取れています」

「待ってください」とヨーナが言う。「遊び場に行くのがマルティンの責任だったという、その理由を尋ねてください」

「わたしが犬の散歩をまかせたからです」とパメラが言う。

「しかし、だれかほかの人間が、あの夜、あの特定の場所にマルティンを行かせたのではないか、それをたしかめたいんです」とヨーナが食い下がる。

マルティンは、もごもごと呟きながら起き上がろうとする。

「横になってください」とエリックは言い、片手でマルティンの肩をしっかりと押さえる。「顔の力を抜きましょう。私の言葉に耳を傾けながら、鼻でゆっくりと息をします……犬といっしょに遊び場に行ったと話していましたね……そして、それはあなたの責任だったと。おぼえていますか？」

「はい……」

マルティンの唇がすぼまり、こわばった笑みが浮かぶ。そして両手が震えはじめる。

「その道を通るのがあなたの責任だと言ったのは、だれですか？」

「だれも」マルティンが呟く。

「遊び場に行く前に、あの場所について話していた人はいますか？」

「はい」

「だれですか？」

「プリムス……です。プリムスは電話ボックスの中にいて……シエサルと話していました」

「どんな話をしていたのでしょう？」

「いろんなことです」

「両方の声が聞こえていたのですか？」

「プリムスだけです」

「具体的にはどんなことを話していたのでしょう？」

「『こんなの無理だよ』」そう言うマルティンの声は、不意に暗い響きを帯びる。

唇は動き続けるが、出てくるのは聞き取れない囁きばかりだった。マルティンの目が不意に開き、前方をうつろに見つめながらプリムスの言葉を繰り返した。

「『シエサル、たしかにあんたを助けるって言ったさ……でも遊び場まで行って、首を吊られて暴れてるヤンヌの足を切り落とすなんて……』」

マルティンは苦痛のうめきを漏らして口をつぐむ。おぼつかない足で慌ててソファから立ち上がると、ランプを倒しながら前によろめいて、床に嘔吐する。

四六

ヨーナは、看護助手とともに廊下を足早に歩く。彼女が暗証番号を入力するのを待ち、そのあとに続いて事務局に入った。

低い天井に吊された換気ダクトが、かすかな音をたてている。

マルティンはあきらかに、だれかに話せる限界をはるかにこえるようなものを見聞きしている。とはいえ、その口から漏れたわずかな情報こそ、捜査のために必要なものなのかもしれない。

ヨーナの心の中で、なにかが蠢《うごめ》いていた。まるで、消えかけの熾火《おきび》にだれかが空気を送り込み、再び炎が燃え上がったような感覚だった。

捜査は新しい局面を迎えた。殺害にかかわる二つの名前が手に入ったのだ。

ヨーナの話しかけた職員の中で、シエサルという名の患者をおぼえている者はいなかった。だが、プリムス・ベントソンのほうは、過去五年のあいだに七回入院していた。

看護助手に導かれて、まったくおなじに見える別の廊下を進みながら、ヨーナはマルティンの置かれている状況がいかに複雑かということに思いを馳せる。

患者が病棟に携帯電話を持ち込むことは、禁止されている。だが彼らのための電話ボックスはある。マルティンは、たまたまプリムスの話を聞いてしまった。そのときの電話の相手はシエサルで、二人はヤンヌ・リンドに関する計画について話し合っていた。

それを聞いてしまったせいで、少女を救うのがマルティンの使命となった。それであ
強迫性障害のため、耳にした内容をだれかに伝えることはできなかった。それであ

の夜、自分自身で遊び場に足を運ばざるを得なくなったのだ。殺害を止めるために。

だが現場に到着してみると、マルティンの身体は麻痺したように動かなくなった。

ヤンヌが目の前で処刑されるあいだ、彼は凍りついていた。

看護助手は、ヨーナを従えて職員食堂を通り抜ける。太陽の光がテーブルを明るく照らし、拭き跡を筋状に浮かび上がらせていた。薄い青色のカーテンは裾が汚れていて、エアコンから噴き出る風で揺れている。

二人はそのまま次の廊下を進む。壁にはホワイトボードがあり、プリンター用紙の箱を山積みにしたカートが停まっている。

「こちらです」看護助手は、閉じている扉を指し示す。

「ありがとう」とヨーナは言い、ノックしてから足を踏み入れる。

精神科部長のマイク・ミラーは、パソコンの前に座っていた。くつろいだほほえみをヨーナに向けながら、自己紹介をする。

「かつては、ハンマーでそいつを前頭葉に打ち込んでいたんです。眼窩を通してね」マイクは、壁に飾られている額縁の中の器具を指さす。軸に目盛りの刻まれた、細いアイスピックといった風情だ。

「六十年代の半ばまで続けられていましたね」とヨーナはうなずく。

「古くなった手法を捨て去り、時代の最先端を生きる……今でもわれわれはおなじことをしている」マイクはそう言い、軽く一礼してみせる。

「マルティンに電気痙攣療法をおこなったそうですね」

「彼がほんとうに殺害を目撃したのだとしたら、残念なことです」

「そうですね。しかしマルティンは、殺害に直接かかわっていた患者の名前を二つ挙げてくれました」

「催眠術下で？」そう尋ね、面白がるように眉を上げる。

「プリムス・ベントソン」

「プリムスですか」名前を復唱するその声に、感情はなかった。

「今もここに？」

「いいえ」

「殺害事件にかかわっているという疑いがある以上、守秘義務は免除されます」

マイクの表情は厳めしい。胸ポケットからボールペンを取り出すと、ヨーナを見つめた。

「なにをお望みかな？」

「プリムスは退院したのでしょうか？　それはつまり、健康な状態にあるということですか？」

「ここは司法精神医療の病棟ではありません」とマイクは応える。「ほとんどすべての患者が、自らの意志で入院しています。つまり、退院したい患者は退院させるということです。たとえ、彼らがすぐに戻って来ることがわかっていても。彼らとて人間です。人権があります」

「私が知りたいのは、三つの特定の時期に、プリムスがこの病棟に入院していたかどうかということです」ヨーナはそう告げると、ヤンヌ・リンドが行方不明になった日付、殺された日付、そしてミアが拉致された日付をよどみなく伝えた。

マイクはそれを黄色い付箋に書き留める。そしてパソコンにログインすると、検索を進める。その間、二人とも口をつぐんだままだった。しばらくしてマイクは咳払いをすると、いずれの時期にもプリムスは病棟にいなかったと話す。

「つまり——アリバイはないということですね」とマイクは言う。

「しかし、ここにはしばしば入院するのですか？」

マイクはパソコンから目を離し、椅子の背にもたれかかる。斜めの陽光が、細面に走る無数の皺に鋭い影を刻む。

「彼には反復性の精神障害がある。そのため、おおむね周期的な過程をたどります。たいてい一、二週間ここに入院してから退院します。そして数カ月間の自由のあと、薬を飲み忘れて戻って来るというわけです」

「彼と連絡を取るために、住所が必要です」

「そうでしょうな。しかし、決まった住所があるのかどうか……」

「電話番号はどうです？　別宅の住所や、連絡窓口になりそうな人間は？」

医師は、薔薇の花の浮いている小さなボウルを押しやり、コンピュータの画面をヨーナに向けて見せる。連絡先は空欄だ。

「私に言えるのは、姉のウルリーケを頻繁に訪ねているということくらいです……ウルリーケは、プリムスにとって強い執着の対象なのです」

「どういう意味でですか？」

「彼女の仕草や身のこなしなどがいかに美しいか、何時間でも話し続けるのです」

「患者か職員で、シエサルという人物をご存じありませんか？」とヨーナは訊く。

マイクは名前を走り書きし、頬を膨らませながら二つのデータベースに検索をかける。そして、首を振った。

「プリムスのことを教えてください」

「私生活のことはよくわかりません。しかし精神障害のほかに、トゥーレット症候群（複数のチックが一年以上持続する精神疾患。）と汚言症の診断が付いています」

「暴れますか？」

「この病院では、誇大かつ奇怪な性的妄想について語ることしかしません」

「彼のカルテを転送していただけませんか？」そう言いながら、ヨーナは名刺を手渡す。

そのまま退室しかけるが立ち止まり、ふり返って医師の顔を見る。その深くくぼんだ目には、どこか遠慮がちなところがあった。

「なにかお話しになりたいことがありますね？」ヨーナが問いかける。

「話したいこと？」マイクはため息をつきながら訊き返す。「これはカルテには記載していません。しかしこのところ、もしかするとプリムスは自分の話を本気で信じているのではないかと考えることがあるのです。強迫的に挑発行為を繰り返すのは、歪んだ自己イメージの顕《あらわ》れではないかと。その場合、自己愛性パーソナリティ障害の極端な変異型であることが考えられます」

「プリムスは危険な人間ですか？」

「ほとんどの人は、信じがたいほど不快な人間だと感じるでしょう……しかし、もし私の疑いが正しければ、たしかに危険にもなり得ます」

その部屋を出たヨーナの中には、ようやく狩りがはじまったという強烈な感覚があった。急ぎ足で受付に戻り、携帯電話を回収する。そして、自分の率いる捜査班からのメッセージを確認した。

プリムス・ベントソンの名は、警察にあるどのデータベースにもなかった。自分名義で登録された電話番号もなかったため、通話の逆探知もできない。住所も不定だが、姉がセデテリエ市のバーリヴィク在住であることはわかった。

イェヴレのガソリンスタンドに備わっていた監視カメラ映像から、トレーラーの型は割り出せた。運転手がプリムスだった可能性はあるが、確証はない。

スウェーデン全土に警戒態勢を敷いたものの、ミアの目撃情報は一つも寄せられなかった。だが、プリムスを見つけ出せれば、少女の救出につながるかもしれない。

ヨーナは病棟をあとにし、あたたかい空気の中に足を踏み出す。自分の車に向かいながら、トミー・コーフォエドに電話をかける。二年前に引退するまで、殺人捜査委員会にいた男だ。

ヨーナが事件について説明するあいだ、コーフォエドは不機嫌そうな声で鼻歌を口ずさんでいた。

「プリムスが犯人だとは思えません。しかし、あの遊び場で起こったことには、なんらかのかたちでかかわっている」とヨーナは結論づけた。

「突破口のようだな」とコーフォエドが呟く。

「人手を増やすため、これから本部に戻ってマルゴットに話をつけます。しかし、今すぐに監視体制を敷きたいんです」

「そうすべきだな」

「プリムスの生活における定点は、姉しかいません……そこで、申しわけないのですが、現地に赴いて状況を知らせてもらえませんか？」
「孫どもから逃げ出せるなら、なんでもしよう」とコーフォエドは答えた。

四七

国家警察本部庁舎前に車を停めたヨーナは、正面エントランスのガラス扉を足早に通り抜け、エレベーターへと駆けていく。すでに宵の口だった。これから、まとめてマルゴットに報告する手はずになっている。アーロンとは、最新情報の共有を済ませたばかりだ。

ヨーナが九階の廊下を急ぎ足に歩き抜けると、壁に留めてある掲示物が次々と舞い上がった。

アーロンが、マルゴットのオフィスの外で待ち構えている。

「プリムスは、どのデータベースにも引っかかってきません」とヨーナに伝える。

「でも、姉のほうは監視記録の中に出てきました」

「なぜ記録に？」

「ステファン・ニコリックと結婚してるんです。バイカーギャングの中心メンバーです」

「よくやった」

ヨーナはノックをしたあと扉を開け、二人は揃って室内に入る。マルゴットは眼鏡を外し、彼らに視線を向ける。

「予備捜査は新しい局面に入りました。きわめて憂慮すべき犯行パターンが見えてきたんです」とアーロンが報告する。「犯行はまだ終わっていません。犯人は少女たちを拉致監禁してから、殺害しているのです」

「イェヴレの少女のことは聞きました」とマルゴットが言う。

「ミア・アンデション」アーロンは、彼女の写真を持ち上げて見せる。「この子です。おそらく次の犠牲者になるでしょう」

「そうね」

「しかし、ヤンヌ・リンドについて新たな進展がありました」ヨーナはそう言いながら、肘掛け椅子の一つに腰を下ろす。「あの夜、マルティン・ノルドストレームが遊び場に行った理由が判明したんです。彼は精神科病棟で、別の患者が殺害について電話で話しているのを耳にしていました――実際の犯行の前に」

「それで見物に行ったってわけ?」とマルゴットが訊く。

「彼には精神疾患があります。それで、その話を聞いて、自分自身が現場に赴いて処刑をやめさせるほかないと思い込んだ。ところが、実際に目撃すると身体が凍りついてしまった」

マルゴットは、椅子に背中を預ける。

「電話でその話をしていた患者は特定できたの？」

「はい。プリムス・ベントソンという名前です。シエサルと呼ばれている人間と話していました」アーロンはそう話し、別の肘掛け椅子に座る。

「そのプリムス・ベントソンの身柄拘束は？」

「すでに退院していて、住所も不定です」とヨーナは言う。

「なんてこと」マルゴットは深くため息をつく。

「今のところ、シエサルについては名前しかわかっていません。ただこの男は、プリムスに殺害の手助けをさせようとしていたとわれわれは見ています」とアーロンが言う。

「犯人が二人いるということ？」とマルゴットが尋ねる。

「わかりません。一般に、連続殺人犯は単独で行動します。しかしときには追随者を引き連れることもあります――その人間が受動的な場合も能動的な場合もありますが」とヨーナは応える。

「つまり、相手は連続殺人犯というわけね？」

「はい」

扉を遠慮がちにノックする音が聞こえた。

「そうだ、ラース・タムさんにも来てもらったんでした」とアーロンが言う。

「なぜ？」とマルゴットが尋ねる。

「プリムスは、姉のウルリーケと過ごすことが多いんです。うちのデータベースによれば、バイカーギャングとつながりのある人間です」

再び、ほとんど聞こえないくらいのノックがあった。

「入りなさい」とマルゴットが声を張り上げる。

ラース・タムが、うれしいサプライズでも期待しているような雰囲気で顔を覗かせる。顔はシミだらけで、眉毛は白い。組織犯罪対策部が創設されて以来の、主席検事だ。

遠慮がちに部屋に入ってくると、一人一人と握手をしてから空いている椅子に腰を下ろす。

「バイカーギャングのことを教えていただけませんか？」とヨーナが問いかける。

「シンプルに〈クラブ〉と呼ばれています。スウェーデン、デンマーク、ドイツで活動している犯罪組織です」とラースは答える。「ウルリーケの夫、ステファン・ニコリックは、そのスウェーデン支部を率いている人間の一人です……それからほかには……〈クラブ〉はタイソンとつながっています。ストックホルムのイャールヴフェルテット地区周辺で、ドラッグ取引を牛耳っている人物です。そして、〈ポーリッシュ・ロードランナーズ〉という一味との関係もあります」

「活動内容は?」とマルゴットが質問する。

「違法賭博、マネーロンダリング、高利貸し、債権の取り立て、武器の密輸、そして大量のドラッグ取引です」

「しかし人身売買はない、と」

「私の知る限りでは……とはいえもちろん売春はありますし……」

ヨーナは退室し、コーフォエドに電話をかけるが、すぐに留守番電話につながる。〈クラブ〉とのつながりについての説明を吹き込み、至急折り返しがほしいとつけ加えた。それから、マルゴットのオフィスに戻る。

「組織についてはどのくらい把握してますか?」アーロンが、立ち上がりながら質問をする。「つまり、プリムスが〈クラブ〉のメンバーであることを、組織犯罪対策部がつかんでいないという可能性はありますか?」

「〈クラブ〉は、われわれの言う〝自己規定型〟の犯罪組織に分類されます」とラースが言う。「メンバーの関与の度合いについては、彼ら自身が決定します。完全な一員となるまでにはしばしば数年かかるのです……とはいえもちろん、下位メンバーの分厚い層も抱えています」

「つまり、プリムスもそういうかたちでつながっている可能性はあると?」

「利用価値があると、組織側が判断すれば」とラースは応える。

ヨーナはコーフォエドにもう一度電話をする。今回は呼び出し音が鳴るが、切りかけた瞬間にカチリという音がしたかと思うと、激しいノイズが聞こえてきた。

「警官が父親だとこんなかんじなんだろうな」そう話すコーフォエドの声は低かった。

「救出が必要ですか?」ヨーナはそう尋ねながら、再び部屋を出る。

コーフォエドは低く抑えた笑い声を上げ、

「プリムスの姿はまだ見えない」と話す。「しかしウルリーケは一階にいる。屋内にいるのは一人だと思っていたんだが、もう一人いるのがちらりと見えた……それからひたすら待機を続けて、どうにか写真を一枚撮れた……写りはひどいが、おそらくミア・アンデションだと思う」

「写真を送ってください。それから、距離は保つように。気をつけてくださいよ」とヨーナは言う。

「ああ」

「トミー? 私は本気ですからね」

「こんなにたのしいのは二年ぶりだ」

ヨーナの電話が振動し、写真を受信する。そして、そこに写っている建物の赤い羽目板と白い窓枠、割れた木材と剝がれた塗装を、じっと見つめる。窓の一つから、少女の姿が部分的に見えていた。

ヨーナは写真を拡大する。画質はひどいが、それでも顔のかたちを観察する。鼻先のすぐ近くにはうっすらと輝く点がある。コーフォエドの言うとおり、ミアかもしれない。ミアを発見したという可能性は排除できないだろう。

ヨーナは携帯電話を片手に、マルゴットのオフィスに戻る。ラース・タムは話の途中だった。

「聞いてください」とヨーナは言う。「ウルリーケの家を、トミー・コーフォエドに監視してもらっています……」

「そんなことだと思ってた」マルゴットがため息をつく。

「たった今、この写真が届きました」そう言いながら、携帯電話を手渡す。

「だれだって言うの？」マルゴットはそう尋ねながら、眼鏡をかける。

アーロンはその背後に回り込み、画面を覗き込むため前かがみになる。

「ミア・アンデションかもしれない。そうでしょ？　たしかに似てる」

「写真は分析に回す必要があります」とヨーナが言う。「しかし、ミアだとしたら時間がない――この家が中継地点にすぎないことはあきらかです」

「今すぐ踏み込みましょう」とアーロンが言う。

「犯罪捜査局および公安警察との協議が必要です」マルゴットが指摘する。

「協議ですか」アーロンが声を張り上げる。「ぶら下がってるミアのバラバラ死体が見つかった日には、協議を済ませたあとで僕らといっしょにワイヤーを切ったらいい――」

「黙りなさい」マルゴットは椅子から立ち上がり、ぴしゃりと言う。「ことの重大さは理解しています。わたしも今回の件では、はらわたが煮えくりかえってる――これ以上死者を出すわけにはいかない。それでも、強制捜査をするためにはきちんと段取りを踏む必要がある」

「でもここでぼんやり座って待ってたら……」

「座って待ったりなどしない。そんなことを話してるのではない。ぼんやり手をこまねいたりはしない」マルゴットが鋭く言い放つ。そして手の甲で口元を拭う。「ヨーナ、あなたの考えは？　どうすべきだと思う？」

「ただちに人員を派遣しつつ、同時進行で強制捜査の準備を進めるべきです」

「よろしい。ではそうしましょう」とマルゴットが言う。「あなたたち二人は、車で出発しなさい。わたしは特殊部隊に連絡します」

四八

ヨーナは防弾ベストの上に灰色のウィンドブレーカーをまとい、ボタンを留めた。

そして、私物のコルト・コンバットを緩衝材付きのUPSの封筒に入れる。

アーロンは、その近くに詰まれている木製パレットに腰かけ、片足を神経質に揺すっている。

時刻は十一時八分、空は暗くなっていた。

黄昏《たそがれ》の光の中、〈セデテリエ電力〉の外に広がる傾斜地には、三台の車が停まっている。

写真分析では、コーフォエドの撮影した画像に映っている若い女性が、ミア・アンデションであるという確証が得られなかった。それでも、マルゴット・シルヴェルマンは強制捜査の位置づけを、いわゆる〝特殊作戦〟へと引き上げた。

特殊部隊から派遣された九人のうち二人はすでに到着し、ピックアップトラックの背後で待機している。後部ドアには、〈配管工事のフランセーン〉とある。

彼らはブルーノとモリスと名乗った。ヨーナとおなじくらい背が高く、二人ともおなじ青色の作業ズボンとフリースを身に着けている。ブルーノは頭を剃り上げ、金髪の顎髭をたくわえている。モリスの黒髪は短く刈られ、頬はピンク色、首には磔刑像《たっけい》が鎖で吊されている。

ヨーナは作戦の細部にいたるまで把握し、すべてに指示を出していた。そして同時に、マルゴットをはじめとする幹部たちとの連絡も絶やしていない。

だれもが、状況の把握に努めていた。

家の中にいることを確認できたのは、ウルリーケと若い女性だけだった。しかし家屋は大きく、急襲部隊の側は、見晴らしの効く一地点からしか監視できていない。

「最優先目標は女性を救出すること。彼女はミア・アンデションかもしれないし、違うかもしれない」とヨーナが言う。「第二の目標は、もし屋内にいるのであれば、プリムスを逮捕し、取り調べの場に連行すること」

傾斜路に停まっている車と車のあいだに、闇が下りている。しかし、電力会社のミントグリーンに塗られた建物の外壁にはライトが付いていて、その亜鉛メッキされた笠《かさ》は小さな光の輪を投げかけている。四人の男たちは、地図を確認しようとその下に集まる。

ヨーナは、急襲作戦の詳細を伝えていく。進入路、合流地点、そして救急車の待機地点を示す。

地図の上に家の間取り図のコピーを置く。正面入りから廊下、そして一階にあるそのほかの部屋を一つひとつ指していく。

「階段が厄介ですね」とモリスが言う。

「それでも二人ひと組で上がるように。たとえ窮屈であっても」とヨーナが釘を刺す。

「わかりました」ブルーノが金髪の顎髭を掻きながら応える。

彼らは、特殊部隊からやって来る残りの七人の到着を待っている。三人は、狙撃用のライフルとともに屋外の要衝に配置される。残る四人は、二人組の戦闘態勢を取りながら、屋内を捜索する。

アーロンが携帯電話を落とし、それがパレットのそばの地面に当たって音をたてる。すぐに拾い上げ、画面に傷がないことをたしかめる。

モリスは、自分のライフルの弾倉を点検する。すべてが完全被甲弾であることを確認するためだ。それから、スポーツバッグの中から照準器を取り出す。

「うわっ、なんだよこれ」モリスは呟きながら、レンズを光に向ける。「糞みたいなもんがレンズに付いてる」

「どれ」とブルーノが言う。

「なにかべとべとしたものだ」

「おまえならそいつを吸えるんじゃないか?」とブルーノはそそのかす。

それから、生活を改めて入隊するまえのブルーノがどんな人間だったのか、とからかいはじめる。大麻が手に入らないときには、バナナの皮から毒キノコまで、手に入るものならなんでも吸ったのだ。あるときなど、ナツメグの粉末と溶剤を混ぜて作ったペーストを、オーブンで乾燥させようとしたこともあった。

ヨーナは封筒を開き、ミア・アンデション、ウルリーケ・ベントソン、そしてその夫であるステファン・ニコリックの写真を隊員たちに見せる。

「ニコリックは武装していて、きわめて危険だ。昨年、ベッドで寝ていた警察官が狙撃されるという事件があったんだが、その捜査線上に浮上したのがニコリックだった」

「おれの獲物だ」とモリスが言う。

「重火器を多数所持しているはずだ」そこへ、ヨーナの電話が鳴りはじめる。「出なければ――コーフォエドだ」

応答すると、なにかの擦れる音が聞こえた。それから、マイクに口を寄せているコーフォエドの、荒い息づかいが伝わってくる。

「聞こえるか？」コーフォエドが小声で尋ねる。「家の外に車が来たぞ――スモークガラスのバンだ。私道に停まっているんだが、ここからでは角度が良くない。車から出てきた人間がいるのかどうか、とにかくなにが起こってるのかわからん」

「その位置を動かないでください」とヨーナは指示し、通話を切る。

「なんて言ってます?」アーロンが訊く。

「家の前にバンが到着した。ミアを移すのかもしれない」そう説明しながら、再び司令部に電話を入れる。

ヨーナは最新の状況について説明しながら、二人の隊員が緊張した面持ちで囁き合っている姿に気づく。

モリスの目からは生気が失われ、頬と耳が赤い。ピカティニー・レールの土埃を吹き飛ばし、そこに照準器を取り付ける。

外壁の笠付きライトからの光が、ブルーノの広い肩と背中を照らしている。アーロンは、スヌース（スウェーデンの嗅ぎ煙草／無煙煙草。）の小袋を上唇の内側に入れる。

「みんな、聞いてくれ」ヨーナが三人の男たちに呼びかける。「長官は、今すぐ突入するようにとのことだ」

「残りの隊員たちが間もなく到着するんですよ」とモリスが言う。

「そうだ。しかし司令部では、ミア・アンデションがバンで連れ去られる危険性のほうを重要視した……検問所を配置するには遅いし、カーチェイスが起こるのは避けたい、という彼らの意図もある」

「まったく」とモリスは漏らし、ため息をつく。

「即時突入せよとの命令だ」

「了解です。やってやるか」ブルーノはそう言い、モリスに向かって元気づけるような目線を送る。

「アーロンと私は正面玄関から入る。二人には、ピックアップを使って裏口を押さえてもらいたい。われわれが入ったあと、百二十秒待ってから突入すること。閃光発音筒《せんこう》もなし、叫び声もなし。ただし、反撃を受ける覚悟だけはしておいてくれ」

「部隊はあと二十分で到着します」とモリスがあくまでも言い張る。

「おい頼むよ、二十分も待てないだろうが」アーロンが声を張り上げる。「あいつらが女の子といっしょに行方をくらましてもいいのか？　それで何年か経ってから、どこかで首を吊られるまで待ちたいのか？」

「すぐに突入するというのは最終決定だ」ヨーナはそう言い、ワイヤレスイヤホンを一つ、アーロンに手渡す。「間違いなく声が聞こえるようにしておけよ。それから、無線機は直接通信モードにすること」

ヨーナは封筒を片手に歩きはじめる。そのあとをアーロンが続く。向かう先はバーリ通りだ。

「シグザウエルを持ってるんだろ？」

「ええ」とアーロンが答える。

「中に入るまで隠しておけ」

隊員たちは、二人が闇の中へと消えていくのを見つめている。少し離れた街灯の明かりの下に、ヨーナとアーロンが姿を現す。

モリスは落ち着かなげに行きつ戻りつしたあと、ミントグリーンの壁に両手をついてもたれかかり、深呼吸をする。

「葉っぱ二本吸う前に、葉っぱを二本吸うぞ」とブルーノが言う。

「そのあとでさらに二本吸うぞ」とモリスがそれを受ける。だが笑みは浮かんでいない。

「やれるさ」抑えた声で、ブルーノが励ます。

「わかってる」モリスはそう言い、磔刑像を持ち上げて口に付ける。

「照準器にこびりついてたクソは取れたのか？」

「どっちでもいいや――どうせ必要ないからな」

二人はライフルの収まっているスポーツバッグを持ち上げ、トラックの荷台に置く。それから乗車すると、車を後退させた。

四九

ヨーナとアーロンは静かに左折し、丘の頂を目指して歩きはじめた。街灯が、ぽつりぽつりとまばらに舗道を照らしている。斜面には、二十世紀初頭の様式の住宅が立ち並んでいて、明かりの点いている窓もいくつかあった。

「こういう作戦の訓練を最後に受けたのはいつだい？」横倒しになっている電動スクーターをまたぎながら、ヨーナが尋ねる。

「一度受ければ、忘れるようなもんじゃないです」とアーロンが応える。

二人は道路を横切り、舗装面がひび割れだらけの狭い袋小路に入る。

わずかに岩壁の露出している部分を通り過ぎると、急峻《きゅうしゅん》な丘の上にウルリーケ・ベントソンの家が見えた。尖った屋根が、黒々とした空に伸び上がっている。

ヨーナはウルリーケの写真を思い浮かべる。背の高い六十代、金髪と眉のピアス、そしてタトゥーの入った両腕。痩せた顔と乱杭歯《らんぐい》。姉弟はよく似ている。

街灯のポールに、手製のバスケットリングが取り付けられている。その下を歩き抜けると、二人の影は次第に長くなり、やがて闇の中に溶けこんだ。

聞こえるのは、地面を踏みしめる自分たちの足音だけだった。

木製の小さな風雨よけの下に、緑色のゴミ箱が二つある。そして門の脇には錆びついた看板があり、〈動物園&タトゥー〉と記されている。

黒いバンは、私道の急な傾斜路に停まっていて、一階の寝室からはかすかな明かりが漏れている。

ヨーナはバンに歩み寄り、スモークガラスをノックする。アーロンは後部ドアの脇に立つ。ホルスターから抜いた拳銃の安全装置を外し、自分の身体の脇に押しつけるようにして隠し持つ。ヨーナはもう一度ノックし、前部に回り込むとフロントガラスの中を覗き込む。

「無人だ」とヨーナは言う。

アーロンは拳銃に安全装置をかけ、家の玄関へとつながる石段を上るヨーナのあとに続く。汗がすでに、こめかみを伝い下りている。

隣家の植木の枝が風に揺れ、窓の明かりを不安げにちらつかせる。心臓が高鳴り、アーロンは歯を食いしばる。鼓動がこめかみをドクドクと打つ。研修で受けた訓練の内容はおぼえている。だが、今回のように危険な突入に参加するのははじめてだった。

ヨーナは、一階にある寝室の窓に向かった。屋内の動きが目に入る。黒い生地の切れ端のようなものが、天井から床へと落ちたようだ。

二人は長い階段を上り、バルコニーの下のポーチに向かう。ヨーナは、玄関扉のドアハンドルを回す。

「鍵がかかってる」アーロンが囁く。

ヨーナは黒いバックパックを下ろし、ピックガンを取り出した。鍵穴に軸を押しこみ、錠前のピンがすべて押し上げられるまで繰り返し引き金を引く。それから、テンション・レンチを差し込んで回転させた。

ヨーナは扉を五センチほど開け、ピックガンをバックパックに戻しながら暗い廊下を覗き込む。次にタオルとボルトカッターを取り出し、扉とドア枠のあいだにタオルを広げてから、チェーンを切る。

断ち切られた鎖の輪は、音もなくタオルの上に落下する。

「進入する」ヨーナは無線に向かって話す。

緩衝材入りの封筒から拳銃を取り出し、安全装置を外す。そしてバックパックは階段に残したまま足を踏み入れる。

二人は赤いバイクブーツをまたぎ、長く狭い廊下に入る。

二階に上がる階段と、リビングへの入り口がある。

ククーという鳥の声と、くぐもったさえずりが聞こえてくる。

ヨーナは拳銃を持ち上げて安全を確認すると、左手側から付いてくるようにと、身ぶりでアーロンに指示を出す。二人の目は徐々に暗闇に順応していった。

アーロンは、手摺りのあいだから二階を見上げる。

ヨーナは、壁のフックにかかっている黒々とした服に拳銃を向けたまま、歩を進める。

床板は綿毛と埃に覆われている。

アーロンはかがみ込み、階段下の暗い空間に拳銃を向ける。なにかを引っ掻くような、かすかな音が中から聞こえてくる。

手の中で拳銃が震えはじめる。わずかな光を受けてぼんやりと浮かび上がるものがある。

動きを目で捉えたと判断したアーロンは、用心金《トリガーガード》から引き金へと指を移動させる。影の中から、黒い大きな鳥が羽ばたきながら突進してきて、アーロンはハッと息を呑む。明かりの点いていない天井灯に当たったその鳥は壁に激突し、羽根を撒き散らしながら隣の部屋に降り立つ。

アーロンは拳銃を床に向けて背筋を伸ばし、心を鎮め呼吸を整えようとする。間《ま》一髪で発砲するところだった。ヨーナは、自分の拳銃を前方の戸口に向けたままちらりとアーロンを見やる。

小鳥が何羽か、廊下に舞い降りたり三階に飛び上がったりする。

「いったいなんなんだよ、ここは?」アーロンは囁き、目の汗を拭う。

「集中しろ」

アーロンはうなずき、拳銃を持ち上げて戸口に狙いをつける。動きはじめると、足元の床板が軋みをあげる。

たんすの上に、ソケットレンチが何本か載っていることに気付く。

ヨーナは、左の壁から離れるな、とアーロンに身ぶりで伝える。

正面の暗いリビングからは、鳥の鳴き声が聞こえていた。


進入する、とヨーナが無線で伝えてきたとき、ブルーノとモリスは通りを曲がりビグメスタレ通りに入るところだった。二人の乗った錆だらけのピックアップトラックは軋みながら進み、通りの反対側にあるゴミ箱の横に停まる。通りの通行を妨げるかたちだ。

「いやな予感がする」とモリスが言う。「すごくいやな感じがするんだよ」

「淡々と仕事をこなすだけさ」とブルーノは言い、ごくりと唾を呑み込む。

「そうか？　二階とキッチンの安全を同時に確保するためには、二手に分かれるしかないんだ。じゃなければ……」

「心配するなって」とブルーノが言う。「ヨーナが突入するとき、彼の背後の安全を確保する。それが命令だ。だから、まずは二階を無視しよう。そうするほかない。背後に気をつけながら、一部屋ずつ潰していくんだ」

「わかってるって。でもおれは、ほかの連中が到着するのを待ちたい」

「もう百二十秒が過ぎた」

モリスは笑みを浮かべようとする。そして大麻を吸う仕草をしてみせてから、トラックを降りる。

二人はゆっくりとゴミ箱を通り過ぎ、家までの傾斜路を上っていく。どの窓からも見られない位置まで来ると、二人は庭の小道の近くにバッグを捨てる。ヘルメットをかぶり、ヘックラー&コッホ社製ライフルを取り出す。そして音もなく家に走り寄り、玄関の扉まで階段を駆け上る。

ブルーノはワイヤレスイヤホンの位置を調節してから、扉を開ける。そして暗闇に沈む階段に狙いをつける。モリスはそのあとに続き、コートのかかっている壁からリビングの戸口にいたるまでの空間を見渡していく。

なにもかもが静まりかえっている。

ブルーノは、モリスが階段下をたしかめてから正面玄関の扉を閉めるまで待つ。

鳥の糞が階段の手摺りの支柱を伝い下り、綿毛と混ざり合って根元に溜まっている。

ブルーノは銃身の先で、固くなった塊をつつく。乾いた破片が床にバラバラとこぼれ落ちた。

「そいつを溶剤にまぜたら吸えるかもな」モリスは静かに言う。

そして膝をつくと、階段下の暗闇にライフルを向ける。銃身にライトを装着しなかったことが後悔された。

五〇

遮光カーテンが窓を覆い、広いリビングは灰色がかった影の中に沈んでいる。

鳥たちは、ビリヤード台の上でまどろんだり、天井近くで鳴いたりしている。

ヨーナとアーロンは、四メートルの間隔を置いてゆっくりと進む。足元の床がかすかに軋む。

ヨーナは慎重に歩を進める。アーロンのほうを見やってから、ビリヤード台の下を確認するためにかがむ。

最後に射撃場に行ったとき、弾丸の装填《そうてん》に問題があることに気づいた。弾詰まりを避けるために、ヨーナは帰宅するとすぐに弾倉のバネを交換したのだった。だがそれ以来、試射をする時間がなかった。

アーロンが室内に入ってからのヨーナは、左側の壁の安全を確認しながら進んでいる。細かな羽や埃が空中を漂っている。

ヨーナは、アーロンがなにかに気を取られていることに気づく。彼の視線の先には、暗いシャンデリアをにじり上がる黄色いオウムがいた。

なにか一つの細部に、意識を集中させすぎるのは危険だ。

アーロンは左手を伸ばし、ビリヤード台の角から白い綿毛をつまみ上げる。

前方のどこかに明かりがある。

二人は前進を続け、キラリと光るタイル貼りのストーブの傍らを通り過ぎる。

床は種の殻にまみれている。それが羽や糞とともに壁際に積み上がっていた。

「頭のおかしいやつがいるみたいだ」アーロンが呟く。

緑のオウムが、料理用ワゴンの上に並んでいる瓶や水差し、グラスのあいだで跳ねる。

両側の死角の安全を確認していると、アーロンは自分の内側で強烈な恐怖が膨れ上がっていくのを感じる。それはまるで、吐き気のように波打っていた。アーロンは、ヨーナの冷静な動きを見つめる。けっして壁から身を離すことなく、まっすぐ前に拳銃を向け、廊下との完全な並行を保っている。

廊下に出るとともにニス塗りの床板が終わり、足音を吸収する緑のカーペットがそれに取って代わった。

窓を覆うカーテンの一つがふわりと揺れるのを見て、ブルーノとモリスが玄関の扉を閉めたのだとヨーナは気づく。

「キッチン、リビング間の通路の確保を願う」無線を通して指示を出す。

ヨーナは、寝室につながる廊下を指し示す。コーフォエドが若いほうの女性を見た部屋だ。

鳥を驚かさないように、二人はゆっくりと進む。

自分のすぐ後ろにつくようにと、ヨーナはアーロンに身ぶりで伝える。

アーロンは上唇の汗を拭う。本来は、ヨーナが寝室を確認しているあいだ、洗濯室に目を光らせておくという段取りだったのだ。

小鳥が廊下に舞い降りる。

ヨーナは手を伸ばし、寝室の扉を開ける。足を踏み入れ、拳銃を構えたまま右から左へと空間全体を見渡す。

パイン材のダブルベッドを見下ろす天井には、大きな鏡が取り付けられていた。薄い青色のインコが、一列になってカーテンレールに止まっている。

サイドテーブルの上には、使用済みのコンドームがある。

この部屋に女性はいない――右手の壁に設けられているクローゼットの中に隠れていないとして。

ふり返ると、アーロンの青ざめた顔が廊下に見えた。ヨーナは、そのまま彼が位置につくのを待つ。

洗濯室に近づく必要はない。アーロンはただ、廊下の反対側に寄ればいいだけなのだ。

背後のビリヤード室で、オウムが不安げな鳴き声を上げはじめる。

アーロンはヨーナの目を見る。そしてうなずいてから、洗濯室の入り口へと移動し、立ち止まる。

右手方向のどこかで、明かりが輝いている。

灰色のビニール床に、ガラス繊維製のハッチのようなものがある。その下には、洗濯機と乾燥機のパイプが設置されている。

反対側の壁際には、磨りガラスのシャワー室がある。

アーロンは一歩脇にずれる。すると、金色の飾り枠に縁取られた鏡が目に飛び込む。白いカッコウが、シャワーのそばをのろのろと移動していく。

その瞬間、アーロンの心臓が激しく打ちはじめ、耳の中が痛むほどになる。鏡の中に、横たわる女性の姿があったのだ。ドアのすぐ左側にベッドがあり、彼女はその上にいる。こちらにはまだ気づいていない。ネグリジェが乳房のところまでめくれ上がっている。下半身は剥きだしで、両足は足首のところで交差している。

呼吸とともに、腹部がゆっくりと上がったり下がったりする。

アーロンはヨーナに合図を送る。女性から視線を離せないままだ。恥部は剃り上げられ、完成していないハチドリのタトゥーで赤く染まっている。

シャワー室のプラスティックの壁が、かすかに軋んだ。

クローゼット内の衣類に拳銃を向けたまま、ヨーナはふり返る。すると、アーロンが洗濯室に足を踏み入れるのが見えた。戸口の右手の安全を確認していない。

急な動きが、埃と羽を床の上で回転させる。

「アーロン」ヨーナは囁きかける。「それじゃだめだ……」

アーロンの喉にまっすぐナイフが突き刺さり、反対側の耳のすぐ下の皮膚を引き裂く。刃が引き抜かれると、血液が流れはじめた。

アーロンは後ろによろめいて咳き込み、血を吐き出す。

だれかが白々しい笑い声を上げる。家具がひっくり返り、足早に消えていく足音を聞く。

ヨーナは洗濯室に駆け込み、拳銃を向けながら室内全体を確認する。

六十代半ばの女性が、ナイフを持ち上げたまま後ずさりしていく。

女はシャワー室に衝突するがそのまま後退し続け、壁に突きあたる。

だれかが別のドアを通って洗濯室を出ていったようだった。そして今、廊下に向かって走っている。

ヨーナは拳銃を構えたまま、ベッドが空であることを確認する。小さなサイドテーブルには、タトゥーインクの瓶がいくつも載っている。

捜査員の負傷が深刻な状態であることを強調しつつ、救護を要請する。

アーロンはスツールの上に崩れ落ちる。拳銃を床に落とし、むせながら胸の上に血を吐き出す。

もたれかかるものを手探りするうちに洗濯洗剤の箱をひっくり返し、床に白い粉末が散乱する。

女は両手でナイフを握りしめている。その視線は、ヨーナとアーロンのあいだをすばやく行き来する。アーロンが部屋に入ってきたとき、女はシャワー室の中に潜んでいたのだろう。

「警察だ」とヨーナがおだやかに言う。「ナイフを捨てなさい」

女は首を振り、ヨーナは落ち着かせようと片手を上げる。女の呼吸は速い。乱杭歯の上で唇を閉じようとする。

「ウルリーケ、聞いてください」ヨーナはそう話しかけながら、じわりと距離を詰める。「この家には何人いるのか教えてください。ほかに怪我人を出したくないんです」

「なに？」

「ナイフを捨てなさい」

「ごめんなさい」と女は呟き、混乱したようにナイフを下げる。

「この家には何人……」

女は、ヨーナの胴体を目がけてナイフを突き出す。その強烈な一撃に面食らいはしたもののかろうじて身をかわし、キラリと光る刃先が自分のウィンドブレーカーを切り裂くのを見る。

左手で女の前腕をつかみ、拳銃を鎖骨に叩き込む。同時に足を払い、女の身体を後ろに倒す。

五一

モリスはビリヤード室を通り抜け、キッチンの入り口を目指す。そのすぐあとにブルーノが続く。

モリスの口はからからに乾いている。

廊下から目を離すことなく、キッチンの安全を確保する。それが二人に課された任務だ。

モリスはアサルトライフルを構え、引き金に指をかけている。照準器の中の赤い点は、弾着点を示している。

床から鳥が何羽か飛び立ち、廊下のほうへと羽ばたいていく。

無線を通して伝えられた短い指令は、二人とも耳にしている。

ヨーナは救護を要請した。アーロンの負傷は深刻な状態だ。

二人はすばやく左右の死角を確認していく。そして、広々としたキッチンに足を踏み入れる。床のタイルは暗灰色だ。

食器洗浄機の蓋は開いていて、レンジの横の壺《つぼ》には黒いゴムベラが何本もささっている。

二羽の白い小鳥が、カウンターの上のパン屑《くず》をついばんでいる。

ブルーノは、戸口越しにモリスを見る。待てと合図し、ゆっくりと近寄る。

尾の赤い灰色のオウムが、テーブルの上のランプから逆さまにぶら下がっている。

家の中の別の場所から、なにかを打ちつけるような鈍い音が連続して聞こえてきた。

女の悲鳴が上がる。そしてヨーナ・リンナの声がイヤホンに流れる。

「この家の中には、重武装の男が二人いる」とヨーナが言う。「繰り返す。この家の中……」

そのとき、リビングのほうで耳をつんざくような爆音がする。一瞬後、二人の乗ってきたトラックが家の外で爆発する。

衝撃波は二人の胸を激しく打ち、窓をガタガタと揺さぶった。

キッチンにいた鳥たちが部屋の中で飛び回りはじめる。

庭全体が燃え上がっているようだった。

トラックの荷台は茂みの枝を突き抜け、隣家の芝地に落下する。複雑に絡み合った鋼鉄の破片やエンジンパーツが道路に降りそそぐ。

丘の斜面に着地したタイヤは、そのまま跳ねていった。

エンジン本体が、バンのルーフの上に落ちる。

煙と埃がもうもうと立ちこめる。

私道に残されたのは、えぐれた地面と車のドアが一枚だけだった。

モリスは自分の呼吸を一定に保ち、そのままキッチンを通り抜ける。アドレナリンの分泌によって、指先が冷たく感じられる。

モリスには、窓からちらりと爆発が見えただけだった。だが、家の内側から無反動砲が発射されたに違いないと気づく。

リビングの扉は、数センチだけ開いている。

大きめのオウムたちはそれぞれの止まり木に戻りはじめていたが、カナリアはいまだに空中を飛び交っている。

「アーロンを運びだしたい――廊下の安全は確保できるか?」ヨーナがイヤホンを通して問いかける。

モリスは、ブルーノに身ぶりで伝える。狙撃者がリビングにいると思われるため、扉を蹴破りたい。

ブルーノは首を振り、身をひそめたまま扉を見張り、待機しろと訴える。

だがモリスは唇を舐め、用心深く足を踏み出す。

リビングの暗闇は、ほとんど脈動しているように見えた。

モリスが接近すると、冷蔵庫の上の鳥たちが不安そうに移動する。

無反動砲を撃った人間を止めねば。救護ヘリを撃ち落とさせるわけにはいかないのだ。モリスは繰り返し、そう自分に言い聞かせる。

半ばトランス状態のまま、モリスはドアへと前進を続ける。

胸の高さに保たれた赤い点が、半開きの扉の暗い隙間で震えている。

背後にいるブルーノが、声を張り上げてなにかを言う。

モリスは目の端で動きを捉える。

顎髭を編み上げた猫背の男が、黒いショットガンを構えて冷蔵庫の裏から飛び出てくる。

モリスはライフルを男に向ける。

重い発射音が響き、銃口の閃光がキッチンの窓ガラスに反射する。

弾丸はモリスの側頭部に命中する。

ぐしゃぐしゃになったヘルメットが背後の壁に叩きつけられ、音をたてて床に落ちる。

カウンターの下の引き出しに、血飛沫《ちしぶき》が噴きかかった。

モリスの身体は崩れ落ち、蓋の開いた食器洗浄機にもたれたまま座っているような姿勢になる。

頭部の大部分が吹き飛んでいた。後頭部の頭蓋骨がわずかに残り、下顎が胸の上にだらりと垂れている。

「ひでえ」ショットガンを持った男は、喘《あえ》ぎを漏らす。

ヨーナはビリヤード室までアーロンを引きずり、ブルーノは足音を響かせてキッチンへと戻っていく。

自分の足が震えているのがわかった。発砲音が引き起こした耳鳴りの向こうに、鳥のさえずりが聞こえる。

冷蔵庫の背後に隠れていた男は今、モリスの死体をじっと見つめている。それから、壁と食器棚に飛び散った血液へと視線を移動させる。

男のショットガンは床に向けられている。

男がゆっくりとビリヤード室に向きなおった瞬間、ブルーノは引き金を引く。ライフルの振動が両手に伝わる。

被甲弾は男の胸を貫通し、背後のガラスを粉々に砕く。

ガラス片が飛び散り、窓枠がバラバラになる。

二秒もかからずに、ブルーノの弾倉は空になる。

空の薬莢《やっきょう》がタイルの上に落下して音をたてる。

顎髭を編み上げた男は背後によろめき、大きな音とともに床に倒れる。

血煙だけが、空中に残っているように見えた。

ブルーノはビリヤード室に戻り、空の弾倉を抜く。自分では、三連バースト射撃モードにしていたつもりだった。

心臓が耳の中でごうごうと鳴っている。

ズタズタになったヘルメットと、同僚の頭の残骸を見つめる。

「なんてこったよ、モリス」喘ぎながらそう言い、新しい弾倉を抜き出す。

金髪を長く伸ばし、黒縁の眼鏡をかけた男が、前方にあるリビングのドアを蹴り開けた。革のズボンを穿き、暗緑色の防弾ベストを着ている。そしてその右手にはグロック17があるのを、ブルーノは見て取る。

あとずさりしたブルーノは、緑のラグに足を取られ、ビリヤード台の側面に頭を打ちつける。

弾倉が床に落ち、重い台の下に滑り込む。

ヨーナはアーロンから手を放し、壁に身を寄せたまま前方に駆け出す。そして、キッチンの扉の右側で立ち止まる。

ブルーノは身体を回転させて男の射線から逃れる。そして後ろにずり下がりながら、別の弾倉を求めてズボンのポケットをまさぐる。

ヨーナはその場に静止したまま、戸口に拳銃の狙いをつけている。

光沢のあるドア枠の表面を、見えるか見えないかぎりぎりの影が通り過ぎる。

ウルリーケを洗濯室の頑丈なパイプに手錠でつないだとき、家の中には二人のボディガードがいると告げられたのだった。

ヨーナは、シャワーホースの一部を切り取り、アーロンの喉に差し込んだ。声帯のあいだに挿入することで、どうにか気道を確保しようという試みだ。それからラグの上にアーロンを載せて洗濯室を横切り、ビリヤード室に到達したところで、銃撃がはじまった。

上空にいる救急ヘリのローター音が聞こえてくる。

空気中には火薬の濃厚な臭いが漂っている。

グロックを持った金髪の男はビリヤード室に踏み込んでくると、床に横たわったまま両手で首を押さえているアーロンに目を留めた。

指のあいだから血が滲み出ている。

男は銃を左に向けるが、ブルーノはビリヤード台の背後に身を隠す。

ヨーナはすばやく移動し、背後から男の手首をつかむ。そのまま腕をねじり上げながら自分のコルト・コンバットを肩に押し当てて、引き金を引く。

男の身体がビクリと震え、壁に血が飛び散る。腕の力は抜け、拳銃が床に落ちた。

男は苦痛の悲鳴を漏らす。

ヨーナは、負傷したほうの腕を取って男を部屋の片隅へと引きずると、その身体を回転させる。そしてその勢いを利用し、男の頬と顎に左の肘を打ち込む。

強烈な打撃を受けた男の首は背後にガクリと折れ曲がり、眼鏡と汗の滴が部屋の中に飛散する。

二人は揃ってよろける。

男はキューラックに激突し、そのまま床に倒れ込んでいく。

そして尻餅をつくと、片手で衝撃を受けとめながら床に崩れ落ちる。

空の薬莢が大きな半円を描きながら転がってきて、男の鼻に当たって止まる。

ブルーノは新しい弾倉を見つけ、自分のライフルに差し込んでからビリヤード台の背後で立ち上がる。

アーロンは汗まみれで青ざめながら、ホースを通して必死に空気を吸い込んでいる。まもなく、失血による循環性ショックに陥るだろう。

五二

ヨーナは、床の男をすばやくボディチェックし、窓際まで引きずると暖房用放熱器《ラジエーター》に手錠でつなぐ。それからアーロンに向きなおると、恐慌状態にあるその目を見ながら、心配はいらない、大丈夫だから、と繰り返し言い聞かせつつ、ラグをつかんで玄関へと引いていく。それに続いてブルーノはすばやく外に出て、階段の安全を確認したあと、ビリヤード室に狙いを固定する。

重く鈍い音が、上階から連続して聞こえてくる。

アーロンの喉から流れ出た血はラグに浸み込み、きらめく赤い筋を床の上に残している。

白い鳩が一羽ひょこひょこと跳ねながら離れていき、ヨーナの引くラグに追いつめられて飛び立つ。

ヘリコプターの轟音が近づき、窓をガタガタと揺らす。

ヨーナは、アーロンを引きずりながら階段の横を通り過ぎる。

騒音の中に、上階で笑う女の声が混ざり込む。ブルーノは片膝をつき、踊り場の暗い空間にライフルを向ける。

「アーロンを連れ出してくれ」とヨーナは言い、玄関扉を開けて押さえる。

ヘリコプターは庭の上に浮かんでいた。不安定なローター音が家々に反響している。土埃と木の葉が回転しながら飛び散り、茂みは強烈な下降気流を受けてしなる。庭と家のあいだに、ゆっくりとストレッチャーが下りてくる。

ブルーノはアーロンを肩に担ぎ、身をかがめたまま駆け出す。

ヨーナは扉を閉め、わずかばかりでもヘリコプターの騒音を軽減しようとする。

洗濯室のウルリーケが、なにごとか叫ぶ。

ヨーナは、拳銃を踊り場に向けたまま階段を上りはじめる。乾いた鳥の糞が、足元でギシギシと砕ける。

間取り図によれば、二階は続き部屋で構成されている。広いリビング、浴室、そして寝室だ。

女性の気だるい笑い声が再び聞こえてくる。まるで、眠ったまま笑える夢でも見ているようだ。

視線が二階の床とおなじ高さになると、リビング全体を見渡すことができた。

磨き上げられた床板は、埃と綿毛に覆われている。寝室の扉は閉まっているが、浴室は半開きだ。

拳銃を構えたまま、身体を回転させる。

手摺りの支柱が次々と視界を横切っていく。その向こうには、ソファの置かれたリビングスペース、テレビ、そして机がある。

ヨーナは再び階段を上りはじめる。

かすかな香水と煙草の匂いがする。

ローター音がいちだんとやかましくなり、離陸をはじめたのだと気づく。

最上段に足を乗せると、ヨーナの体重で音をたてる。

すばやく部屋を横切ると、閉ざされた寝室の扉の前で立ち止まり耳を澄ます。

そろそろと開いていくと、蝶番が軋んだ。

片側に身を寄せ、暗い室内を覗き込む。そして、銃身の先を使って扉をさらに押し開いていく。

まばたきをし、目が順応するのを待つ。

柔らかい光の中で、白い壁と白い床を見分けることができた。ベッドのシルエットは、右手の壁際にある。

薄いカーテンがそよ風に揺れている。窓が開いているのだ。

白い生地がゆっくりと膨らむ。

掛け金が擦れ、窓枠がキイと鳴る。そして、灰色の光が部屋に射し込んでくる。

ヨーナは、部屋の中央に少年がじっと立ち尽くしていることに気づく。両手を背中に回し、パジャマのズボンしか身に着けていない。

細い肩となでつけた髪の毛が、かすかに光を捉える。

少年はヨーナをまっすぐに見つめている。呼吸が速い。

天井付近では淡い黄色のカナリアが、十羽前後飛び回っている。羽ばたく音が、風に吹かれる枯葉のようだ。

カーテンが波打ち、さらなる光が室内に射し込む。その背後にはだれもいないことをたしかめてから、一歩足を踏み出そうとした瞬間、窓枠に載っている裸足の足が目に入る。

外にだれかいる。

風がカーテンを持ち上げ、隙間が広がる。

窓台に上った若い女性が、縁のところに突っ立っていた。片手で身体を支えていて、顔には夢見るような笑顔が浮かんでいる。

ミアではない。だが、コーフォエドが撮った女性なのだろう。白いネグリジェを身に着けていて、股間が血に染まっている。

瞳孔は収縮し、ほとんど見えないほど小さかった。

ヨーナはゆっくりと白い床板を横切る。拳銃は少年の背後の戸口に向けてある。

少年の顎が震えはじめる。

「ママを殺さないで」浅い息づかいの合間に、そう懇願する。

「だれも殺しはしないよ」とヨーナは話しかける。「でも、きみのママには窓から下りてきてもらいたいんだ。怪我するといけないからね」

「ママ、この人いい人だよ」

女は窓枠で足を滑らせ、バランスを保とうとした瞬間になにか固いものがガラスに当たる。そして、またしても気だるい笑い声を上げる。

女は身体を後ろに倒す。身体を支えているのは、窓枠をつかんでいる片手だけだ。ひびの入った木材が、軋みをあげる。

女は空いている手で、小さなリボルバーを握っていた。ヨーナはゆっくりと接近していく。

女は寝室に向きなおると、銃身で頭を掻く。

「だれと話してんのさ」と女が尋ねる。眠そうな口調だ。

「私の名前はヨーナ・リンナ。警察の者です。あなたがたを助けに来ました。拳銃を捨てて、部屋の中に戻ってください」

「わたしに触ったら命はないよ」と女が言う。

「あなたを傷つける者はいません。これからそちらに近づきます、下りてくるのに手を貸したいんです」

「ピンを抜きな」女がもごもごと言う。

輪の付いた小さなピンが床に落ち、チリンと鳴る。カーテンが再び膨らみ、少年がかすかな光を浴びた。

軍用手榴弾《しゅりゅうだん》Shgr200をヨーナのほうに突き出している。青ざめた手で、バネ仕掛けのレバーを握りしめていた。手を放せば、三秒半後に炸裂《さくれつ》する。

「レバーを放したらだめだ」とヨーナが言う。

「ママを殺さないで」少年はすすり泣きながら言う。

「放したらみんな死んでしまう」

「僕を騙《だま》そうとしてるんでしょ」そう言う少年の呼吸は乱れている。

「私は警察官なんだよ」ヨーナはそう話しかけながら、じわりと前進する。「さあ、それを――」

「止まって！」少年が叫ぶ。

せわしない呼吸とともに瘦せた胸が盛り上がり、全身が震える。ヨーナの位置からでは、飛びかかって手榴弾を奪うには離れすぎている。

ヨーナは、窓の女性を見やる。瞼が半ば閉じ、リボルバーは腰のあたりにだらりと垂れ下がっている。

「気をつけて」ヨーナはそう声をかけながら、拳銃をホルスターに戻す。「問題はぜんぶ解決するから――心配する必要はないんだよ。ただ、そのままじっと握っていてくれたらいいからね」

「そいつに投げつけな」少年の母親が、口の中で呟くように言う。

「なにもするんじゃない」ヨーナが声を張り上げる。「そいつを放すんじゃないぞ。まして や投げるなんてぜったいにだめだ——そんなことをしたら、この部屋にいる人間は一人残らず死んでしまうからね」

「そいつは、自分がこわいからってそんなこと言ってるのさ」女は笑みを浮かべる。

「耳を貸すんじゃない。きみのおかあさんは、手榴弾の仕組みを知らない。でも私は警察官だからよくわかっている。それが爆発したら、この部屋の全員が死ぬことになるんだ」

少年は泣きはじめる。手榴弾を握る手が震えている。

「さあ、投げるんだよ」と女が囁く。

「ママ、僕こわいよ……」

「かあさんがそいつにレイプされてもいいの？　そいつはおまえの足を切り落とすんだよ？」女は呂律が回っていない。

「約束する。ぜったいにだれも傷つけたりしない」とヨーナが言う。

「大嘘つき野郎だね」女はほほえみ、リボルバーを自分のこめかみに当てる。

「ごめんなさい」少年はそう言うと、手榴弾を投げた。

ヨーナは一歩踏み出し、左手でそれを受けとめる。そして踵《かかと》で回転すると、リビングに放り投げる。手榴弾はドア枠に当たり、隣室の片隅へと弾き返される。

ヨーナは、少年を守るために前方へと身を投げ出す。とたんに、爆薬の〈ヘキソライト〉が炸裂した。

耳をつんざく鋭い爆音が響きわたる。

ドアは蝶番から外れ、寝室まで飛んでいく。

衝撃波に打たれ、全員の呼吸が止まる。

そして細かな木片が次々と肌を打つ。

ヨーナは横ざまに身体を回転させ、拳銃を抜くと窓に狙いをつける。

寝室には埃と煙が充満していた。

白いカーテンが外の暗闇のほうへと、ゆっくり膨らんでいく。

女の姿はない。

ヨーナは立ち上がり、窓に駆け寄る。女は下の草むらで仰向けに横たわっていた。ぼんやりと、片手を空に向かって上げている。特殊部隊の隊員二名が、彼女のほうへ突進していく。

爆風に吹き飛ばされた女は、樺の木の枝を通り抜けて、背の高い草むらの中に落ちたに違いない。

リボルバーは、湿った落ち葉とともに眼下の排水溝の中に転がっている。
少年はただ立ちつくし、血塗れの鳥たちが扉やドア枠の破片のあいだに横たわっているのを呆然と見つめている。

（上巻終わり）